Thomas McGuane

Der Mann, der seinen Namen verlor

Roman

Aus dem Amerikanischen übersetzt
von Joachim Kalka

Klett-Cotta

Ich hab dich mit meiner Rollei geknipst.
Sie zeigte deine große Undankbarkeit.

Antonio Carlos Jobim

Für Laurie

1 Als Joe Starling zehn war, übernahm die Bank seines Vaters ein Haus, dessen Hypothek verfallen war — erbaut aus Steinen, die auf den Feldern zusammengelesen worden waren, jetzt nur noch eine melancholische Ruine, allein inmitten einer in vierzehn Wiesen aufgeteilten Viehweide. Es war während des Silberfiebers für den Mann errichtet worden, der die Erzader gefunden hatte, aber jetzt boten seine mit Mörtel zusammengefügten Wände den Rindern vor dem häufig wehenden Westwind Schutz. Zwanzig Jahre danach konnte sich Joe nur noch schwach an das Haus erinnern — an seine Größe, sein Alter, daß es aussah, als hätte es vieles mitgemacht. Ein- oder zweimal, während er heranwuchs, fuhr er von der Ranch seiner Familie hinüber. Er dachte an die Gerüchte von den zwei alten Schwestern, die einmal hier gelebt hatten, Nichten des Silberkönigs, deren Armut nicht hinderte, daß sie einem besseren Schlag anzugehören schienen als die anderen Leute im Bezirk. Die Schwestern waren noch nicht lange tot, als Joe und sein Vater zum ersten Mal ins Haus kamen, um ein Gemälde zu betrachten, das über der großen Höhlung des Kamins hing. Es war ein Bild von einer Kette weißer Berge. Auf den ersten Blick wirkte es wie eine makellose Leinwand, bis die verwirrende Schattierung der Oberfläche als Teil des Gemäldes hervortrat.

Das Bild war in der kalten Zeit des Jahres gemalt worden. Angeblich war es vor langen Jahren am Oberlauf des Missouri entstanden. Joe glaubte, es sei ein Bild der Berge, gemalt von jemand, der Angst hatte, nie wieder aus ihnen herauszukommen. Aber als er das Bild mit seinem Vater zusammen betrachtete, den Hals reckend, um in die Schatten emporsehen zu können, sagte sein Vater: „Es muß verblichen sein. Nichts mehr da."

„Es ist immer noch ein wunderbares Bild", sagte Joe.

Sein Vater wandte sich um und lächelte zu ihm hinab. „Ja, das stimmt", sagte sein Vater.

Joe hatte da geglaubt, zu verstehen, was der Maler gewollt hatte — und auch, daß es noch immer da war, vollkommen klar. Daß es verblichen war, erhöhte nur die Kraft des Geheimnisses. Die beiden alten Schwestern waren im Hof beerdigt, in Gräbern tief unter dem Frost, wo die Kojoten sie nie finden konnten, und sein Vater lag nun in seinem eigenen Grab am Rand eines Vorortgolfplatzes in Minnesota, wohin sich nie Kojoten verliefen. Die Rinder hatten das Haus ganz in Besitz genommen, um Gewitterstürmen und Schneetreiben zu entgehen. Es schien um so wichtiger, daß ein Bild, von niemandem gesehen außer den Fledermäusen im holzrauchgeschwärzten Schatten des großen Raumes, endlich seine Bedeutung ganz und gar enthüllte. Als sein eigenes Gemälde *Kettenrauchender blinder Mann* bekannt wurde, war es nur ihm selbst klar, daß die Abstufungen seiner weißen Oberfläche, mit dem Spachtel auf die Leinwand gebracht, nichts anderes waren als die Erinnerung an die verblichenen weißen Berge an der Wand, die einmal dem längst schon toten Silberkönig und seinen altjüngferlichen Nichten gehört hatte. Das Bewußtsein, daß er selbst nichts erfunden und seine Karriere mit einem unerkannten Plagiat begonnen hatte, war beunruhigend. Es wurde noch beunruhigender, ehe er schließlich mit dem Malen aufhörte. Jetzt, da Joe mehr oder weniger von der Hand in den Mund lebte, schien die Geschichte dieses Plagiats in die Biographie eines Fremden zu gehören.

Nicht lange nach dem Besuch im verlassenen Haus war Joes Vater von seiner Stelle als Vizepräsident (Landwirtschaft) in der örtlichen Bank versetzt worden auf eine wichtigere in der Zentrale der Bank in Minneapolis. Und dort lebten Joes Eltern nun immerfort oder bis zu ihrem Tode, nicht glücklicher und nicht weniger glücklich, aber zugegebenermaßen doch ihrem Traum näher, und wenn nicht ihrem Traum, so doch ihrer Art, die Dinge zu sehen. Die Ranch war an die Nachbarn, die Overstreets, verpachtet worden, aber das Haus stand Joe zur Verfügung wie auch ein Sommerjob als Cowboy unter dem Aufseher des Nachbarn, Otis Rosewell, einem einsilbigen Baptisten aus Circle. Dieses Arrangement bewährte sich einige Jahre lang ganz gut, bis schließlich Joe während seines letzten Jahrs auf der Militärschule in Kentucky nach Hause kam, das heißt, zurückkam auf die Ranch.

Die Pächter hatten neben einer jährlichen Zahlung, die der Anzahl der im Herbst verladenen Rinder entsprach, nur eine einzige Verpflichtung: bis zu vier englische Vorstehhunde zu versorgen, deren Gesundheit und guter Zustand Gegenstand einer schriftlichen Vereinbarung im Pachtvertrag waren, mit Strafklauseln. Diese sportive Verbindung mit seinem Besitz gestattete es Joes Vater, seine jährliche Inspektionstour in der für ihn mittlerweile wichtigen Rolle des Gentleman durchzuführen. Die Hunde – für die gelegentlichen Auftritte des Bankiers in den Zwinger gebracht – liefen im allgemeinen wild herum, die Nasen rosa aufgerauht vom Stöbern im Gestrüpp, jahrein, jahraus, die Läufe schwarz von Streifzügen durch die Sümpfe. Aber Joes Vater kannte sich mit Hunden gut aus, und ein paar Tage vor der Jagd im Herbst hatte er sie gewöhnlich wieder „im Griff", und sie jagten dahin, begeistert unter Kontrolle, auf der Suche nach Präriehühnern. Joe erinnerte sich an diese wunderbaren Hunde als an den großen Stolz seines Vaters, vor allem an Neuritis und Neuralgia, die rotbraun-weißen Ehlew-Rüden, die sein Vater aufzog und abrichtete. Und er erinnerte sich an die drei Reitpferde der Familie, alles Wallache, die Joes Mutter Hart, Schaffner & Marx nannte, weil sie hinter dem Koppelzaun die Köpfe zusammensteckten, als wären sie zusammen im Geschäft.

Joes Vater begleitete ihn auf der Fahrt zurück zur Ranch. Er trug einen grauen Anzug an seinem immer noch muskulösen alten Cowboyleib und zog sich nach der Ankunft in der Schlafbaracke um. Otis Rosewell begleitete sie auf ihrer Runde. Sie fingen mit den Hunden an, und Joes Vater fand sofort einen Grund, sich zu beklagen. Otis lehnte sich auf seinen massiven Absätzen zurück und hörte sich's an. „Wenn man sieht, daß einer den Arsch so am Boden langzerrt, braucht er was gegen Würmer, Otis. Das macht er nicht zum Vergnügen. Klar?"

„Die ist nur grade heiß", sagte Otis ruhig und hob seinen Kopf so, daß die Hutkrempe ihren Schatten über sein ohnedies ausdrucksloses Gesicht warf.

Sie sattelten Pferde und brachen auf, ritten über das bewässerte Land. „Ich nehm doch an, Ihr Boss will sich an den Pachtvertrag halten, wie sich's gehört, und das bedeutet, daß er meine Ranch in Schuß hält", sagte Joes Vater. „Man kann Wolfsmilch und Flockenkraut nicht so wuchern lassen, wenn man noch lange hier sein will" – Joes Vater hielt sein Pferd an und wies mit einem vorwurfsvollen Arm auf die Ränder einer wogenden Heuwiese – „und der, der sich um die Bewässerung kümmern sollte, der hat hier dem Alfalfa die ganze Nahrung rausgewaschen, weil er mit dem Wasser zu lang an derselben Stelle war, und dort ist alles versengt! Man sollte ihm in den Arsch treten."

„Ich kümmere mich um die Bewässerung", sagte Otis Rosewell, die Hutkrempe im Gesicht.

„Und wer schaut Ihnen auf die Finger?"

„Keiner."

Joes Vater trieb sein Pferd dicht zu Otis hinüber. „Wenn ich Ihr Boss wär, dann würde ich mal ganz eindeutig klarstellen, daß Sie sich hier verdammt anzustrengen haben."

„So sehn Sie das wohl, Mr. Starling. Aber es war auch nicht so toll in Schuß, als Sie's selber hatten."

Joes Vater hörte anscheinend nicht zu. Tatsächlich schien er fast mit sich selbst zu sprechen, murmelte immer weiter vor sich hin, als sie dahinritten: „... aber manchmal mußt du dich tummeln, damit du nicht pleitegehst, dich hinstellen und deine Arbeit machen und nicht hoch zu Roß posieren, wie schlecht und beschämend der Grund und Boden auch ist." Er drehte sich zu Joe. „Diese Ranch ist das Denkmal für alles, was ich hab schlucken müssen, und ich laß sie mir von niemand schlechtmachen."

Joe war überrascht, wie gut sein Vater schlechtes Englisch sprach. Er kannte ihn am besten in seiner Rolle als Bankbeamter, der – als Mann, der sich alles selbst beigebracht hatte – stolz war auf seine korrekte Redeweise. Tatsächlich hatte er so, als Manager im Landwirtschaftsbereich, hochgedient aus der Kreditabteilung, immer die Möglichkeit, durch sein besseres Englisch eine nützliche Distanz zwischen sich und seine Kunden zu legen. Als Joe älter wurde, konnte er immer an der Sprache erkennen, was, disziplinarisch gesehen, gerade für eine Stimmung herrschte. Tief im Leben seines Vaters begraben steckte sein ursprüngliches Gebaren, identisch mit dem der Farmer und Rancher, die mit dem Hut in der Hand zu ihm kamen. Was die nicht wußten, sagte er oft, machte sie auch nicht heiß. Im Grund seines Herzens war er ein kalter Westerner.

Als die drei ans Ende des bewässerten Lands kamen, sagte Joes Vater, Otis Rosewell sei nun entschuldigt; er sagte buchstäblich: „Sie sind jetzt entschuldigt“, und Rosewell ritt weg. Joe und sein Vater setzten ihren Weg bergauf fort, zu den weiten Weidegründen hinter dem Kamm. Während des ersten und härtesten Abschnitts des Rittes aufwärts sprachen sie nicht. Joe ritt seinem Vater hinterher, der sein Pferd an lockerem Zügel durch das Schiefergeröll hinaufsteigen ließ. Die beiden Pferde hatten die Nasen dicht am Grund, während vor Anstrengung die großen Muskeln ihrer Hinterteile sprangen und sich zusammenzogen. Als Joe und sein Vater die Höhe überwunden hatten, hielten sie an und ließen die Pferde verschnaufen. Die Weiden streckten sich in den Wellen grasbewachsener Hügel aus, eine ganze Welt, bis sie im Blauen des fernen Himmels verschwanden.

„Wenn du je das Land kriegen solltest“, sagte sein Vater, „laß deine Pferde nie im Frühling hierher, weil's hier Unmengen Tollkraut hat. Und Rittersporn. Also bring kein Vieh hierher, ehe nicht das Gras schön hoch ist. 1959 hab ich einen ganzen Laster Reitpferde in die Konservenfabrik gefahren, die sich genau an dieser Stelle den Narren gefressen haben. Aber was du auch tust, und wenn du es bis auf den Grund abweidest, wenn du es mit Wolfsmilch und Flockenkraut vollwuchern läßt und wenn der Wind die ganze Krume nach Kansas bläst, laß es nicht in die Hände von diesem alten Hund Overstreet gehen. Er hat versucht, mich fertigzumachen, als ich hier ins Land kam, und er hat es auch fast geschafft. Wir kommen jetzt aus miteinander, aber sein Traum ist, aus seiner Ranch ein genaues Viereck zu machen, und das hier ist ein großer Happen aus seiner Südwestecke.“ Er schwieg und dachte kurz nach, starr vor sich hin sehend. „Und wenn es zum schlimmsten kommt und ich nicht mehr da bin und er nimmt's dir ab, laß ihn nicht an die Bodenschätze. Das kann ich mir noch vorstellen, das mit dem Land, aber wenn er auch noch an das drunter rankommt, dann hat er dir den Sack abgeschnitten und du bist reif für den Knabenchor im Vatikan, mein Junge.“

Joe liebte das Land, aber er rechnete eigentlich nicht damit, daß er später einmal dort leben würde, und er wollte es im Grund auch nicht. Wenn Joe mit dem Land zufrieden war, auf dem die Ranch lag, und es so ziemlich überall liebte, wohin sein Blick fiel, verstand er doch nie ganz, was das mit Eigentumsrechten zu tun hatte. Im Augenblick genügte es, die Leidenschaft des Vaters für das Land zu spüren und darüber nachzudenken, warum er wohl mit solch tiefer Befriedigung an einem Besitz festhielt, der so weit von seinem Heim am Golfplatz in Minneapolis entfernt war. Joe rätselte auch an der Leidenschaft, mit welcher sein Vater sich dort eine neue Heimat geschaffen hatte. Sein Vater spielte enthusiastisch Golf in Bermudashorts, hämmerte den Ball mit feindseliger Gewalt über den Platz, der Schrecken der Balljungen, formte das Land mit seinen Golfschlägern, überholte drohend lethargische Spielergruppen und trieb mit seinem wütenden Putting die Anzahl seiner Schläge stark in die Höhe. Sie nannten ihn „Cowboy“ in einem Ton, der freundlich andeutete, daß seine Fähigkeiten im zivilisierten Leben nicht am Platze waren.

Als Joe seinem Vater den meilenlangen Abstieg zur großen Quelle hinterherritt, versuchte er, die schlichte Tatsache in sich aufzunehmen, daß sein Vater meinte, eines Tages würde all dies ihm gehören. Es war nicht unbedingt ein beflügelnder Gedanke. Er fragte sich wirklich, was er mit seinem Erbteil anstellen sollte. Er fand die Zukunft etwas gespenstisch, und schon jetzt wollte er malen.

Die Quelle lag am Fuß des langen Abhangs, in einem Wäldchen aus kleinen Schwarzpappeln und wilden Johannisbeerbüschen. Sie floß aus einem Eisenrohr und ergoß sich in das

Ende eines alten Eisenbahntankwaggons, dessen dicke Stahlwandung und massive Schweißnähte das Ganze zu einem unzerstörbaren Wasserloch machten, das nicht wie eine ungefaßte Quelle von Kühen zu Schlamm zertrampelt werden konnte – Kühen, die immer durstig blieben und zum Grasen nicht mehr fortziehen wollten, nur noch dalagen und mit schlaffer Kraft das Gras plattdrückten. Joes Vater erklärte ihm das alles und stellte klar, daß er diesen großen Eisenbahntank den Berg hochgehievt und die Quelle erschlossen hatte, mit Schubkarrenladungen Kies für die Grube, als er in einem glühenden Sommer in den vierziger Jahren das Sammelrohr verlegt hatte.

„Aber das war's wert", sagte er, „weil jede Kuh, die seitdem hierher gekommen ist, schön lang und kalt hat trinken können." Das ließ Joe seine Heimat auf dem Golfplatz nur noch trauriger erscheinen, die Morgenrufe der ausziehenden Vierergruppen am Sonntag noch deprimierender, als er es in Erinnerung hatte. Die Berghänge um Joe und seinen Vater her waren mit zufrieden aussehenden Kühen und ihren lebhaften Kälbern gesprenkelt. Die Befriedigung seines Vaters war schlichter Art, kompliziert nur durch die Entfernung, die sein Erfolg geschaffen hatte.

Die Pferde trieften vor Schweiß, als sie am Ende des Tages wieder losgelassen wurden; weiße Linien hatten sich an den Umrissen der Sättel gesammelt. Sie rannten auf ihre Weide zurück, streckten sich, schüttelten sich mit der ganzen Länge ihres Körpers und feierten die Freiheit mit einem Bad im Staub – sie rollten sich auf der Erde, sprangen dann auf, um sich wieder zu schütteln und recken. Dann trotteten sie über den Hügel, außer Sicht. Joes Vater zog sich in der Baracke um, und als er mit einer braunen Aktentasche in der Hand zurückkam, war er wieder ein Bankier mit einem olivgrünen Sommeranzug, gestreifter Krawatte und einem flotten Strohhut.

2

Joe fuhr mit seinem Vater in einem Mietwagen zu Besuch bei Onkel Smitty und Tante Lureen. Das waren Bruder und Schwester seines Vaters. Es war am späten Nachmittag, und Lureen würde schon vom Schulunterricht zu Hause sein. Smitty war immer daheim anzutreffen.

„Es handelt sich hier um eine sogenannte gesellschaftliche Verpflichtung", sagte sein Vater.

„Ach, ich mag sie, Dad."

„Du kannst sie haben, mein Sohn, zumindest für diesen Sommer. Ich mag Lureen, und ich sollte wohl auch Smitty mehr mögen. Schließlich ist er mein Bruder."

Das Haus war drei schmale Stockwerke hoch, mit windschiefen Veranden an den beiden oberen; es war aus Holz, und die Schindeln hoben sich mit ihrem hellgrünen Anstrich gegen den Himmel und die Telephondrähte ab. Die Frühlingswolken droben schoben sich eilig dahin. Als Joe das Haus anschaute, erinnerte seine billige Schlichtheit ihn an die bescheidenen Schicksale seiner Familie: Stadtparkgärtner, kleine Schranzen der Democratic Party, Fabrikarbeiter, Bremser, Mechaniker, kleine Gemüsehändler, Knechte. Es faszinierte ihn endlos, daß solch unauffällige Leute eine so verrückte Gier oder Sehnsucht nach Ruhm oder Liebe empfinden konnten. Joes Vater war der erste und einzige der Familie, der sich der Idee des Grundbesitzes verschrieben hatte. Ein Onkel hatte leidenschaftliche Briefe an Eingeborenenfrauen geschrieben, über die Redaktion des *National Geographic Magazine*. Ein Vetter hatte seine dürre Farm bei einem Finanzierungsprojekt per Kettenbrief verloren. Ein Medaillon, das seine Großmutter ihr ganzes Leben lang getragen hatte, barg die Photographie eines Mannes, der der Familie unbekannt war.

Smitty und Lureen standen unter der Tür — Lureen in einem braunen Kostüm, das sie in der Schule getragen hatte, und Smitty im karierten Hemd und mit gürtelloser Sporthose, was eine wohlverdiente Muße anzuzeigen schien. Er sah aus wie ein gewissenhafter Angestellter, der jeden Tag pünktlich mit dem Zug in die Stadt fährt.

Sie stiegen aus dem Wagen aus, und Joes Vater stürmte mit fingiertem Enthusiasmus die paar Treppenstufen hoch. Er umarmte Lureen fest und schüttelte Smitty mit kameradschaftlichem Eifer die Hand, daß der dünne Arm auf und ab schnellte. Joe hielt sich lächelnd im Hintergrund, bis er an der Reihe war: Umarmung, Händeschütteln. Es war bekannt, daß Smitty seine eigene Meinung über Joes Vater hatte, aber zu bemerken war das erst, als er Joe mit mißtrauisch zusammengekniffenen Augen und einem wie abwehrenden Augenbrauenzucken begrüßte.

Der Besuch wurde zu einem lauten Umzug durchs Haus, hinter Joes Vater her, der durch die Räume donnerte und Smittys Angebot eines Drinks, Lureens Vorschlag, Tee zu trinken, gleichermaßen ablehnte. Er telephonierte nur schnell mit der Bank in Minnesota, dann hängte er den Hörer mit einer abschließenden Geste ein, als hätte das Gespräch mit der Bank auch sein Gespräch mit Lureen und Smitty beendet.

„Der Junior muß zur Arbeit!“ sagte er und wies mit seinem Strohhut auf Joe. Er beugte sich rasch hinunter, um Lureen ein Abschiedsküßchen zu geben, und ließ dann seine Hand vorschnellen, daß Smitty das Zimmer durchqueren und sie schütteln mußte. „Wir rufen euch Weihnachten an!“ donnerte er und trat hinter Joe, schob ihn an den Schulterblättern voran, bis sie beide auf der Straße standen und Smitty und Lureen ihnen nervös nachwinkten. „Wenn man mit Smitty ein Glas trinkt, kann man ihn abends auf der Polizeiwache abholen.“

Während der Fahrt sagte sein Vater: „Kannst du dir vorstellen, daß ein erwachsener Mann sich so von seiner Schwester aushalten läßt?“

„Ich dachte, Smitty hat irgend so ein Problem aus dem Krieg mitgebracht“, sagte Joe.

„O ja, hat er, hat er. Aber ich war schließlich in demselben gottverdammten Krieg. Hör zu, ohne lange drumrumzureden: Laß Smitty nie aus den Augen. Harmlos wie ein Fuchs. Gib Smitty nur den kleinen Finger, und er räumt dich komplett ab.“

Sie fuhren zurück zur Ranch. „Ich wünschte, ich hätte irgendwie hier in diesem Land bleiben können“, sagte sein Vater.

„Aber jeder Idiot kann ja sehen, daß sich hier nichts abspielt. Trotzdem, man schaut es an, und man muß einfach denken: Was wäre, wenn? Du verstehst, was ich meine?" Joe war von dieser zwischen ihnen seltenen Vertrautheit so verblüfft, daß er geradeaus die Straße hinunterschaute und auf den Haltepunkt wartete, wo er aussteigen würde. Er verstand genau, was sein Vater meinte. Was wäre, wenn.

Joes Vater ließ ihn am Hauptquartier der Overstreets raus, neben dem Speicher mit dem Blechdach, dem Sattelschuppen und der Baracke, wo Joe den Sommer über wohnen würde. Er lehnte sich zu ihm hinüber und umarmte ihn. Joe spürte seine große Körperwärme und roch das kräftige, anregende Rasierwasser.

„Also, mein Sohn", sagte er, „Zeit, nach den Hunden zu pfeifen und das Feuer auszupinkeln. Einen guten Sommer, und gib acht auf alles. Arbeite deine Strecke, und sie müssen dich einsetzen. Dann kannst du dich umschauen. Denk dran, daß es mal deins sein kann, und dann wirst du recht genau hinsehen."

„Sag Mom Grüße von mir."

„Ganz besonders", sagte sein Vater, „die Heuwiesen. Wenn sie nicht dreimal am Tag wässern, dann lügen sie uns beide an."

Alle Schrullen von Joes Vater, diese eingeschlossen, daß er ihm nie genau zuhörte, ließen Joe ihn nur noch mehr lieben. Er liebte seine Bewegungen, seine Umtriebigkeit, die klar abgesteckten Ziele, die er, Joe, nicht immer verstehen konnte. Schließlich war er Joes einziger Vater, und das schien Joe auch zu wissen.

3 Am nächsten Tag war Joe drüben im Hauptquartier von Caywood Fork, um sich seine Anweisungen abzuholen. Es war noch in der ersten Morgendämmerung, und die großen Pappeln, die sich über das strenge Hauptgebäude neigten, schienen den letzten Rest der Nacht in ihrem dichten Laub festzuhalten. Er hatte kein Auto für den Sommer und hatte herlaufen müssen. Die Hunde bellten, als er sich näherte, und Otis Rosewell kam hinterm Sattelschuppen hervor, ein Pferd am Zügel. Joe ging zu ihm hinüber und blieb stehen. Rosewell schaute ihn an. Schließlich lächelte er leicht.

„Muß anstrengend sein bei euch", sagte er.

„Wie meinen Sie das?"

„Dein alter Herr."

„Ja, ist er schon", räumte Joe ein, wobei er sich irritiert fragte, ob er gerade bei einer Prüfung seiner Loyalität versagt hatte. Aber, dachte er, Rosewell hatte eine kleine freundliche Geste versucht, die er nicht einfach ausschlagen wollte. Der Sommer konnte lang werden.

„Weißt du mit einer Wendemaschine oder einem Heupresser Bescheid?"

„Nein, da kenn ich mich nicht aus."

„Kannst du nen Zaun setzen?"

„Klar. Und ich kann auch sprayen, mit dem Tank auf dem Rücken, Malathion oder was."

„Also, die meisten Zäune auf der Ranch deines alten Herrn fallen in sich zusammen, weil er sich nie um sie gekümmert hat und weil's von Anfang an schlecht gemacht worden ist. Aber er denkt wahrscheinlich, alles ist in perfekter Ordnung, und ich möchte, daß du seine Träume wahr werden läßt, weil mir die Einjährigen wie nix durch das Sauzeug hindurch davonlaufen. Besorg dir ein Notizbuch und fang an, den Zaun abzugehen. Stell ihn wieder richtig hin, wo's geht, und setz einen neuen, wo es sein muß. Hau die alten krummen Zedernpfosten weg und nimm Stahl. Du kannst dir in der Werkstatt Vorschlaghammer, Strecker, Zange, Ramme und Krampen holen und du kannst den alten Ford nehmen, um alles rumzukutschieren."

„Ich fang gleich heute an."

„Ganz recht, und fertig wirst du nie. Jetzt sag ich dir noch was. Du bist zu uns hergeschickt worden. Wenn du kein anständiges Tagessoll bringen willst, ist das deine Sache. Ich schau dir nicht über die Schulter. Ich arbeite für Mr. Overstreet."

Joe setzte einundzwanzig Tage lang Zäune, ehe er die erste Pause machte. Er ging die ganzen Außenzäune durch und hatte jetzt überall fünf Reihen Stacheldraht zwischen den Krampen glitzern. Wo das verrottete Zedernholz weggesackt war, standen jetzt neue grün-weiße T-Pfosten aus Stahl, und die soldatische Ordnung, die sie dem Auf und Ab des Grenzverlaufs über die Hügel gaben, ließen Joe besser sehen, wie sein Erbteil dalag und sich über das gutmütige Gesicht des Landes erstreckte.

Etwa auf halber Strecke seines Umzäunungsauftrags kam Joe an eine hohe Wasserscheide, zwischen Crow Creek und Nester Creek. Tausend Jahre Wind hatten den ganzen Erdboden nach Wyoming geblasen, und es gab hier nur nackten Stein auf dem Dach der Welt, wo alter Stacheldraht wie eine Äolsharfe sang. Otis kam rauf und half ihm bei diesem Abschnitt. Erst fingen sie mit Kreuzpfosten an, dann überlegten sie sich's anders und sprengten eine halbe Meile lang Pfostenlöcher mit Dynamit, bis die Strecke wieder in die Wälder hinunterging und leicht war und der spukhafte Klang der Stahldrähte über ihnen zurückblieb. Es machte Vergnügen, mit dem Strecker zu arbeiten, zuzusehen, wie sich der Draht hob, spannte und im Licht, das durch die Bäume fiel, glänzte, wie er im Wind klang, an den Eckpfosten sich bog, hinter einem Hügel verschwand. Joe machte den Weg um das herum, was einmal ihm gehören würde.

Am einundzwanzigsten Tag arbeitete er in einem schmalen Hohlweg. Die Rinder hatten sich angewöhnt, hier auszubrechen, indem sie die Pfosten hochdrückten, die den untersten Draht niedrig halten sollten. Joe nagelte den Zaun den ganzen Hohlweg entlang an den Boden, alle zehn Fuß ein Pfosten, als er Besuch von der Tochter des Pächters bekam, Ellen Overstreet. Er hatte sie seit seiner Ankunft verstohlen beobachtet, meistens, wenn sie im Führerhaus eines Pritschenwagens über die Ranch fuhr, mit Billy Kelton, einem Nachbarn, mit dem Joe seit einem Kinderfaustkampf vor beinahe zehn Jahren nicht mehr gesprochen hatte. Ohne überhaupt an Ellen selbst zu denken, hätte Joe sie liebend gerne Billy weggenommen, der so selbstgefällig in seinem Lastwagen saß, mit dem Lasso im Rückfenster und seinem fernen blauäugigen Blick unter dem hochgekrempten Strohhut. Eine alte Rechnung.

Joes erster Gedanke war, daß ihr Timing hervorragend war: Seine Haut war dunkel von der langen Arbeit in der Sonne, und die Armmuskeln zeichneten sich hart ab, nach all den eingeschlagenen Pfosten und straffgespannten Drähten. Ellen war schlank, brünett und hatte überraschend graue Augen.

„Was soll das Ganze, wenn meinem Dad ohnehin eines Tages alles gehört?“ fragte sie mit freundlichem Lächeln.

„Ich werd bezahlt. Und ich kann dir auch gleich sagen, daß dein Dad nie unser Land kriegt.“

„Du wirst bezahlt. Otis sagt, du kannst arbeiten oder nicht, ihm ist es egal.“

„Mir aber nicht“, sagte Joe und ließ die rote Ramme umkippen, daß sie klirrend hinfiel.

„So oder so, meint Otis. Ihm ist's gleich.“

„Nach Otis kann man da nicht gehen“, sagte Joe. „Wenn der irgendwie den Durchblick hätte, wäre er gar nicht hier.“

„Otis ist schon bei Daddy, seit wir die Ranch in Exeter Switch hatten.“

„Kann Otis nichts dafür, daß er nicht so helle ist.“

Ellen setzte sich ins hohe Bartgras und begann, die rostrosa Prärierauchblumen zu pflücken; sie sammelte einen Strauß in ihrer Linken und blies die Ameisen von den Blüten.

„Daddy sagt, du bist in Kentucky auf der Militärschule und stehst kurz vor dem Abschluß, und ab nach Vietnam.“

„Nur, daß ich nicht nach Vietnam gehe. Ich gehe im Osten aufs College. Ich studiere Kunst. Ist der für mich?“

Er streckte die Hand nach dem Strauß aus, und sie gab ihm die Blumen mit einem Achselzucken.

„Und warum gehn wir nicht nach Vietnam?"

„Weil wir da so oder so nichts verloren haben. Das weiß doch jeder."

„Das weiß nicht jeder. Eine Menge von meinen Freunden können es gar nicht erwarten, dorthinzukommen."

„Na, da hast du wohl die falschen Freunde."

„Laß die bloß nicht deine Vietnamtheorie hören. Ich kenne da ein, zwei, die dir kräftig Bescheid stoßen würden. Kennst du Billy Kelton?"

„Ja, Billy kenn ich."

„Also, der will hin, so rasch er nur aus der Schule rauskann."

„Das wär wohl auch ideal für Billy."

„Hast du gewußt, daß er zwei Jahre hintereinander bei den ersten fünf Broncoreitern im Rodeoverband Nord war?"

„Nein."

„So ziemlich der beste hierzulande, wenn's darum geht, ein ungutes Pferd ranzunehmen."

„Das wird den Vietcong erbleichen lassen", sagte Joe.

Joe hörte nicht sehr genau hin. So ziemlich das einzige, was er und Ellen gemeinsam hatten, war die Tatsache, daß beide Mahnungen vom Columbia-Plattenklub bekamen. Er versuchte zu sehen, was sie so an Busen zu bieten hatte. Wenn sie nicht wollte, daß man das sah, dann hätte sie sich ein Hemd in der richtigen Größe kaufen müssen.

„Otis hat gesagt, daß du keine Angst vor der Arbeit hast."

„So, hat er?" Joe sang fast.

„Das scheint dir ganz schön wichtig zu sein."

„Ach, eigentlich nicht."

Sie betrachtete ihn. Er wußte nicht, was er sagen sollte. Das Geräusch der Luft selbst schien lauter zu werden. Sie holte tief Atem. „Welche Bands magst du so?" fragte sie.

„Die Stones. Und du?"

„Die Byrds." Bei dem Wort „Byrds" spürte er seine Gelegenheit und ergriff ihre Hand. Sie fühlte sich klein an, obwohl es schwierig war, etwas anderes wahrzunehmen als den Energiestrom, der zwischen ihnen hin und her floß. Er hätte gerne erklärt, daß er sie nun küssen würde oder daß er sie sehr anziehend fand, was der Fall war. Aber alles, was viel Bedeutung enthielte, würde ihn zu sehr preisgeben. Und doch mußte er, damit es weiterginge, etwas zu diesem Augenblick sagen. Er sagte: „Wow." Zu seiner grenzenlosen Erleichterung war „Wow" durchaus willkommen. Ellen Overstreet schien bei dieser nicht sehr beredten Äußerung ein wenig zu schmelzen. „Wirklich!" fügte Joe hinzu und nahm die andere Hand.

„Was hast du für Fächer?" sagte sie atemlos, den Kopf vorgebeugt, das Gesicht zum Boden zwischen ihnen gewandt.

„Algebra, Geschichte, Spanisch, Englisch. Und du?"

„Sozi, Hauswi, Gemme, Sport." Joe dachte nicht so sehr an ihre Fächer. Er spürte, daß sie sich darauf verließ, daß er führte. Daß er so gut wie keine Ahnung hatte, wahrscheinlich nicht mehr als sie, spielte keine Rolle, weil er aus einem anderen Staat kam und sein wahrer Hintergrund hinter diesem zerrissenen T-Shirt, diesen neuerworbenen Muskeln und dieser Sonnenbräune verborgen lag. Er zog Ellen an sich und küßte sie. Als er die harte Linie ihrer zusammengepreßten Lippen spürte, wurde ihm klar, daß Ellen bereit war, geküßt zu werden, aber nicht viel mehr davon verstand, als sich, Gesicht voran, vorzubeugen. Es mochte den ganzen Sommer dauern, diese Lippen zu öffnen.

Sie küßten sich weiter. Ein paar Mal hatte sie „Gedanken", wie sie das nannte, die sie prustend durch die Nase lachen ließen. Joe wartete grimmig, bis diese „Gedanken" vorbei waren, und ging dann wieder zum unbeholfenen Geschäft des Küssens und Umarmens über. Einige Stellen seines Körpers waren taub wegen des harten Bodens, aber jeder Versuch, es „sich bequemer zu machen", wie er es formulierte, das heißt, Ellen in eine liegende Position zu manövrieren, scheiterte elendiglich. Schließlich löste sie sich von ihm und stand auf.

„Also, schön, daß du da bist, Joe. Wir müssen mal irgendwann etwas zusammen unternehmen."

„Das wäre toll", sagte er und war sich ganz gewiß, daß er wußte, was sie mit „etwas" meinte.

„Wir könnten am Samstag zusammen reiten gehen."

„Wow."

Als sie sich anschickte, zu gehen, hob er die Hand mit dem Peace-Zeichen. Sein bester Freund auf der Schule, Ivan Slater, erzählte tagein, tagaus, daß man rascher an fremde Mädchen rankam, wenn man als Gruß das Peace-Zeichen machte, als mit irgendeiner anderen Masche.

Aber Ellen fragte beim Anblick der ausgestreckten Finger: „Zwei was?"

Joe schüttelte nur den Kopf.

„Ach, wir zwei?" sagte sie. „Du bist lieb!"

4 Joe und Otis begegneten einander als zwei Profis, und Otis hatte angefangen, Joe nach verschiedenen Kleinigkeiten zu fragen, die ihm auffielen: dem Wasserstand von Quellen, dem Aussehen von Einjährigen, die an Diphtherie erkrankt gewesen waren oder Rotauge hatten, Krebsauge, Probleme mit den Hoden, Dasselbeulen. Joe stellte neue Kratzpfosten auf der Weide auf und ging Rosewell zur Hand, wenn der Rinder zu verarzten hatte. Er kannte nun alle Griffe, mit denen man ein Rind am Kopf nimmt, zum Stehen zwingt, niederdrückt. Er wußte, wie man die Brandzeichen bei dem Vieh ergänzen mußte, das übersehen worden war, damit alle die neun Streifen des alten Overstreet an der linken Flanke hatten. Zuerst war es Joe unangenehm, zuzusehen, wie das Eisen qualmend das Fleisch berührte und wie die Rinder, mit heraushängender Zunge schmerzlich brüllend, sich vor Pein die Hinterbeine mit Kot bekleckerten. Am Ende drehte er selber die Brandeisen im Feuer, um die richtige Hitze zu erzielen, damit sich die Zeichen hell und sauber einprägten. Er nahm es nicht mehr wahr, wenn der Brandgeruch durch die Sommerluft zog. Und zum Ausgleich versorgte er das Vieh, das sich an Kletten im Futterheu Augengeschwüre geholt hatte.

Nicht lange nach der ersten Begegnung von Joe und Ellen lud man ihn ins Haus der Overstreets ein. Es war ein altes zweistöckiges Ranchhaus, einfach mit einem ausgetretenen Weg von der Auffahrt zum Eingang. Mit kaum verhohlener Abneigung führte die kleine dicke Mrs. Overstreet Joe ins Büro ihres Mannes – ein Raum neben dem Schlafzimmer, wo Wasserrechtsansprüche, Übertragungsurkunden, Rechnungen, Brandzeichenkontrollformulare, Durchfahrtserlaubnisse, Viehstammbäume, veterinärärztliche Aufzeichnungen, überholte Telephonbücher, Notizblöcke und Kalender sich auf einem Zylinderschreibtisch häuften. Mr. Overstreet saß auf einem stark gefederten Stuhl, der es ihm erlaubte, sich mit einer einzigen Bewegung herumzudrehen, sich zurückzulehnen und Joe zu fixieren. Er war beinahe so klein gewachsen wie seine Frau, und in jeder seiner Gesten drückte sich ein ganzes Leben schlauer Geschäftemacherei aus. Wie bei vielen alten Ranchern war nichts vom „Westen“ an ihm. Eine detaillierte Karte an der Wand zeigte die Grenzen der Ranch. Er ging hinüber und zeigte auf das große fehlende Stück im Süden. „Siehst du das?“ Er sah Joe mit einem brennenden Blick an. Die Augen schienen das papierene kleine Gesicht zu verzehren, das sich unter einem dünnen eisengrauen Haarkranz rundete.

„Ja, Sir.“

„Das“, sagte Overstreet, „das gehört euch.“

„Ja, Sir.“

„Verdirbt die Form von dem anderen hier, was?“

Joe sagte nichts.

„Abgesehen davon würde ich gerne hören, wie du vorankommst. In deinen eigenen Worten.“

„Ich komm ausgezeichnet voran.“

„Dein Lohn stammt aus der Pacht an deinen Daddy. So daß ich also nicht den letzten Penny aus dir rausleiere. Das mach ich in der Hauptsache mit Otis. Aber er sagt, du bist unser Geld wert.“ Er nahm die Brille ab und rieb sich mit Daumen und Zeigefinger die Augenhöhlen, während er sprach. Er wandte den Blick zur Karte der Ranch und setzte die Brille wieder auf.

„Joe“, sagte er, „du kommst aus der großen weiten wunderbaren Welt da draußen. Ellen kommt genau hier von diesem winzigen Fleck Erde. Also – ebensowenig, wie ich versuchen würde, dir Weideland ohne Wasser anzudrehen: verkauf du Ellen nichts, was sie nicht wirklich unbedingt braucht. Mach ich mich verständlich?“

„Ich glaub schon.“

„Glaub's nur, Joe. Ich mach mich schon verständlich. Geh du und mach weiter so gut deine Arbeit. Dein Dad wird stolz sein auf dich. Du machst Männerarbeit. Wenn er dich je rausschmeißt, komm bei mir vorbei. Ich nehm dich mit nach Billings und bring dir bei, wie man mit fettem Vieh handelt. Ich zeig dir, wie man in einem Jahr zwei Cadillacs lahm fährt, das Auto immer voll Quittungen vom Viehmarkt. Mensch, wenn ich deine Jugend hätte und meinen Kopf, ich könnte auf den Rükken meiner Rinder bis Omaha gehen. Geh also wieder raus da, Joe, und mach den verdammten Rücken krumm."

Aber ganz genau kam die Botschaft doch nicht bei Joe an. Statt dessen berührte ihn die Romantik des Grundbesitzes, die der alte Mann in seinem unordentlich vollgepfropften Büro ausstrahlte. Und als er und Ellen in ihre kleine Baumhütte am Tie Creek zurückkehrten, war er nicht mehr so umstandslos zufrieden mit jener Ebene, die ihre Beziehung vor Wochen erreicht hatte. Die Hütte war einfach ein Ort, wo sie die Zweige der Weiden geschickt zu einer igluartigen Form gebogen und am Boden festgebunden hatten. Ellen hatte irgendwo gelesen, daß sich so früher die Indianer vor dem Wetter geschützt hatten. Die Hütte lag nicht zu weit vom Haus entfernt und war perfekt getarnt. Sie waren dort so sicher, daß sie ruhig mit dem fortfuhren, was sie taten, auch wenn Otis Rosewell ein paar Meter entfernt vorbeiritt. Sie saugten an ihren Zungen, während ihre Hinterköpfe sich in schwankenden Achten bewegten. Sie wiederholten: „Ich liebe dich", und versuchten, ihre Äußerungen mit glücklichen Höhepunkten oder nachdenklichen Seufzern abzustimmen. Ein langes Schweigen, ein Seufzer und ein „Ich liebe dich" bedeuteten, daß sie eine ausführliche Zukunft vor sich gesehen hatten, mit allen vertrauten Requisiten, und den Ausdruck „Ich liebe dich" als eine Art Kurzschrift verwendet hatten. Es tat Joe weh, es war so bedeutungsvoll. Ellen öffnete den Metallverschluß hinten an ihrem Büstenhalter, und ihre Brüste wurden sichtbar. Entweder strich er mit der Hand langsam ihren Brustkorb empor und umfaßte sie, oder er packte sie sorgfältig aus. Es waren zwei schöne Handvoll mit eleganten kleinen Brustwarzen. Und einmal, als Ellen einen Handstand machte, konnte Joe die feinen blauen Adern darunter erkennen. Welche Haltung Ellen auch einnahm, sie standen direkt ab. Wenn er sie sanft zusammendrückte, nahmen sie ihre vollkommene Form wieder ein, sobald er losließ. Wenn er sie auf eine Seite schob und seine Hand wegnahm, sprangen sie zurück. Sie waren praktisch nagelneu, und es herrschte das Gefühl – auf welchem Ellen bestand –, daß sie etwas so Wunderbares waren, daß alle weiteren Erwartungen hinfällig wurden.

Joe strömte über vor Empfindung für das Mädchen in seinen Armen. Er hatte noch nie so starke Gefühle gekannt. Alles bedeutete etwas noch Größeres. Er konnte sie stundenlang aus einer Entfernung von nur wenigen Zentimetern ansehen.

5 Gemeinsam fingen Joe und Ellen an, die versunkenen, liebeskranken Haltungen unschuldiger Lähmung einzunehmen, wie junge Liebende in Kleinstädten pflegen. Samstags nahmen sie einen Laster von der Ranch und fuhren nach Deadrock ins Schwimmbad. Anstatt aneinander herumzugrabschen und am Beckenrand herumzuschreien, bewiesen sie die Tiefe ihrer Gefühle, indem sie, fingerspitzennah nebeneinander, sich eine noch schönere Sonnenbräune holten oder still für sich im Winkel eines schattigen Eisstands etwas aßen. Joe konnte das akzeptieren, weil er wußte, daß die notwendige Krise kommen würde. Auf diesen parallelen Wegen nebeneinanderherzugleiten, ein wenig unruhig in dieser filigranen Atmosphäre beim Anblick der anderen, die barfuß am Schwimmbecken entlang vorbeidonnerten, auf wilder Jagd nach kreischenden Mädchen, oder in Fleischhaufen in sonnenverglühte Autos gezwängt saßen — es war beinahe akzeptabel, weil Joe wußte, daß er von etwas Erregendem mitgerissen wurde, das zu begreifen ihn nicht interessierte.

Doch als der Samstagabend kam, sah Joe verblüfft, wie Ellen in Billy Keltons Pritschenwagen die Ranchstraße entlangrollte. Billy und Joe waren beste Freunde gewesen bis zu dem Tag vor zehn Jahren, als Billy Joe bewußtlos geschlagen hatte. Joe war über das Gefühl der Verletzung noch nicht hinweg. Für sein Rendezvous mit Ellen hatte Billy nicht einmal die Viehgitter abmontiert oder seinen Sattel vom Laster genommen. Seine dreckigen alten ledernen Hosen, an den Rahmen hinter dem Führerhaus gebunden, flappten achtlos vorüber. „Der muß ja beschissen zu lenken sein“, schrie Joe, als sie winkend vorbeifuhren, „wenn ihr beide so unter dem Steuerrad hocken müßt!“

Aber der Wagen kam gegen zehn wieder die Straße entlanggefahren. Joe sah sie durchs Fenster der Baracke. Er war auf- und abgegangen, in der Erwartung, daß er die halbe Nacht warten müßte. Er stürzte zum Schalter, um das Licht auszumachen. Nach kurzer Zeit klopfte Ellen an seine Tür.

„Wer ist da?“ rief Joe.

„Ellen. Kann ich hereinkommen?"

Joe bezwang den Wunsch, sie hereinzulassen. „Ich hab morgen viel zu tun."

„Joe, ich muß dir was erzählen."

„Erzähl's deiner Großmutter. Erzähl's Billy Kelton. Ich denke, ihr beide werdet sehr glücklich miteinander sein."

Sie weinte ein Weilchen vor der Tür. Schließlich sagte sie: „Gute Nacht", und Joe schlief ein.

Otis Rosewell schlief im allgemeinen in der Stadt bei seiner Frau, aber wenn es spät wurde auf der Ranch, schlief er bei Joe in der Baracke. Er und Joe hatten ein schönes, lockeres Verhältnis, das darauf beruhte, daß Joe zu Otis aufsah und ihn um Rat fragte. Als sie eines Abends über Kühe und Pferde nachdachten und ihre Zigaretten rauchten, warf Otis einen alten Schraubenzieher in die Höhe und fing ihn wieder auf, während er von einem älteren Cowboy erzählte, den er kannte und der für den Padlock und für Kendricks' in Wyoming gearbeitet hatte; dieser Mann, so erzählte Otis, zog wochenlang allein los, mit seiner Schlafdecke und dem Lasso, und fing, brandmarkte, impfte und kastrierte ganz allein Hunderte von Kälbern. „Braucht natürlich ein Wahnsinnspferd, da das Seil straff zu halten", sagte Otis. „Aber dieser alte Knabe schlief auf dem Boden, den Kopf auf dem Sattel, hat seinem Pony die Vorderbeine festgemacht, und dann ist er von einem Ende der Herde bis zum andern durchmarschiert! Der ist im Hurrikan geboren, dieser Bursche —" Auf der anderen Seite der Baracke rannte eine Ratte aus dem Holzstoß heraus und lief etwa einen Meter die Wand empor. Otis warf den Schraubenzieher in Richtung Holzstoß, und er drehte sich in der Luft herum und nagelte die Ratte an die Wand. Die Ratte starb. Joe starrte sie an. Otis holte sich den Schraubenzieher wieder, warf die Ratte aus der Tür und setzte sich hin.

„Laß mich das nochmal sehen", sagte Joe.

„Hast du noch eine Ratte da?" fragte Otis.

Als die Zeit kam, kam sie schnell. Joe ging, den Hut in der Hand, zu Mr. Overstreet ins Büro und sagte (dessen eingedenk, daß er nun den Verlust der Jungfräulichkeit seiner Tochter besiegelte): „Mr. Overstreet, ich muß jetzt bald auf die Schule zurück. Ich pack jetzt wohl zusammen und mach mich davon." Die Nachricht von seinem unmittelbar bevorstehenden Aufbruch würde sich auf der ganzen Ranch verbreiten. Die fürchterliche Mrs. Overstreet würde es ihrer Tochter maliziös vorsetzen. Joe ließ jetzt seine Ratte los.

Overstreet stand in der Tür zu seinem Büro, das außerhalb des Lichtkreises der alten Schreibtischlampe mit dem flexiblen Hals im Halbdunkel lag; er hielt einen Füller in der halberhobenen Hand vor der Brust und sagte: „Wir schicken deinem Dad einen guten Bericht. Du hast ihm und uns viel genützt. Ich hoffe, wir haben dich hier nicht das letzte Mal gesehn."

„Falls ich Ellen oder Mrs. Overstreet nicht mehr über den Weg laufe, sagen Sie ihnen doch bitte, wie es mich gefreut hat, diesen Sommer hier verbringen zu können."

„Nun, Ellen mußt du das selber sagen", sagte Mr. Overstreet. „Die hat sich ein bißchen in dich verguckt, das kann sogar ein alter Knacker wie ich sehen. Tu der ganzen Familie einen Gefallen und laß Ellen gelegentlich was von dir hören." Joe genoß den eigenartigen Abschied – der alte Mann in genießerischer Betrachtung der Gratisarbeit; er selbst legte die Lunte ans fleischliche Dynamit.

Am späten Nachmittag warf sich Ellen auf den Boden der Baumhütte und fing an, leise zu weinen. Joe hielt den Kopf gesenkt. Er war nicht wirklich zynisch. Er liebte Ellen. Er hatte den schönsten Sommer seines Lebens mit ihr verbracht. Sie war wie ein fröhlicher Schatten für ihn, eine Meisterin im Umgang mit Pferden, unfähig, sich Sorgen zu machen, sich frei im ganzen Hinterland um die Ranch bewegend. Sie kannte die ganzen Wildgräser ebenso wie die Blumen und konnte vorhersagen, ehe sie über eine Anhöhe ritten, ob sie an diesem Tag auf soeben aufgeblühte Sternblumen stoßen würden oder auf Felder von Astern, die vor einer Woche noch nicht dagewesen waren.

Sie konnte eine zusammengekrümmte kranke Kuh buchstäblich auf eine Meile erkennen, oder ein Pferd mit einem Ring aus altem Draht um den Fuß aus noch größerer Entfernung. Jeder Gang, jeder Ritt zusammen, jeder Ausflug in die Stadt mitten in der Nacht (vor der Nase ihrer törichten Eltern) hatte zu diesem Augenblick geführt.

Joe küßte Ellen durch ihre Tränen hindurch und fing an, sie auszuziehen. Sie half ihm mit sehnsüchtigen und traurigen Bewegungen, bis endlich die Jeans über ihre kompakten Hüften hinabglitten. Sie war nackt, und Joe meinte, es müsse ihm das Herz zersprengen. Es lag in dieser Nacktheit etwas Unbegreifliches, für beide Tragisches. Er zog sich aus. Er hatte noch nie Luft von solch reiner Kühle gespürt. Die Luft um sie und zwischen ihnen hatte etwas, das sie nie wieder haben konnte. Als er Ellen in die Arme nahm, war ihre absolute Nacktheit etwas so Mächtiges, daß es ihn ängstigte. Er mußte sich auf vertraute Küsse, vertrautes Streicheln des Haares zurückziehen, um den Dingen wieder eine Dimension zu geben, die er fassen konnte, um das Gefühl zu vertreiben, daß er gegen etwas wie eine erregende, aber am Ende ihn überwältigende Mauer gestoßen war. Er mußte sich sammeln, aber als er zurückwich, war Ellen wieder ganz zu sehen, sie saß nicht einmal mehr aufrecht da, um seinen Bewegungen zu entsprechen, sondern blieb liegen, während er die Stimmen aus seinem Kopf scheuchte.

Er bewegte sich auf Ellen hinauf und lag einfach da, seine Knie gegen die ihren. Nach und nach wich der Druck ihrer Knie und eins von seinen glitt zwischen sie. Sie ließ ihre Beine auseinandergehen, daß seine Knie die Decke unter ihnen berührten. Dann spürte er, wie sie ihre Beine öffnete. Er wollte sich auf die Arme stützen, um sehen zu können, aber sie hielt ihn kräftig fest und ließ ihn nicht. Er ließ seine Hand zwischen den spitzen Hüftknochen hinabgleiten, hielt sich selbst fest, bis er in ihr einen Anfang gefunden hatte, und stieß. Er war erst einen Augenblick eingedrungen, als er sich in kochendem Zucken ausleerte. Er fühlte sich allein und verwirrt.

Otis brachte Joe mit Mr. Overstreets Laster zum Zug. Als sie am Bahnhof angekommen waren und vor den Säulen hielten, folgte Otis mit den Augen einem Gepäckträger, der einen Karren mit Metallrädern am Gleis entlangschob. „Paß auf dich auf, Joe“, sagte er über das Klirren der Karrenräder hinweg. Eine helle Septembersonne beschien die Welt.

„Mach ich, Otis. Du auch.“

„Ich würde sagen, du hast sehr gute Arbeit für Mr. Overstreet geleistet.“

„Danke.“

„Ich bin sicher, du könntest hier jederzeit arbeiten, falls er das Land von deinem Daddy bekommt.“

„Hat er das vor?“

„Würde ich sagen, Joe. Er nimmt nicht an, daß du drum kämpfst.“

„Lieber kämpf ich drum, als daß ich zurückkomme und für den alten Overstreet arbeite.“

„Ist schon ein schäbiger Geizkragen“, meinte Otis nachdenklich. „Also, Joe, wir sehn dich mal wieder. Und viel Glück.“

Otis war kaum davongefahren, und Joe hatte eben angefangen, seinen Kleidersack zum Zug hinüberzuschleifen, als Billy mit seinem Pritschenwagen ankam, hinten noch seinen ganzen Krempel auf der Ladefläche, und ausstieg. Er hielt auf dem Schotter an und schwenkte den Arm zu Joe hinüber. Er nahm den Hut ab und legte ihn in den Wagen. Ein weißer Streifen Stirn stand über seinem sonnengebräunten Gesicht.

„Komm her, du!“ sagte er, die Hände in die Hüften gestemmt.

Joe wollte nicht hinübergehen. Er fühlte sich fast gelähmt vor Angst, aber er wußte, er würde es mit sich selbst nicht mehr aushalten, wenn er nicht hinüberginge. Jetzt kam es zum Kampf, und Joe wußte nicht, wie man kämpfte. Billy hatte ihn vor einem Jahrzehnt besiegt, und es sah so aus, als würde sich das wiederholen. Er ging los, bei jedem Schritt mit dem Gefühl, er könnte sich jetzt gleich umdrehen und davonrennen. Er starrte Billy auch an, zuerst aus einem hoffnungslosen Pflichtgefühl heraus und dann mit zunehmend isoliertem Blick, bis vor ihm nur noch die sich nach und nach vergrößernde Gestalt Billys im Gewühl des Bahnhofs und der Straßen sichtbar war. Billy streckte ihn mit dem ersten Schlag zu Boden, und Joe kam mühsam wieder hoch. Er stand noch nicht aufrecht, als Billy ihm einen zweiten Hieb versetzte, und Joe konnte die Faust auf seinen Gesichtsknochen aufschlagen hören. Als er sich wieder auf die Beine kämpfte, hörte er einen Reisenden rufen, daß es jetzt aber reiche, aber nun hatte er Billy beim Hemd und fing an, ihn zu sich herzuziehen. Als Billy anfing, ihm kurze, brutale Faustschläge ins Gesicht zu geben, sah Joe, wie Billy vom Ende eines Polizeiknüppels zurückgeschoben wurde. Der Polizist trat zwischen Joe und Billy. Sie starrten sich erschrokken an wie zwei Fremde, die einander an einer Unfallstelle begegnen. „Viel Spaß in Vietnam“, sagte Joe bitter. Er schaute Billy an, dessen Augen glasig waren vor Haß, und dann wandte sich Joe ab, um zum Zug zu gehen. Als er sich hinunterbeugte, um seine Tasche aufzuheben, wurde er ohnmächtig.

6

Es schien, als würde Joe immer viel Zeit darauf verwenden müssen, Mißverständnisse mit Frauen zu entwirren. Im folgenden Sommer, als er achtzehn war, war er nach Mexiko getrampt und in einer kleinen Stadt in Sonora gelandet. Er erinnerte sich daran, wie Viehtransporter zwischen den Ziegelmauern am Stadtrand entlanggefahren waren und irgendwie zu rasch um den Brunnen herum, wie im Film. Er erinnerte sich an das fortwährende Gurren trauriger Tauben und an die Erstkommunikantinnen in weißen Wolken vor der Kirche. Er erinnerte sich an die Agaven und die Ocotillos mit ihren orangeroten Blüten und an die hageren Rinder, die so hoffnungslos einherzugehen schienen. Er erinnerte sich an einen Mann ohne Hemd, der neben einem baumelnden Rinderviertel stand, Fleischstücke für vorüberkommende Passanten abschnitt und auswog und die Pesoscheine nervös um seinen Zeigefinger wikkelte. Joe erinnerte sich, daß die Stadt ein staubiges Netz war, arme Tiere trugen Sachen für die armen Leute, für unsere Augen unbedeutende Dinge wie ein Bündel Zweige. Er schämte sich, etwas zu besitzen.

Zwei Jungen führten ihn in eine Cantina und hin zu einer Prostituierten, einem hübschen Mädchen, sehr groß für eine Mexikanerin. Er ging nach oben. Sie gab sich ihm hin, was Joe damit erwiderte, daß er sich in sie verliebte und mit äußerster Anstrengung darüber nachdachte, wie man sie reformieren und ihr Englisch beibringen könnte, damit er sie zur Frau nehmen konnte. Joe saß die ganze Nacht in der Cantina, in sich zusammengeschrumpft, hatte sie eingeladen und ließ seine Rolle Pesos von ihr wie eine Artischocke entblättern. Sie tanzten zusammen. Sie ließen sich an ihrem Tisch photographieren. Als Joe in die USA aufbrach, hatte er noch das Photo, die Kleider am Leib und ein stark angeknackstes Herz.

Im Herbst, als er wieder auf der Schule war, fand seine Mutter die Photographie. Sie hielt sie mit beiden Händen und starrte darauf, als er, herbeizitiert, in ihr Zimmer trat.

„Joe", sagte sie, „ich schäme mich *so* für dich." Joe wußte nicht, was er sagen sollte. Es gab nichts Angemessenes. Sie hob den Blick, und er mußte sie ansehen. „Da bist du“ – ihr Blick kehrte zu dem Photo zurück – „mit dieser reizenden jungen Frau“ – sie schaute mit durchdringender Enttäuschung zu ihm hoch – „und *dein Hemd hängt aus der Hose!*“

Joes Mutter brachte aller Welt Bridge bei, von einem missionarischen Eifer beseelt. Es gab eine Art opiatversetzten Hustensaft, den sie Joe eingegeben hatte, als er vier Jahre alt war. So unterbrach er mit seinem Herumtollen die Partien nicht, die vor dem großen Fenster mit den sechzehn Scheiben stattfanden, welches über die niedrigen Hügel sah, wo die Frühlingsregen immer noch Büffelknochen hervorwuschen. Und Joe durchträumte die Bridgenachmittage scheinbar selig. Seine Mutter spielte jede Woche Bridge, zutiefst gelangweilt von ihren Mitspielern, den Trotteln aus der Nachbarschaft. Sie sah ihre Landsleute in Montana als ungeschlachte Gestalten, deren unterentwickeltes Bewußtsein immer nur flüchtig aufflackerte. Sie hatte wider besseres Wissen gehofft, daß ihr Sohn Joseph Starling junior sich aufmachen und irgendwo die Kultur entdecken würde, aufbauenden Umgang finden, sich einen Namen machen und sich mehr oder weniger nicht mehr blicken lassen würde in seiner Heimatstadt.

Als Einzelkind hatten Joe die widersprüchlichen Pläne seiner Eltern zerteilt. Sein Vater hatte immer noch die Fähigkeit des Westerners, in die leere Weite des reinen Raums zu schauen und dort Möglichkeiten zu erblicken. Seine Mutter sah in einer traditionellen Erziehung ein Fluchtwerkzeug – für eine Flucht, die für sie nicht mehr denkbar war, die aber ihrem Sohn irgendwie an ihrer Statt gelingen könnte.

Joe schloß die Ausbildung am Kentucky Military Institute ab und wurde zur großen Befriedigung seines Vaters in Yale angenommen. Dieses Glücksgefühl verschwand rasch, als Joe sich entschied, Kunst zu studieren. Als Joes Vater ihn in Yale besuchte und die ausgestellten Studentenarbeiten sah sowie – noch schlimmer – das verrückte Gebäude, in welchem Kunst unterrichtet wurde, erklärte er Joe, daß sie einander nichts mehr zu sagen haben würden, wenn er so weitermachte. Joe malte Landschaften, doch von einer solchen Strenge, daß sie sich dem näherten, gar nicht vorhanden zu sein. Das Mißtrauen seines Vaters vertiefte sich, daß das Ganze trotz anderslautender Bestätigungen von seiten bedeutender Institutionen ein ausgelegter Schwindel war.

Seine Überzeugung änderte sich nicht, als Joe die Universität verließ, nach New York zog und ein erfolgreicher Maler wurde. Das war zwar ein Beruf, aber anscheinend eben doch kein richtiger. Aus Joes Sicht wurde hier etwas einfach nicht begriffen. Und dann konnte er nicht mehr malen. Psychologisch gesehen war es kaum kompliziert, und er durchschaute es ganz gut. Er hatte immer aus dem Gedächtnis gemalt, und aus irgendeinem Grund konnte er sich in letzter Zeit nicht mehr an sehr viel erinnern. Er hoffte, dies würde nur vorübergehend sein, aber im Augenblick hatte er niemandem etwas zu bieten, nicht einmal den Galeristen, die praktisch genug veranlagt waren und wußten, was gesucht wurde. Es schien einfach Schluß zu sein bei ihm, und das war's dann.

Davor aber, ehe seine Liebe zum Malen, zur Malerei sich zu einer Art stummer Raserei gesteigert hatte, wurde seine Beziehung zu seiner Mutter enger. Sie legte eine lang vergrabene Mädchenhaftigkeit wieder an. Schließlich erstreckte sich diese Nähe auch auf Ernsteres. Einen Sommer nach dem Umzug der Familie nach Minnesota war Joe auf der Ranch, malte und sorgte für den größten Teil der Bewässerungsarbeiten. Seine Mutter, die angekündigt hatte, daß sie in ernster Mission kam, flog von Minnesota auf Besuch herüber.

Joe machte Eistee, und sie gingen hinaus und setzten sich an einen Picknicktisch unter einem Halbdutzend blühender Apfelbäume; die Bäume waren seit Jahren nicht mehr geschnitten worden, doch sie trieben zwischen den toten Ästen Blüten in überwältigender Fülle. In der Mitte stand ein Telephonmast, was der Szene etwas von ihrem idyllischen Charakter nahm, und gleich dahinter ein hölzerner Viehtrog mit vier von vielen

Zungen abgeschabten Salzklötzen. Eine Handvoll reinweißer Wolken schwebte reglos droben. Joe und seine Mutter hatten am selben Platz gesessen, als er ein Kind war, und hatten über Sackhüpfen, die Natur, wilde Blumen, das Leben geredet, über alles, worauf sie gerade kamen. Seine Mutter wickelte sich immer noch das Haar um den linken Zeigefinger, wenn sie nachdachte, während Joe seine Finger verschränkte und anstarrte, bis ein Gedanke kam. Sie hatten immer den erwünschten Ausgang irgendeiner Situation „eine staunenswerte Reise" genannt, beispielsweise: „Es wäre eine staunenswerte Reise, wenn du dieses Jahr in Physik nicht durchfällst."

„Erzähl mir die lange Geschichte möglichst kurz", sagte Joe.

„Es ist eine ihrem Wesen nach lange Geschichte."

„Versuch es, so gut es geht."

Seine Mutter trank von ihrem Eistee. Sie fuhr sich mit den Fingern durchs Haar, schob sich den Kopf zurück, um in den Himmel zu sehen.

Sie ließ einen lackierten Fingernagel einmal gegen den Tisch klicken. „Dad muß trockengelegt werden. Er hat ernste Probleme mit seiner Divertikulitis gehabt, da könnte man operieren, aber eine Operation ist ausgeschlossen, weil er massivste Entzugserscheinungen hätte, ehe er sich erholen kann."

Joe dachte einen Moment lang nach. „Vielleicht sollte er sich einfach hinlegen und das Entzugsdelirium durchstehen, und anschließend alles andere regeln."

„In seinem Alter und in seinem Zustand, das hat man mir versichert, geht er am Delirium tremens zugrunde, wenn er es nicht in einer Klinik unter Aufsicht durchmacht."

„Kann er mit der Divertikelentzündung weiterleben?"

„Nein."

Hinter dem Obstgarten hatten die Biber an einem kleinen Fluß einen Damm gebaut, und Rohrkolben waren gewachsen. Ein dichter Schwarm Sumpfamseln flatterte auf, gejagt von einem Hühnerhabicht. Der schoß davon in eine Pappel und beobachtete, wie sich die Amseln im Röhricht verteilten. Nach einer gewissen Zeit würde es sich wiederholen.

„Ich habe das Gefühl, du könntest die Geschichte stark kürzen, wenn du wolltest.“

„Diesen Teil schon. Du am ehesten kannst Dad in eine Klinik schaffen.“

Joe stützte einen Ellbogen auf den Tisch und lehnte sein Gesicht in die Hand. „Mag er mich überhaupt, Mutter?“

„Nicht besonders.“

„In diesem Fall klappt es vielleicht wirklich“, sagte er, als sähe er einen Hoffnungsschimmer. Tatsächlich war er sehr verletzt. Und am Ende nützte es nichts.

In diesem Sommer machte Joes Vater in Minnesota Bankrott. Aber er sah es kommen und überschrieb die Ranch auf seine Schwester Lureen, um den Besitz vor der Vollstreckung zu retten. Im direkten Gespräch mit Lureen sowie in einem Brief, der das Gespräch festhielt und von dem Joe einen Durchschlag bekam, gab er seiner Absicht Ausdruck, eines Tages die Ranch wieder zu übernehmen und sie am Ende seinem Sohne Joe zu hinterlassen. Aber dazu kam es nie: Er starb, als er mit seinem Wagen zum Konkursgericht fuhr; ein schwarzer viertüriger Buick fuhr mit einem Leichnam am Steuer durch Northfield, Minnesota. Die Grauensszene beherrschte einen Monat lang die Lokalnachrichten.

Sein Vater hatte so oft mit seinen Testamenten herumgespielt, daß keines mehr bindend war und er praktisch ohne letzten Willen starb. Der Besitz in Minnesota ging an Joes Mutter, und es hatten genügend Investitionen das Konkursverfahren überstanden, daß sie bequem davon leben konnte. Lureen bot ihr nie an, die Ranch zurückzugeben. Sie machte klar, daß sie für Joe aufbewahrt wurde. Sie und Joes Mutter kannten sich seit den Tagen in der Schule in Clarendon Creek mit ihren zwei Klassenzimmern, als beide kleine Mädchen waren. Sie hatten sich nie leiden können. Joes Mutter sagte: „Lureen ist schon im Kindergarten ein Mauerblümchen gewesen und eine Landpomeranze.“ Lureen sagte, Joes Mutter hätte „alle Vorteile der Prostitution genossen, ohne das Gesundheitsrisiko und den zwangsläufig frühen Rückzug vom Beruf". Es war die schärfste Formulierung, die Lureen in einem langen ruhigen Leben unterlief, und sie hatte Joes Vater so ungeheuer erheitert, daß er sie Joe entzückt wiedererzählt hatte. Bis zum heutigen Tag wußte Joe nicht, was er davon halten sollte oder weshalb der Satz seinen Vater so hingerissen hatte, den Bankier und einstigen Cowboy. Ein Jahr nach dem Tod seines Vaters starb seine Mutter — zusammenhängende Ereignisse.

Joe und Lureen hatten einander immer mit vollkommener Klarheit verstanden, was die Ranch betraf. Die Pachtzahlungen gingen an sie; sie brachte sie zur Bank und schickte Joe einen Scheck. Ein besonderes Konto wurde eröffnet, um Lureen für ihre erhöhten Steuern zu entschädigen, und sie bekam ein Gehalt als Verwalterin dafür, daß sie sich einmal jährlich mit den Overstreets besprach. Lureen lebte von ihrer Lehrerinnenpension und der Rentenversicherung. Ihr Haus gehörte ihr, und sie wohnte einfach und behaglich darin. Joe bot ihr an, sie zu unterstützen. Das schien sie nicht zu wollen, und sie sagte oft, daß sie es als ihre Aufgabe betrachte, sich so, wie es sich gehörte, um die Finanzangelegenheiten zu kümmern, welche Joes Vater in ihre Hände gelegt hatte. Irgendwann würde die Sache mit der Überschreibung auf Joes Namen geregelt werden; das wäre dann alles. Unglücklicherweise entwickelte Smitty Besitzerstolz.

Nach ein paar Jahren in New York zog Joe nach Florida, wo es immer warm war, und bald traf er Astrid, die auf der Kühlerhaube eines 1935er Rolls-Royce daherkam, mit nichts bekleidet als mit aufgesprühter Goldfarbe. Sie ging als Kühlerverzierung zu einem Kostümfest. Als sie tanzten, wurden seine Kleider golden. Soviel wußte er noch von ihrem ersten Kuß: in dem Moment, als er vorüber war, sagte sie: „Du machst mich verrückt." Er hatte sich in letzter Zeit mit einer Frau getroffen, die er beim Abliefern einer Urinprobe für seine jährliche Generaluntersuchung kennengelernt hatte, ein Mädchen aus Indiana mit lauter, klingender Stimme, deren ordentlich aufgeräumte

Wohnung mit guatemaltekischen Molas und Gangsterfilmplakaten dekoriert war. Sie hatte keine Chance gegen Astrid, die überall von einem Schwarm konfuser Männer umgeben war, welche sich selbst dafür haßten, daß sie von ihr so fasziniert waren. Astrid verbrühte sie mit ihrem kubanischen Lachen oder schickte sie zu erniedrigenden Besorgungen.

Nicht lange nach der Kostümparade verbrachten Joe und Astrid einen ganzen Abend mit der Anfertigung von Totenmasken, und Joe lehnte seine beim Abendessen neben sein Gedeck, so daß Astrid es ihm nachtat. Sie sagte: „Du siehst unglaublich alt aus in deiner Totenmaske." Es war ihm unbehaglich gewesen, als er durch einen Strohhalm atmen mußte.

Joe sagte: „Deine sieht auch nicht so gut aus." Er schob die Zunge durch das Mundloch ihrer Totenmaske. „Abgesehen davon fühle ich mich ganz leer", sagte er.

Nachdem sie begonnen hatten, zusammenzuleben, fragte Astrid ihn immer, warum er nicht malen würde. Er fragte dann: „Was malen?"

Nach ein paar Jahren hörte sie auf zu fragen.

Um Geld zu verdienen, wurde Joe freiberuflicher Zeichner für Gebrauchsanweisungen. Wegen seiner perfekten Zeichentechnik hatte diese Tätigkeit zu Beginn etwas Besonderes und Befriedigendes. Er arbeitete für seinen alten Schulfreund Ivan Slater, der mittlerweile ein erfolgreicher Geschäftsmann war. Ivan war nicht an Kunst interessiert – Ivan war daran interessiert, anderen verständlich zu machen, wie Dinge funktionierten. Ivan sagte es ihnen, Joe zeigte es ihnen. Joe hatte das Gefühl, daß er hier etwas Reelles verkaufte. Er hatte es mit nichts Neurotischerem zu tun als mit dem Einhalten von Terminen und mit seinen Phantasien von Leuten – die er nie gesehen hatte – beim Bedienen verschiedener Apparate. Der große Haken an dieser Arbeit war, daß Ivan Slater immer dabei beteiligt war, Joes irritierendster Freund, der bis zu einem beträchtlichen Privatvermögen emporgescheitert war. Joe war nicht im geringsten eifersüchtig und war sogar geschmeichelt, daß Ivan es als Akt der Freundschaft interpretierte, Joe von seinem, wie er meinte, recht verrückten früheren Leben wegzulocken.

Das erste, dessen Funktionsweise Joe den Amerikanern erklärte, war ein batteriebetriebener zusammenklappbarer Fön. Der einstige Landschaftsmaler ließ das Instrument den Betrachter regelrecht anspringen; die Bedienungselemente waren so eindrücklich gezeichnet, daß alles unmittelbar verständlich wurde. Auf der glänzenden Wölbung an der Seite des Geräts ließ Joe die Außenwelt sich in einem kleinen Glitzern andeuten. Joe goß sein Herzblut in dieses Glitzern. Das Glitzern enthielt winzige Details von seiner Ranch in Montana und vermittelte den Eindruck, daß der Fön in ziemlich entlegenen Umständen wie zu Hause war. Es machte ihn glücklich und hinderte den neuen Besitzer in keiner Weise daran, sich die nötigen Informationen zum Haaretrocknen zu beschaffen. Der Kontrolleur in der Firma strich Joe einen Scheck. Joe lebte weiter. Die Weidepacht gestattete es ihm, bei den Aufträgen, die er annahm, ein wenig wählerisch zu sein. Astrid machte die Pachtzahlungen dafür verantwortlich, daß er nichts malte; sie nannte sie seine Wohlfahrtsschecks.

Joe zeigte den Leuten, wie man mit einem elektrischen Drehtablett in mehreren Stufen, einem Garagentüröffner, einem automatischen Katzenfütterungsgerät, einem Brettspiel mit geopolitischem Hintergrund, einem Telephongerät, so klein, daß man es an die Kleidung heften kann, einem Radardetektor für Autos und einer Gasheizung in Form eines glostenden Kaminscheits umgeht. Lange Zeit nährte Joe sein Interesse an diesen Projekten, indem er sich vorstellte, er arbeite für eine einzige wohlhabende Familie, fünf peinlich dumme, doch glückliche Menschen, die zu gern den wertlosen Scheißdreck zu bedienen gewußt hätten, für den sie gutes Geld bezahlt hatten.

Ivan Slater hatte eine Menge Solid-State- und Halbleiter-Informationen zusammengebracht und eine sogenannte „tragbare Sekretärin“ mit dem Markennamen „Miss X“ entwickelt, einen batteriebetriebenen Laptop-Computer, so groß wie eine durchschnittliche Aktentasche. Miss X war kompliziert zu bedienen und kompliziert zu beschreiben, da ihre Funktionen so verschieden waren – Maschineschreiben, Diktat, Ablage und noch mehr. Ivan Slater war ein begabter Techniker, aber kein guter Verkäufer, und auf einem Dutzend Industriemessen gebrauchte Ivan, Joe am Ärmel hinter sich herzerrend, immer denselben verblüffenden Werbeansatz: „Miss X macht ALLES außer Ihnen im Hotel einen zu blasen!" Ivan sah sich selbst als beispielhaften Vertreter der neuen Generation von Industriellen mit direktem Publikumskontakt, einer wachsenden Gruppe mächtiger Männer, angeführt von den Herstellern des Remington-Rasierers und des „Two Thousand Flushes"-Toilettenreinigers, die in ihren eigenen Fernsehspots auftraten und aufgeregt die potentiellen Kunden aufforderten, ihr Produkt zu nehmen – von Ralph Lauren, der in seinen eigenen gedruckten Anzeigen als Cowboy figurierte, und vom König aller, Lee Iacocca von Chrysler mit seinem unsterblichen „I guarantee it". Diese Männer waren die Helden von Ivan Slater, und er ließ es seinerseits nicht an Nachdrücklichkeit des Auftretens mangeln.

Auf einer Messe in Atlanta hatte Joe Gelegenheit, den Widerstand unter manchen Kollegen zu studieren, den Ivan Slaters Stil ausgelöst hatte. Sie hatten einen eigenen Stand in einer Kongreßhalle in der Nähe der Peachtree Plaza. Ihre Branche operierte in einer merkwürdig gesetzten Atmosphäre. Bei einer Auto- oder Wohnungsbauschau wäre die Hölle los gewesen. Dies aber waren die Geschäftsleute einer neuen Ära – Zurückhaltung und ein ambivalent-intellektueller Tenor sorgten für eine fast gespenstische Stimmung. Joe stand hinter einem Tisch, auf welchem ein Modell der Laptop-Sekretärin aufgestellt war. Er hatte einen Stapel Broschüren vor sich, und da er mit den erläuternden Zeichnungen nicht fertig geworden war, stand er bereit, die Maschine persönlich zu erklären. Ivan hatte sich schon vor längerer Zeit mitten in die Menge gestürzt.

Ein Mann an die sechzig näherte sich dem Tisch. Er war groß und trug einen gutgeschnittenen grauen Nadelstreifenanzug. Er starrte Miss X an, ohne sich eine Broschüre zu nehmen. Sein linker Arm umschlang seine Taille, die Rechte hatte das Kinn ergriffen; er dachte nach.

Endlich sprach er. „Ist das der Apparat, der ALLES tut bis aufs Schwanzlutschen?"

„Genau, aber da arbeiten wir noch dran", sagte Joe.

Eine Woche später war Joe wieder in Florida. Er rief Ivan in New York an und gab zu, daß er wohl nicht mehr weiter an Miss X arbeiten könnte.

„Miss X", sagte Ivan, „gehört bereits der Geschichte an."

Joe glaubte, jegliche Kontrolle über sein Schicksal verloren zu haben. Er wußte, daß er eine weitere Liaison mit jemand, der viele Eisen im Feuer hatte, nicht durchstehen würde. Was es auch gewesen war, das ihn von einem Ort zum anderen getrieben hatte, es würde ihn nicht weitertreiben. Er konnte nicht begreifen, weshalb er beim Blick in sein Inneres – in das er während seiner Lehrzeit so lange geschaut hatte – nichts fand, was er gebrauchen konnte.

Nach einer Woche kam Ivan nach Florida. Er lud Joe und Astrid zum Mittagessen in ein Restaurant ein, das so massiv klimatisiert war, daß die Fensterscheiben beschlugen.

„Die Sache geht so", sagte Ivan. „Miss X war ein klassisches Beispiel dafür, daß man *keine* eigene Idee hat, daß man synthetisiert, was schon da ist. Und es war eine gute Synthese, aber die Aussichten waren begrenzt, und, Mann, ich nehm's dir nicht übel, daß sie dir langweilig geworden ist. Im Mittelpunkt stand dabei der vollkommene Mangel an Originalität. Um Miss X zu erfinden, mußte ich mich zur Arbeitsgruppe machen, und das merkt man dann eben auch."

„Ich nehme doch an, der Grund für deine gute Stimmung ist der, daß du jetzt eine bessere Idee hast", sagte Joe.

„Ich habe mich umgesehen und habe mich gefragt: Was ist das Eine, das unsere Welt am besten charakterisiert? Welches eine Ding? Die Antwort lautet: Mißtrauen."

Astrid sagte: „Das ist wahr."

Also sagte Joe: „Das ist wahr."

„Ich habe mir die Aufgabe gestellt, eine Maschine zu erfinden, die sich mit dem Problem des Mißtrauens befaßt, die meine chinesischen Freunde mit ihren Mikrochips bauen können und die ich stark überteuert wagenladungsweise verkaufen kann. Mir hat mal einer gesagt, daß der ideale Artikel bei der Herstellung zehn Cents kostet, für einen Dollar verkauft wird und süchtig macht. So etwa gehen wir hier auch vor."

„Was ist es?" fragte Joe, der sich über die lange Ouvertüre ärgerte.

Ivan hob sein Glas. Ein Lächeln umspielte die Lippen, während seine Augen zwischen Joe und Astrid hin und her flitzten. „Ein Heim-Lügendetektor", sagte Ivan.

„Hast du einen dabei?" fragte Astrid eifrig.

„Keine Sorge. Noch steckt das Ganze erst in meinem Hirn, aber die Gewinnprojektion, die man bei dem Ding extrapolieren kann, die sieht aus, als könnte man selbst Geld drucken. Das wird sich so allgemein verbreiten wie das Fernsehen! Die White-Collar-Kriminalität wird drastisch abnehmen. Das Gerät wird die Hausfrauen, die fremdgehen, millionenweise auf die Straße setzen. Der Präsident und die First Lady werden sich nach einem Abend mit unserem Produkt auf dem Rasen des Weißen Hauses ohrfeigen, weltweit werden Priester exkommuniziert werden, die Gemeinde wird betäubt dabeistehen. Fundamentalistische Fernsehevangelisten werden von denselben grinsenden Horden aus ihren Palästen vertrieben werden, welche sie ihnen errichtet haben. Nur vier Amtsinhaber werden im Kongreß übrigbleiben, alles aufrichtige Kretins. Die Krankenhäuser wird man mit Veterinären besetzen müssen. Hufschmiede werden den Leuten die Zähne ziehen. Konserven werden ohne Etiketten auf individuelle Empfehlung hin verkauft werden. *Amerika* wird *nackt* dastehen."

„Wird das schwierig zu bedienen?" fragte Joe schwach. Er fühlte sich zum Stichwortgeber Ivans herabgewürdigt.

Ivan massierte eine imaginäre Kugel vor sich in der Luft. Sein Entzücken über Joes Kooperationsbereitschaft war grenzenlos. „Schwierig zu bedienen! Das Ding hat nur zwei Knöpfe, ‚Richtig' und ,Falsch'! So klassisch schlicht wie das Kreuz, an das sie Jesus geschlagen haben. Da ist alles drin, was dem modernen Leben gefehlt hat, in Form von zwei simplen Knöpfen. Wenn das Teil zum drittenmal durch den Discount geht, dann haben wir alle eine reinigende Feuerprobe hinter uns. Ich meine – die kleinen Sachen! Der Kellner in Lauderdale, der dir drei Wochen alten Kabeljau als Blaufisch hinstellt und sagt ,Wünsche guten Appetit'. Ich meine, da *folgst* du dem Arschloch in die Küche und schnallst ihm das Ding an –"

„Einen Moment", sagte Astrid. „Einen Moment, einen Moment, einen Moment. Du kannst das Ding nicht wie eine Pistole einsetzen. Du kannst nicht den Kellner an den Lügendetektor anschließen, wenn du im Restaurant bestellst."

„Du wirst es können, wenn die Gesellschaft das Gerät einmal akzeptiert hat", sagte Ivan mit verletzter Miene.

An diesem Punkt wurde es Joe und möglicherweise auch Astrid klar, daß Ivan gewisse Probleme hatte, daß vielleicht das ganze Projekt nicht sehr realistisch war, ebensowenig wie Miss X, und daß das, was sie hier sahen, die reine Verzweiflung war. Tatsächlich gelang es ihnen, als Joe Astrids besorgten Blick auffing, sich stillschweigend darauf zu verständigen, daß jetzt geduldige Aufmerksamkeit angesagt war. Und einen Augenblick lang freuten sie sich an der Nähe, die in der gemeinsamen Diagnose von Ivans Krankheit lag. Dann dachte Joe: Vielleicht behandeln sie *mich* mit schonender Geduld. Ivan und Astrid hatten eine auf Joe penetrant wirkende dicke Freundschaft geschlossen, eine Kameraderie von widerlicher Herzlichkeit, aus der regelmäßig Salven von guten Ratschlägen hervorgingen, häufig auf Joe gezielt.

Ivan spürte die leise Peinlichkeit. Sein Wortschwall war versiegt. „Die Luft ist so feucht", sagte er.

„Man gewöhnt sich daran", sagte Astrid, als interpretiere sie die Situation, lehnte sich dabei aber unbeteiligt zurück, um zuzusehen, wie er damit fertig wurde.

„Was machen die Leute hier so?" fragte er.

„Ach je", sagte Joe, „das Übliche."

„Grillpartys?" fragte Ivan. Er hatte wieder alles unter Kontrolle.

„O nein. Viel mehr als das. Hier gibt's Kinos und Klubs", sagte Joe, mit jedem seiner Sätze kämpfend.

„Klubs? Nenn mir einen."

„The Moose."

„The Moose? Das ist ein Klub?"

„Ja."

„In den man hier geht?"

„Ja."

„Gehst du da hin?"

„Nein."

„Und was machst *du*, Joe?"

„Was ich mache?"

„Setz ich dich zu stark unter Druck?"

„Überhaupt nicht", sagte Joe. „Aber diese Frage ist völlig hypothetisch."

Astrid zündete sich eine Zigarette an. Jetzt beobachtete sie Joe.

„Hypothetisch? ‚Was machst du?' ist hypothetisch?" fragte Ivan.

„Meiner Ansicht nach: ja."

„Aber nein, Joe, das ist nicht deine Ansicht!"

„Macht's euch was aus, wenn ich das runterdrehe?" fragte Joe und deutete auf die Skala der Klimaanlage. Er hielt sich mit Daumen und Zeigefinger die Kehle und schluckte betont. „Ich bin mir gar nicht ganz sicher, wie gesund diese Geräte eigentlich sind."

7 Jetzt saß Joe am Ende einer Bar. Im Fernsehen lief ein Baseballspiel. Er schaute tief in sein Glas, auf der Suche nach einer großen Idee. Er saß mit einem Typ namens Mack zusammen und dachte über die Ranch nach, über Smitty und Lureen, über den Kindheitsfeind Billy Kelton, über Ellen und den alten Overstreet, die Berge und all das sich bewegende Wasser. Es war nicht nur Nostalgie, die Pachtgelder kamen nicht mehr. Und es klappte nicht mit Astrid.

„Gibt ein Unentschieden", sagte Mack und starrte über die Schattenrisse der Köpfe hinweg auf den Fernseher. „Du glaubst, du fährst mal rauf und besuchst *wen?*"

„Meine Tante und meinen Onkel. Die wohnen in unserm alten Haus in Montana. Da fahr ich vielleicht wirklich hin."

„Ruf erst mal an", sagte Mack. „Die sind vielleicht tot."

„Kommt's dir nie in den Sinn, mal deine Verwandten zu besuchen?"

„Ich glaube, da ist dieser ganze *Roots*-Zauber dran schuld. Meine Kinder schwärmen aus und lassen die Nachbarn was aufs Band sprechen. Ich bin irgendwie nicht gebaut dafür. Geht an mir vorbei. Das sind dreitausend Meilen!"

Joe ging zurück in die Wohnung. Astrid hatte ihr schwarzes Haar mit einem Streifen blauen Stoffs zurückgebunden. Sie lächelte Joe an. Es lag etwas in der Luft. Astrid war sorglos, und man konnte sie nicht dazu bringen, sich Sorgen zu machen, wenn es ihr nicht wirklich selbst aufging. Sie schaute ihn an, hielt seinen Blick fest. Es wurde still im Zimmer. Er kam her und küßte sie langsam. Sie saß auf einem Stuhl am Ende des Eßtischs, und er stand über sie gebeugt und küßte sie. Sie machte seine Hose auf und hielt ihn fest. Als er aufhörte, sie zu küssen, nahm sie ihn in den Mund. Er hatte eine Hand an ihrem Hinterkopf und stützte sich mit der anderen auf den Tisch. Da lag die Post aufgestapelt, das meiste waren Rechnungen. Er versuchte, so zu tun, als hätte er die Rechnungen nicht gesehen, aber das war unmöglich, es waren so viele. Er stöhnte, und sie saugte stärker. Er sah die Benzinrechnung. Da er wußte, daß sie enorm sein würde, stöhnte er mit besonderer Intensität. Sie packte mit beiden Händen seinen Hintern und versuchte, ihn noch weiter in sich aufzunehmen. Er blätterte mit seinen freien Fingern die Post durch und entdeckte einen Brief von American Express. Gewiß würde man ihnen die Kreditkarte sperren. Ein besonders ausdrucksstarker wortloser Schrei entrang sich ihm, und Astrid ging aufs Ganze. Er konnte die Ironie der Situation bis in die Magengrube spüren. Er blieb stehen, solang er konnte, dann sank er schwach auf einen Stuhl.

Nach einem Moment sagte Astrid: „Was hast du da in der Hand?"

Sie zog den zerknüllten Brief zwischen seinen Fingern hervor. Falten erschienen auf ihrer Stirn. „Die schmeißen uns raus, hm?"

„Wer?"

„Willst du so tun, als hättest du das hier nicht gesehen?"

Joe schüttelte den Kopf.

Ein merkwürdiger Ausdruck ging über Astrids Gesicht. „Ein echt starker Abgang, hm?" fragte sie.

„Ich geb's auf", sagte Joe. Die Sache war die – er liebte Astrid. Und er hätte in ihr eigentlich Besseres wecken können, als er's getan hatte. Er holte Sachen aus Astrid raus, die schlecht waren, und dann empfand er Abneigung gegen sie. Er saß da und sann über sein eigenes unfaires Verhalten nach, während der Wind grüne Massen von Florida-Stechpalmenzweigen ans Fenster drückte. „Mein Charakter", sagte er, „setzt sich fast ausschließlich aus Zügen zusammen, die ich bei anderen hasse."

Sie standen unter einem bisher unbekannten Druck. Sie mußten mit weniger auskommen, wegen Joes Schwierigkeiten mit seiner Arbeit und dem plötzlichen Ausbleiben der Pachtgelder. Keine der Erklärungen, die Joe von seiner Tante Lureen bekommen hatte, ergab einen Sinn oder überzeugte ihn. Er hatte den Verdacht, daß sein Onkel Smitty das Geld irgendwie von seiner Schwester bekam. Zuerst dachte er sich: Wenn es ihnen soviel bedeutete, daß sie sich dazu hinreißen ließen, es einfach zu nehmen, dann sollten sie's auch haben. Rein technisch lief die Ranch auf Lureens Namen, und sie konnte machen, was sie wollte. Aber das war nicht die Abmachung, die sie mit Joes Vater, Blut mit Blut, getroffen hatte, und das wußte sie auch. Von diesem Punkt aus konnte Joe sich empören. Manchmal ging es vorüber. Manchmal machte es ihn verlegen, und manchmal fühlte er sich bei der ganzen Sache schuldig. Das Schlimmste war, daß Ivan spüren würde: Er hatte nun kaum mehr die Wahl, welche Projekte er übernehmen wollte und welche er ablehnte. Ivan sagte, es berühre ihn schmerzlich, zusehen zu müssen, wie ein alter Freund sich weigerte, an der Konsumfiesta teilzunehmen, und damit am Leben unserer Nation.

Astrid kam zu ihm und setzte sich neben ihn. „Mach's dir nicht zu schwer", sagte sie.

„Ich hab mir immer selbst versprochen: In Zukunft höre ich auf, in der Zukunft zu leben. Aber jetzt muß ich vielleicht ein paar Pläne machen."

„Joe", sagte sie, „warum rufst du nicht ein paar Freunde an? Ich geh mal weg. Ich bin's jetzt müde. Oder zumindest interessiert's mich nicht. Es ist Zeit, etwas zu tun."

Joe rief ein paar Leute an, die er im Westen drüben kannte. Als er mit dem Telephonieren Schluß machte, kam gerade Astrid mit ein paar Einkäufen zurück. Sie stellte sie ab, hob den Läufer im Flur auf und schlenkerte ihn mit einem scharfen Ruck aus. Als wäre sie eine Stierkämpferin. Joes Stimmung war noch schlechter, nachdem er in Montana herumtelephoniert hatte.

Als Ivan das nächste Mal aus New York runterkam, führte er sie zum Abendessen aus. Als sie am Restaurant ankamen, das gleich am Ozean lag mit seinem eigenen seetraubenbeschatteten Strand, war die Sonne schon untergegangen und die Terrassengäste hatten ausgetrunken und waren nach Hause aufgebrochen. Astrid trug ihr Haar aufgesteckt, mit einer rosa emaillierten Blume zusammengehalten. Joe ging neben ihr, die Hand leicht auf die hübsche Wölbung am Ende ihres Rückgrats gelegt. Ivan Slater schien in Eile, obwohl er nicht schneller ging als die beiden anderen. „Ich hoffe, ich hab mich nicht verspätet", sagte er. „Ich bin am Fernseher hängengeblieben. Oprah Winfrey hat einem kleinen weißen Dämchen die Luft rausgequetscht." Er trug ein blusiges kubanisches Hemd und hatte sich als irgendeine entsetzliche modische Anspielung auf Bäuerliches die Hosen hochgerollt. Anstatt angemessener Sandalen oder Huaraches trug er die schwarzen Straßenschuhe mit Schnürsenkeln, die seinen gewohnteren Aufenthaltsorten in New York entsprachen. Trotzdem hüpfte er voll Selbstvertrauen daher, ohne wirklich schneller zu gehen als seine Begleiter. Er brachte gerade etwas auf den Markt, das sich „The Old Vermont Dog Mill" nannte — eine Gymnastik-Tretmühle für übergewichtige Bernhardiner in den Vorstädten, die auch Kaffee mahlen und Energie für einen Küchenmesserschleifer erzeugen konnte. Es schien unmöglich, daß er die Lächerlichkeit dieses Unternehmens nicht sah, aber er tat's nicht, er sah nur eine günstige Gelegenheit. Als Joe an die sich anspinnenden Probleme mit der Weidepacht dachte und sich vorstellte, daß er vielleicht mit Ivan zusammen an der Old Vermont Dog Mill arbeiten *müßte*, wurde es ihm zuinnerst kalt.

Sie bekamen einen Tisch auf der Terrasse unter den Seetrauben und fingen sofort an, die Karte zu studieren, als müßten sie einiges aufarbeiten.

„Der Muschelsalat taugt nichts", sagte Joe. „Reiner Köderabfall."

„Fang nicht wieder an", sagte Astrid.

„Ist jetzt gerade die Zeit für Steinkrabben?" fragte Ivan.

„Wer weiß?" sagte Joe. „Ich weiß es nicht."

„Du machst hier wieder auf völlig ausgebrannt", sagte Astrid.

„Ivan", sagte Joe, „warum besorgst du dir nicht mal selbst eine Freundin? Der Kellner denkt, wir machen auf ménage à trois. Der Oberkellner ebenfalls."

„Du stellst mir diese Frage schon seit unserer Schulzeit."

„Und nie bekomme ich eine Antwort."

„Ich habe selber Freundinnen, aber die sind nie vorzeigbar."

„Uns könntest du sie zeigen", sagte Astrid. „Wir wären bereit, für nahezu alles Verständnis zu haben."

„Ganz schön mutig", sagte Ivan.

„Wir würden's aushalten, wenn sie wirklich entsetzlich wären", sagte Astrid. „Die kleinen Dinge sind's, die einen fertigmachen."

Als das Essen kam, schien auf den Tellern so gut wie nichts zu liegen. Wie Joe mitbekommen hatte, war dies eine Folge der im Augenblick in Frankreich gängigen Ansichten über Cuisine, und natürlich trug das dazu bei, den Preis zu rechtfertigen, aber Joe war hungrig. Er ließ die Zinken seiner Gabel über die ganzen leeren Flächen seines Tellers klirren, als suchte er nach Eßbarem. Astrid war wütend und warf ihm zornige Blicke zu, und der Kellner seufzte theatralisch.

„Wenn du wieder daheim in Montana wärst", sagte sie, „würde man dir zweifellos ein Riesentrumm Lendenstück vorsetzen und du wärst glücklich und zufrieden."

„Ganz recht."

Ein Wirbelwind von Aktivitäten entstand, als Ivan zu essen anfing.

„Joe", sagte Astrid, „ich hab mein ganzes Leben hier verbracht, und du bist der klassische Schneemann. Wenn du ein paar Jahre in der Sonne warst, reagierst du bloß noch ironisch."

„Er hat Heimweh", sagte Ivan mit vollem Mund. „Wenn man Heimweh hat und die Heimat ist dreitausend Meilen weit weg und du bist pleite und ein kommunikativer Abgrund klafft zwischen dir und dem schwulen Kellner und der Teller ist halb leer, ehe man halb angefangen hat, dann tut es einem im Herzen weh."

„Ich danke dir, Ivan", sagte Joe.

„Du möchtest im Leben etwas Spezielles, etwas sorgsam Ausgewähltes, Joe. Ich mag's, wenn das Leben prall aus den Nähten platzt", sagte Ivan.

„Ich mag's mit lauter Musik und scharfer Sauce", sagte Astrid.

„Weil du Kubanerin bist", sagte Joe.

„Das ist eine rassistische Bemerkung", sagte Astrid.

„Im Ernst, Joe", sagte Ivan. „Sei nicht so pingelig. Hör auf, die Dinge so genau abzuwägen. Das ist neurotisch. Der Mensch ist zum Konsum geboren. Sag zu allem gottverdammten Scheiß Ja."

Der Kellner sah Astrid bedeutsam an. Sie waren befreundet. Im Lauf von drei Jahren hatte sich Joe nicht an Astrids Freunde gewöhnt. Der Kellner nahm die kleine Bizarrerie hin, daß sie sich mit Hetero-Männern abgab. Eine helle Woge fing die Lichter des Restaurants auf und rollte schräg auf den Strand. Das Restaurant füllte sich langsam. Joe spürte angenehm, wie das Lächeln auf seinem Gesicht verging. Astrid steckte sich eine Zigarette in den Mund und wartete darauf, daß Ivan ihr Feuer gab. Joe genoß die Freundschaft der beiden. Er liebte den Anblick, wie Astrid rauchte und ärgerliche Leute an Nebentischen die Arme durch die Luft schwenkten.

Astrids unnachgiebige Natur machte sie zur einzigen guten Freundin in Ivans Leben. Joe sah wohlwollend zu. Freundschaft ohne Sex erinnerte ihn an Kinder. Ganz wunderbar, bis plötzlich einer ihn rausholt.

Also würden Joe und Ivan wieder einmal zusammenarbeiten. Ivan war von seiner Arbeit inspiriert; Joe versuchte, die Notwendigkeit anzuerkennen. Früher einmal hatte er gemalt und eine gewisse Anerkennung gefunden; aber er malte so langsam, selbst zu seinen besten Zeiten, und war so selten von einer Idee ausreichend angerührt, daß er Arbeit annehmen mußte, die nicht von starken Gefühlen abhing. In letzter Zeit malte er überhaupt nicht. Er versuchte, „der Sache ins Gesicht zu sehen" — ein Ausdruck, den Astrid ungeheuerlich trübsinnig fand. Er sagte zu ihr, er hätte sich verkauft; sie sagte, ihm fehle die ausreichende geistige Gesundheit, um sich zu verkaufen. „Ich werde der Sache ins Gesicht sehen", sagte er.

„Sieh ihr *nicht* ins Gesicht, Menschenskind", sagte sie.

Nun sah Joe düster zu, wie Ivan bezahlte. Als der Kellner mit seiner Kreditkarte abzog, fragte Ivan: „Was sind zwanzig Prozent von dreiundneunzig Dollar?"

Joe stöhnte.

„Fettlebe!" sagte Astrid.

Am Eingang entstand langsam eine Spannung. Die Hostess hatte eine goldgefaßte Brille an einem Kettchen vor der Brust hängen. Sie setzte sie nur auf, um zweifelhafte Reservierungen in dem großen Buch auf dem Pult nachzuschlagen. Eine Schlange wartete, und Joe freute sich, daß sie schon zeitig gegessen hatten. Sie traten auf die Straße hinaus, wo die glatten Formen der Autos, die auf den abgefallenen Palmwedeln parkten, im Licht der Straßenlampen glänzten. Man konnte die Brandung hören, und Joe gab bei sich zu, daß in diesem Geräusch eine großartige Romantik impliziert war, obwohl sie andererseits immer in der Welt der Implikation zu bleiben schien. Er kam sich vor wie ein alter Stier mit dem Kopf unter dem Zaun, der sich nach dem unerreichbaren Gras gleich dort drüben reckt.

Sie stiegen in Ivans Leihwagen ein. Ivan ließ den Motor nicht gleich an. Das Licht der Straße, das durch die Kokospalmen drang, erhellte alle sechs Knie. „Joe", sagte Ivan, „du bist so still. Und ich kenn dich, Joe. Du bist mein Freund, seit wir Schulter an Schulter auf dem Klo in der Schule vor dem Spiegel unsere Pickel aufgedrückt und stolze Wetten abgeschlossen haben, wer das Spiegelglas trifft. Aber diese Ruhe, so etwas neben der Mütze, das ist die Stille vor dem Sturm, ich kenn's und hab's schon erlebt, Joe. Ich möchte dich nur bitten, daß du dich an ein paar Verpflichtungen erinnerst und dich anständig verhältst, auch wenn's dich umbringt. Ich sage das alles, obwohl ich weiß, daß es vielleicht zu weit weg ist für dich."

Ivan schaute geradeaus durch die Windschutzscheibe. Joe schaute geradeaus durch die Windschutzscheibe. Astrid schaute Joe an.

Joe sagte: „Fahr zu."

8 Als sie Joe am nächsten Morgen angeboten hatte, ihren Wagen zu nehmen, einen kleinen pinkfarbenen Sportwagen, da hatte Astrid naiverweise gesagt, er solle doch ein Pfund Blaufischfilets und zwei Sorten Gemüse mitbringen, und Joe hatte geantwortet, er sei in ein paar Minuten zurück. Jetzt formten sich Wolken in der oberen Krümmung der Windschutzscheibe, wurden langsam hin- und hergewischt und verschwanden. Der gelbe Mittelstreifen tickte im Rückspiegel dahin. Eidechsen und tropische Vegetation überlebten hier in der Atmosphäre einer New Yorker U-Bahn. Der Verkehr auf der großen, mehrspurigen Autostraße floß mit einer halluzinatorisch wirkenden Gleichmäßigkeit dahin, wofür die Autobahnpolizei von Florida sorgte. Er wollte auf Achse bleiben, falls Astrid den Wagen als gestohlen gemeldet hatte.

Am Ende war ein Tag daraus geworden, der fortan in Joes Leben fehlte. Er schaltete sein Radio erst an, als er am nächsten Morgen sein Motel in Pensacola verließ. Ihm wurde klar, daß er nun bald den breiten Körper Nordamerikas erreichen würde, und seine Stimmung hob sich. Er kam über die Grenze nach Alabama und machte ein paar Minuten Pause, um sich einen Flohmarkt auf einem riesigen, glühenden Parkplatz anzuschauen. Es war, als hätte man tausend Abstellkammern auf ein Flugfeld geleert. Ernsthaft standen die Leute hinter Tischen, auf denen bläßliche Versuche ruhten, mit Ölfarben oder Ton Kunst herzustellen, umringt von einer Geschichte der Haushaltsgeräte des zwanzigsten Jahrhunderts. Elvisporträts auf schwarzem Samt. Er fuhr wieder los und mußte eine Meile langsam machen, bis er endlich einen Laster voll gelber Liegestühle überholen konnte. Zerbeulte, angerostete Autos fuhren vorüber, mit harten Gesichtern unter Beatlesfrisuren. Der Himmel schien sich, noch ehe Joe die Höhe des Mississippi erreicht hatte, zu dehnen, schien zu wachsen: Am Escatawpa mühten sich die Kiefern vor einer überwältigenden Weite von blauem Himmel empor. Der Highway war leer. Die Wolken, die sich bis zum Horizont hinab erstreckten, regierten majestätisch die Landschaft. Eine verrückte Empfindung von Freiheit erfüllte Joe – frei, billiges Zeug an den Imbißständen zu essen, frei, mit einer Fremden zu schlafen. Anstatt seine Probleme zu lösen, war er zu jemandem ohne Probleme geworden, einer Art Geist.

Er kam an einer kleinen Bucht vorüber, wo ein junger Typ in knielangen Surfingshorts, die mit Bierreklamen übersät waren, dem Schwimmer seiner Angel auf der spiegelnden Wasserfläche zusah. Diese simple Szene enthielt für ihn ein großes Geheimnis. Eine wunderbare Wasserlandschaft um den Pascaguola zeigte ihre silbernen Windungen auf weite Entfernung durch das Seegras, während die Straße in tiefen, großen Schwüngen hindurchführte. Er hielt an und sah zu, wie Fischer ihre Krabbenboote entluden. Er ging hinunter zum Wasser und setzte sich auf einen abgebrochenen Poller. Eine Frau reichte einem alten Fischer eine Halbliterflasche Whisky in einer Papiertüte. Sie sagte: „Wenn du mich verprügelst wie letztes Wochenende, kauf ich dir kein' mehr." Joe hörte es voll Erstaunen.

Er legte sich in einem Motel schlafen. Draußen auf dem Parkplatz stand ein Paar gegen sein Auto gelehnt und lauschte James Cottons Blues: „I don't like white and white don't like me." Joe dachte darüber nach, als er im Bett lag. Er konnte nicht ganz begreifen, wieso er in diesem unbekannten Motel an diesem unbekannten Ort ein so verzweifeltes Glücksgefühl hatte.

Um sieben Uhr früh rollte er durch Danville Parish, Louisiana. Kiefernwälder standen auf den Höhen zwischen den Wasserarmen; ihr Pollen füllte die Luft und bedeckte das Auto – die Luft war so schwer davon, daß er manchmal dachte, nun müsse er die Scheinwerfer einschalten. Aber der Stoßzeitverkehr in Shreveport war anders als der in anderen Städten, diese dicke Feuchtigkeit, die Wahnsinnssongs im Radio, Flirts zwischen dahinjagenden Autos. Die Sezession hatte doch funktioniert! Die Tafel vor dem Louisiana-Messegelände kündigte Bezirkschampion-Sauen und britische Rockbands an. Im Radio warb man für Boote aus Schwarzlindenholz, Tinkturen gegen Feuerameisen und die Boot-Hill-Pferderennen.

Joe dachte, wenn er nach Texas käme, über den Red River, würde er wieder das Gefühl haben, draußen im Westen zu sein, doch das stellte sich nicht ein. Die Gewitter peitschten auf den Highway ein, und es sah immer noch wie Louisiana aus mit all den Hickorys, Storaxbäumen und Tupelos. Ein Lieferwagen einer Reparaturwerkstatt mit der Aufschrift „Besessen vom Dienst am Kunden!“ fuhr vorüber. Im Süden machte man keine halben Sachen. Jemand schoß in einem kleinen japanischen Auto hinten an Joe heran, Gesicht gegen die Windschutzscheibe gepreßt, überholte, verlor die Motivation. Regenfontänen aufwirbelnd mußte Joe ihn wieder überholen. Der Wolkenbruch wurde noch stärker, und ein, zwei Meilen die Straße nach Longview, Texas, runter drehte sich ein Pritschenwagen in Zeitlupe seitwärts, glitt über die Linie und in den Graben. Drei Männer stiegen aus und starrten ihn an. Diese Männer hatten anscheinend das Gefühl, der Pritschenwagen schulde ihnen eine Erklärung. Als er Longview erreicht hatte, konnte er sich umdrehen und das Gewitter daliegen sehen, in seiner großartig skulpturierten Form, mit dem drohenden schwarzen Unterbauch. Das Radio meinte, man sei froh über den Regen, weil er den Pollenflug verhindere und jetzt die Allergiker ein bißchen aufatmen könnten, und wollte das nicht jeder, mal ein bißchen aufatmen? Joe schätzte den Regen wegen des Gefühls, daß ein Vorhang zwischen ihm und der Vergangenheit gefallen war, ein willkommener Vorhang. Dies war der Highway, und er war ein Geist. Es war eine Erleichterung.

Irgendwo hinter dem Sabine River begannen Joe die kleinen Ölförderstationen aufzufallen – die aktiven mit frischgestrichenen Pumpen, die auf und ab gingen und Öl heraufholten. Und Stationen, die schon bessere Tage gesehen hatten, mit stillgelegten Pumpen und abgerosteter Farbe, wie ein Feld voll riesiger Heuschrecken, welche gestorben waren oder in einen bizarren Zustand jenseits des gewöhnlichen Todes eingegangen. Das Radio hatte den Ausdruck „atomarer Winter“ verwendet, und Joe bediente sich zunehmend des Radios, um seine Gedanken zu formen. Er dachte immer noch an die Feuerameisen. Feuerameisen im atomaren Winter.

Van Zandt, Texas, lag in sattgrüner Frische zwischen dicht bewaldeten, sanft gewellten Hügeln. Fünfunddreißig Sekunden lang sehnte Joe sich fast schmerzhaft danach, dort zu leben. Dann kam er bei Terrell – froh, nicht länger in Van Zandt zu wohnen – aus den Wäldern heraus in häßliches Viehzüchterland, das aussah wie Iowa und keine Feuerameisen, Pollen und Mulatten in Kabrios kannte, und keine schwarze Musik im Radio. Joe klinkte sich aus und fuhr automatisch weiter, bis er nach langem Aufstieg eine Kuppe erreichte, und da lag unter ihm eine Wolke aus Mesquitesträuchern und Telegraphendrähten und glitzernden Gebäuden. Die harten Kanten des Lichts an jeder Oberfläche schienen ihm zu bedeuten, daß der Westen angefangen hatte und daß er auf dem Weg nach Hause war. Der Himmel leuchtete die weißen Ränder der Felsstürze, die Steine, die Straßen gleichmäßig aus. Die Wolkenkratzer sagten fröhlich: „Wir sehn dich vorbeifahren, du Geist! Mach's gut, Joe!" Das war Dallas!

In Grand Prairie sah er ein typisch texanisch-städtisches Flußbett, wo sich in den Wurzeln der Weiden der Müll verfangen hatte, von den Flutwellen aus Neubaugebieten herbeigespült. Joe war verrückt vor Vergnügen, daß er im Land des Westens war. Er hatte das Gefühl, daß er hier eine neue Orientierung seines Lebens finden würde. Das war die Aufgabe des Westens! Ausgerechnet Gustav Mahler kam im Radio. Great Southwest Parkway! Lone Star Homes! Texas Toyota! Da, ein Stadtviertel, komplex und grandios, Fachwerkhäuschen im Tudorstil schmorten in der trockenen Hitze und hingen an den Hügeln! Ein Schild davor trug die Aufschrift „Von 80 an". Joe begriff die Botschaft nicht, er glaubte, es ginge um das Baujahr; dann wurde ihm klar, daß es sich um den Preis der Wohneinheiten handelte. Heilige Feuerameisen! Kleine Schachteln wie die da?

Er überquerte den Trinity River in hellem Sonnenlicht, das

die Windschutzscheiben des entgegenkommenden Verkehrs in glitzerndem Strom aufblinken ließ, die Viehhöfe von Fort Worth entlang. Ein Radioprediger schrie: „Satan meint es immer ernst!“

Auf einer entsetzlich aussehenden kahlen Ebene nördlich von Fort Worth, nur noch mit einigen Mesquitesträuchern bestanden, fuhr er an Fossil Creek vorbei – „Die Stadt im Grünen! Nächste Ausfahrt rechts, Blue Mound, Texas“. Als er sich Wichita Falls näherte (das Radio ein Weilchen stumm), kamen gutgehaltene Ranchen in Sicht, eine Menge Pferde, die Häuser standen auf kleinen Anhöhen und hatten Windmühlen, um jede Luftbewegung aufzufangen, und barocke Eingangstore, aus Eisenbarren und Winkeleisen zusammengeschweißt. Fetischistisch gepflasterte Auffahrten. Es gab Sachen hier in Texas, die Joe nervös machten, aber er führte es auf das zurück, was immer diese Radioreligion hervorgebracht hatte, Pech und Schwefel im Slowfoxtempo.

Es sah langsam wieder stürmisch aus; der Konflikt von Winter und Frühjahr brachte ungeheuere Kaskaden von Licht hervor, in denen sich Joe schwerelos hochgehoben fühlte, während er in weite Schattenzonen fuhr und wieder hinaus. Lastwagen des Straßendienstes glühten aus sich heraus mit erstaunlichem gelbem Licht. Die Verkehrszeichen leuchteten ihn mit ihren brüsken Hinweisen aggressiv an. Auf Eisenbahngeleisen arbeiteten Männer, angestrahlt wie ein Broadwayensemble. Eine Windbö löste sich von der allgemeinen Bewegung und erhob sich vor ihm wie ein toter König in der Oper. Ein zerbeulter Firmenlastwagen fuhr vorbei; im Rückfenster hing ein Tuxedo. Auf der Straße lagen plattgewalzte Armadillos. Das Wetter sah arg aus – arg und besorgniserregend genug, ihn zu Astrid zurückzutreiben. Oder er hätte – wenn es nicht so blöd gewesen wäre, daß er mit ihrem Auto unterwegs war – sie einfach anrufen können. Er hätte sagen können: „Bin auf der Strecke!“

So hielt er bei Henrietta's an, aß Wachtelbohnen und Maisbrot und lauschte den recht düsteren Wettervorhersagen eines fern in der Küche laufenden Radios. Das Restaurant hatte hölzerne Tischabteile, und ein paar junge Männer in Arbeitskleidung saßen da, ließen die Arme seitlich über die Brüstung hängen und sprachen höflich zu der schwarzhaarigen, alternden Kellnerin.

Wieder auf der Straße, sah Joe in großer Entfernung die britische Flagge auf einer einsamen Plakatwand. Als er sich näherte, stellte sie sich als Werbeplakat für Beech-Nut-Kautabak heraus. Tumbleweeds fegten bei einer alten, aus Ziegelsteinen gebauten High School über die Straße, welche wie eine melancholische Festung gegen den fernen Horizont und die ziehenden schiefergrauen Wolken stand. Baumwollfelder lagen da, hier und dort standen Baumwollkarren an Zweigstraßen. Das Schild in Quanah trug die Aufschrift: „Halten Sie an und essen Sie bei uns – wie Willie Nelson!" Joe bemerkte, daß die törichten Gesichter, die der tiefe Süden geschnitten hatte, die tragischen und komischen Masken, die man dort drunten anlegte, hier einer Art aggressiv starrendem Blick gewichen waren. Am Highway standen Schilder: „Paß bloß auf – du bist in Texas." Es sah hier nicht allzu freundlich aus. Vielleicht lag's am Wetter.

Gleich, nachdem er bei Prairie Dog Town die Gabel des Red River überquert hatte, kam ihm ein Zug aus der Ferne entgegen. Als er näher kam, war nur das Lokomotivenfenster zu erkennen, der Rest war ein großer, schrill pfeifender Hügel Eis und Schnee. Was ist hier los? Mach's Radio an, mein Freund. Er bekam wieder einen Prediger zu hören, diesmal einen, der erklärte, daß der Menschengeist nicht so arbeitet wie ein Müllschlucker und wir nicht allen Schmutz damit beseitigen können. Wir müssen gut achtgeben, daß wir gar keinen Schmutz hineintun in den Menschengeist.

Plötzlich fuhr er auf einer massiven Eisdecke dahin, in dichter Weiße, die ihm völlig die Sicht nahm. Sie fiel einfach vom Himmel, und es war nichts mehr zu sehen. Er kauerte sich über das Lenkrad, als wollte er die Straße noch genauer betrachten, als es in normaler Sitzhaltung möglich war. Die Außenwelt war voller Phantomfahrzeuge – manche schwebten in Augenhöhe vorbei, andere waren seitlich weggesackt und lagen still. Eine menschliche Silhouette erhob sich und verschwand. Es war furchterregend. Es war wie ein Alptraum. Er dachte: Ich werde bestraft für's Stehlen, bestraft dafür, daß ich an der Wahrhaftigkeit von Tante und Onkel gezweifelt habe, als die das Pachtgeld einbehalten haben, bestraft dafür, daß ich nichts male und daß ich eine gute Frau im Stich lasse.

Er fuhr nun hinter einer zwanzig Jahre alten Luxuslimousine, die gemächlich dahinschwankte. An die Limousine hängte er sich. Sie hatte einen Aufkleber *XIT Ranch Reunion* an der Stoßstange, und Joe versuchte ihn im Auge zu behalten, während der Wagen im Schnee verschwand und wieder auftauchte. Er kam an einem alten Schlepper mit einem Anhänger voll Zaunpfähle und Maschendraht vorbei, der zusammengeknickt im Graben lag. Dann verlor er die Limousine – sie schien sich in der Weiße zu dematerialisieren, und er war allein. Er ging auf zehn Meilen pro Stunde herunter und spürte, wie sich ihm vor der weißen, unbestimmten Ferne der Magen umdrehte.

Eine Säuglingsboutique machte jetzt Werbung im Radio. Spezialangebote für Frühgeburten! Windeln zum Beispiel für die winzigen kleinen Popos! Dann geschah plötzlich ein großes Wunder, gleichzeitig mit den Neuigkeiten über jene prächtigen Kinder. Die Sonne trat hervor über einer vollkommenen Welt, und mittendrin lag, umgeben von hysterischen Menschen, ein Greyhound-Bus auf der Seite – rot, weiß und blau mit getönten Fenstern – im Graben. Joe fuhr ganz langsam vorbei, falls er gebraucht würde, aber die Fahrgäste genossen das spannende Schauspiel, wie der Fahrer orangefarbene Warnkegel aufstellte, und schienen Joe nicht zu brauchen oder zu wollen – ihn, der nicht bei ihnen gewesen war, als es geschah, sondern bei den gutgekleideten Babys im Radio.

Kurz hinter Goodnight konnte er, voll wildem Erstaunen über die Natur, Rinder an den Zäunen entlangrennen sehen. Ein Lastwagen fuhr vorbei, wie der Laster von der Reparaturwerkstatt in Louisiana, aber bei dem hier hieß es: „Es tropft des Nachts der Wasserhahn? Dann muß des Nachts der Klempner ran!“ Der Tag war beinahe vorüber. Joe floh durch den Schneematsch nach Amarillo, nahm sich ein Zimmer, aß japanisch und ging zu Bett. Es war ihm, als müsse er sich völlig verausgaben, um's durch Texas zu schaffen. Der Geist wollte heim.

9 Am nächsten Tag war er, ehe er noch ganz aufgewacht war, ehe er irgendeine Gelegenheit gehabt hatte, unwillkommene Gedanken zu verscheuchen, schon in Cimarron County, Oklahoma, wo ein so scharfer Wind ging, daß die Schatten auf dem Straßenbelag flatterten, und wo er sich, als er einmal am Rand eines gepflügten Feldes anhielt, zum Pinkeln in den Wind lehnen mußte, und selbst dann sprühte es wie feiner Nieselregen aus seinem Schwanz. Das Radio erzählte, die Stierpreise in Kansas wären gefallen, weil mehrere von den Fleischfabriken wegen der Blizzards geschlossen hatten. Joe fuhr weiter. Nahe am Horizont lag die überfüllteste Weide von Black Angus-Rindern, die Joe je gesehen hatte. Er starrte hin, bis er endlich daran vorbeikam: ein riesiger Lagerplatz für abgefahrene Autoreifen, der sich über mehrere Morgen erstreckte.

Er sah nun Berge, und seine Stimmung hob sich mit der ansteigenden Höhe, hob sich weiter, bis sie in der Gegend von Monument Hill bei neuem Schnee und dichter Bevölkerung wieder sank; schließlich befand er sich im Berufsverkehr von Denver, der ihn in vollkommene Apathie versinken ließ, während er sich in die wimmelnden Spuren einordnete.

Er ließ Denver Richtung Norden hinter sich; der Verkehr wurde etwa da schwächer, als er an einer großen hellerleuchteten Hunderennbahn vorbeifuhr, erstaunlicher Anblick gegen die dunkelnden Vorberge. Danach war es dunkel und wild und kalt, nach dem St. Vrain River und der Grenze zu Wyoming. Als er nach Cheyenne kam, hatte sich ein echter Blizzard entwickelt, so daß er an einem Motel namens Little America anhielt, wo es fünfundfünfzig Benzinzapfsäulen gab, und er schlief wie ein Kind in dem Bewußtsein, daß da draußen all das Benzin wartete. Genug Benzin, daß jemand mit Heimweh millionenmal nach Hause fahren konnte. Es ärgerte Joe ungemein, daß ihm dieser Gedanke gekommen war.

Vor Tagesanbruch war er wieder fort; er fuhr einem Lastwagen aus Haliburton hinterher, der mit Ölbohrausrüstung beladen war und hinten einen Aufkleber hatte: Wir bremsen für Jackalopes. Joes Sendungsbewußtsein hatte seinen Siedepunkt erreicht, und er hing dem dicken Laster immer hintendran, über Straßen, die vom aus Viehtransporten geronnenen Kot gestreift waren. Die beiden Fahrzeuge fuhren mit tückischen achtzig Meilen die Stunde in enger Synkopierung durch Wyoming hinunter.

In Wheatland, Wyoming, standen sentimentale spanische Haciendas auf dem windzerzausten Gelände des Tanklagers am Rand der Beifußprärie. Eine ernste, distanziert dreinschauende Büffelherde starrte durch fünf Reihen Stacheldraht den Highway an. Im Restaurant in Douglas, wo Joe den Laster aus Haliburton freigab und zum Frühstück anhielt, war für den Abend *Olde Southe Gumbo Night* angekündigt. Die Phalanx von Speisewürzen ließ darauf schließen, daß die Leute hier zu jeder Tages- und Nachtzeit aßen. Joe betrachtete das Salatdressing. Es sah aus wie das Haargel beim Friseur. Buddy Holly sang „True Love Waits“ aus einem roten und chromfarbenen Lautsprecher am Ende seines Tischabteils. Während er aß, brach die Sonne wie mit einem feindselig-metallischen Ruck hervor. Hinter dem Fenster leuchtete das Land der Jackalope, vom Wind blankgefegt.

Als er wieder auf der Straße dahinfuhr, schoß der Wagen eines Sheriffs an ihm vorbei, mit einem kleinen grauhaarigen Gefangenen auf dem Rücksitz. Joe fuhr bis Kaycee – nicht viel mehr als eine kleine Bodensenke östlich der Straße: Tankstelle, Nissenhütten, ein paar Häuser. Er hielt an und kaufte bei einem Mann, den er kannte, hausgemachte Elchwurst. Er kam der Sache näher.

Der Tongue River war grün, flach und klar. Es war das Letzte, was ihm auffiel, ehe er in Montana anlangte. In Crow Agency hieß es auf einem Schild: „Jesus ist Der Herr auf der Crow-Reservation“. Freilaufende Pferde waren ebenfalls Herr auf der Crow-Reservation. Ein Krankenwagen fegte einen Feldweg hinunter; das rote Licht pochte wie eine durchtrennte Arterie.

Drei Stunden später fuhr er durch seine alte Heimatstadt Deadrock. Er bog links am Rangierbahnhof ab und fuhr den

Feldweg nach Süden Richtung Ranch. Er folgte dem Flußbett zurück zu seinem Haus. Bald würden die Pappeln dem dahinrasenden Strom ein wolkiger Laubtunnel sein, aber jetzt knospten sie gerade erst; wo der Strom breiter wurde und durch flache Wiesen floß, standen an jeder Biegung gleichmäßig gewachsene Weiden. Das Licht blitzte auf den seichten Bächen, wo sie aus ihren grasüberwucherten Gängen hervortraten, um den Fluß zu speisen; in dem sumpfigen Binsendickicht hüpften Amseln auf und flatterten wieder nieder. Ein Rancher kam die Straße entlang, ein großer dicker Mann auf einem kleinen Motorrad. Er hatte seine Schaufel und seine Dämmbretter hinter sich festgebunden und den Filzhut gegen den Wind so tief ins Gesicht gezerrt, daß seine Ohren vom Kopf abstanden. Ein kleiner Collie lag ihm quer über dem Schoß, wie er dahinstotterte. Auf manchen Feldern sah man große Flecken gelber Wolfsmilch, was die Weide ruinierte. Die Uferböschung an der Straße entlang war ein Garten zeitiger Frühlingsblumen — Schlüsselblumen, Vergißmeinnicht, Lupinen. Schnee lag noch gehäuft in den Schatten. Man konnte nicht genau sehen, ob man noch auf einer bestimmten Ranch war oder schon auf der nächsten. Eine Viehsperre markierte die tatsächliche Grenze, aber das dahinrollende Land war in allen Richtungen dasselbe. Das Haus saß zwischen ein paar Bäumen, alten Bäumen, mit toten Ästen durchsetzt. Der Bach unter ihnen füllte sich mit der Jahreszeit, aber jetzt war er bis auf ein Rinnsal ausgetrocknet. Ein halber Morgen war um das Haus herum eingezäunt worden, aber bis zur Grenze hatten die Rinder den Erdboden zerstampft.

Die Tür war nicht verschlossen. Joe trat ein und sah sich um. Die Einrichtung war nicht üppig, aber es reichte. Ein Holzofen, ein alter Eisschrank, zwei Armydecken auf dem Bett. Die Toilettenschüssel war fleckig vom eisenhaltigen Wasser, aber die Toilette funktionierte. Jemand hatte den Brunnen wiederhergestellt. In der Küche stand ein Tisch. Das Telephon ging. Daß dies so war, während ihm nichts davon gehörte oder ihn auch nur interessierte, ließ es wundervoll erscheinen. Seine Nächte würden nicht von Alpträumen geplagt sein. Es würde alles gut.

10 Als Joes Vater anfing, das Weideland an die Overstreets zu verpachten, begann es mit der Ranch bergab zu gehen. Das Haus näherte sich immer mehr seinem jetzigen Zerfall; die Zäune wurden gerade so instandgehalten, daß sie noch ein Hindernis für die Rinder waren, doch da, wo das Land an jenes der Pächter grenzte, ließ man sie zerfallen und von den Viehherden in den Boden trampeln. Die Weiden wurden jahrein, jahraus abgenagt, bis Gesträuch, wilde Beeren und Beifuß auf die Flächen vorgedrungen waren, so daß der Grasbestand abnahm und damit die Weidepacht. Die Verdunstung aus der kahlen Erde ließ die guten Quellen zu dünnen Rinnsalen schrumpfen – die weniger kräftigen waren schon lange von den Rindern zu Schlamm zertreten worden, und schließlich war selbst der ausgetrocknet und hatte die Quellen versiegelt. Die ärgsten Probleme der Ranch aber waren in den Papieren zu suchen, wo Pfandrechte und unwidersprochene Rechtsanmaßungen den Anspruch trübten.

Zuerst war es gleich gewesen. Joe hatte als Maler gut verdient, dann hatte er bei Ivan Slater und anderen leicht Ersatz gefunden – als eine Art Wartestellung bis zu der Zeit, da ihn der Wunsch ergreifen würde, wieder mit seiner Arbeit zu beginnen.

Manchmal hatte Joe das Gefühl gehabt, es wäre eine große Erleichterung, wenn er den Versuch endgültig aufgäbe, sein Talent wiederzuerlangen – und jetzt, schon am Rande seiner Reifezeit angelangt, stand er vor der Tatsache, daß er pleite war und daß es nichts Neues gab, nichts am Horizont seiner Welt, nichts um die Ecke, das ihn retten würde. Er hoffte, daß er nicht bald bekannt sein würde als der Mann, der seine eigenen Verwandten aus ihrem angestammten Weideland hinausgeklagt hatte.

Joe hatte sich aus Büchern die Idee geholt, daß in vielen Familien auf dem Lande ein vollkommenes Einverständnis zwischen den Generationen herrschte, was Grund und Boden anging. Es fiel ihm auf, wie viele Südstaatler das glaubten. Selbst wenn sie in New York waren, gab es immer einen warmherzigen alten Daddy, der eine alte Farm in Schuß hielt, bis sie davon Besitz ergreifen und sie bewohnen würden, eher ein geheiligter Besitz auf Erden als ein landwirtschaftlicher Betrieb. Der Eintrittspreis? Na ja, braucht paar Minuten, nach der erhebenden, erregenden Fahrt mit dem Zug dort hinunter, sich mit den Bimbos auf der Farm anzufreunden. Was war im Westen dagegen falsch gelaufen? Der neueste Witz: Wenn man den Kindern die Ranch hinterläßt, ist das Kindesmißhandlung. Aber Joe konnte sich eigentlich doch nicht auf diesen Standpunkt stellen. Er mußte zu Lureen gehen und alles auf die Reihe bringen.

Es war zu still geworden in der Nachbarschaft. Früher hörte man das Rauschen der Rollschuhe auf dem Gehsteig. Die kleine Garage neben dem Haus war leer. Da hatte einst der Ford seines Onkels Smitty gestanden, den er seinen „ausländischen Wagen" nannte. „Auf mich wirkt er so", erklärte Smitty. Vor vielen Jahren war Smitty aus dem Krieg zurückgekommen. Danach ging er nie mehr weg.

Joe ging ums Haus herum zum Seiteneingang, dem einzigen, den je irgend jemand benutzt hatte. Die Vordertür öffnete sich auf eine Diele und dann auf ein großes Wohnzimmer, das für wichtige zeremonielle Anlässe reserviert blieb. Er erinnerte sich daran, wie die Möbel immer abgedeckt blieben, schreckliche Formen, die Vorhänge zugezogen, bis bei besonderem Anlaß das Leben weitergehen konnte. Kinder, denen in den anderen Räumen jede Freiheit gewährt war, eingeschlossen die Erlaubnis, die Wäscherutsche hinunterzubrettern, Streichholzraketen zu bauen und sogar in der Kohlenlawine im Keller zu spielen, hatten in diesem Zimmer Angst. Joes Großmutter saß nach dem Tode ihres Mannes wochenlang in diesem Raum, als wäre der Traum von Wohlanständigkeit, den sie geteilt hatten, in seinem traurigen Mobiliar noch am Leben, seinem Glasschrank, seiner damastbezogenen Chaiselongue und seinem einsamen Band Elizabeth Barrett Browning. Als das Schweigen der großmütterlichen Trauer den Rest der Familie überwältigte, schickte man Joe zu ihr. Sie saß da, die Hände im Schoß, die Füße unter ihrem Stuhl gekreuzt. Er blieb neben ihr stehen, doch sie reagierte nicht auf seine Anwesenheit. Er wußte, daß er etwas sagen müßte, aber er konnte den frischen Regen auf dem Gehsteig riechen und erkennen, daß bereits Dinge geschahen, welche seinen Großvater der Vergangenheit überantworteten. Seine Gedanken wandten sich diesem Mirakel zu. „Ich frage mich", sagte er nachdenklich, in seinem altklug-greisenhaften Tonfall, „ob Opa mir wohl irgendwelches Gold hinterlassen hat." Joes Großmutter starrte ihn an und fing an zu lachen. Sie lachte minutenlang, während er die Postkarten, Fossilien und gepreßten Blumen im Glasschrank betrachtete, ihr Gelächter ignorierte und über die gesammelten Kuriositäten und das Wunder des Regens nachdachte, über die Möglichkeiten, die hinter der Tür des Trauerzimmers lagen. Im Schrank lag ein vom Feuer zusammengeschweißter Schlüsselbund, der ihn mit Ehrfurcht erfüllte. Seine Großmutter stand auf und sah sich um, als erwachte sie aus einem Bann. Sie schritt direkt in ihr Leben zurück, wiederbelebt von der nachdenklichen Kälte eines Kindes.

Joe klopfte. Einen Augenblick später wurde die Tür geöffnet, und da stand seine Tante Lureen in blaugeblümtem Kleid und weißem Sweater. Sie hielt die Hände an die Wangen, preßte sie gegen das Gesicht und rief: „Er ist wieder da!" Eine Wolke zog über ihr Gesicht. Joes Anblick schien hundert widersprüchliche Gedanken in ihr entstehen zu lassen.

„Ja", sagte Joe, „ich bin wieder da!" Aus irgendeinem Grund fing er an zu pfeifen. Eine Art ungeschickter Enthusiasmus schien in der Luft zu liegen, und das scharfe Pfeifen brachte ihn auf den Höhepunkt.

Joe umarmte Lureen — sie war klein und kräftig — und folgte ihrem leisen, heimlichen Schritt ins Haus mit seinen Holzgerüchen, seinen Gerüchen nach Generationen von Arbeitskleidern und launischem Wetter, Sportzeug und Regenmänteln, direkt in die große Küche, die mehr als alles andere an die guten Zeiten erinnerte, als sie über TV-Snacks hinweg Quizsendungen angeschaut hatten. Joes früheste Erinnerung war, wie sein Onkel Smitty in Uniform dagestanden und verkündet hatte:

„Ich jedenfalls bin stolz, ein Amerikaner zu sein." Joe hatte ein Photo von Smitty aus seiner Zeit bei der Armee – ein hartes junges Gesicht, das in die vierziger Jahre zu gehören schien; der Kragen der Offiziersjacke schnitt ihm in den Hals, Joes Großeltern strahlten ihn an. Nichts auf diesem Photo deutete darauf hin, daß für Smitty nur wenig im Leben klappen würde.

Tante Lureen trug das Teetablett ins Eßzimmer. Man konnte sehen, wie die Straße zu dem Viadukt hinunter abfiel, dessen Züge einst die Unterhaltung während ihrer brüllenden Vorbeifahrt ausgelöscht hatten. Sie hatte nie geheiratet, nicht einmal einen Verehrer gehabt. Sie hatte von Anfang an eine Aura von Pflichterfüllung um sich gehabt – Erfüllung einer Pflicht, die grundsätzlich woanders lag, eine umfassende, geschlechtslose Hingabe an das Launenhafte, das heißt, an andere.

„Was ist das lieb von dir, daß du uns besuchst", sagte Lureen und schaute ihn voll Bewunderung an. Joe goß den Tee ein und dachte: Das ist nur eine freundliche Formalität, darauf muß ich natürlich nicht antworten. Um sie her schienen die Korridore und Zimmer eine detaillierte Leere auszudrücken. „Was hast du so getrieben, Joe?" Die Wörter dieser Frage fielen wie Steine, die man in einen tiefen Brunnen wirft. Joe dachte: Wenn er nur den Rhythmus irgendeiner Konversation in Gang setzen könnte, wär's nicht so anstrengend. Er hatte schon längst nicht mehr den Nerv, nach der Pacht zu fragen.

„Ich war unterwegs. Mehr kann ich eigentlich von mir gar nicht erzählen."

„Und was hast du da unterwegs gemacht?"

„Geht um ein kleines Geschäft, das hängt mit dem Raumfahrtprogramm zusammen." Was für eine kindische Lüge! Das Raumfahrtprogramm, mehr fiel ihm zu Florida nicht ein. Das, und die Kokosnüsse. Wenn er dort irgend etwas getan hätte, wäre er jetzt nicht hier. Er war in ein Vakuum geraten, aber er konnte ihr kaum erzählen, daß er nicht mehr wußte, was er eigentlich tat.

„Hat dir die Arbeit im Raumfahrtprogramm gefallen?"

„Na, ich bin heil rausgekommen“, sagte Joe. Er dachte, diese Andeutung würde nach der Raumfährenexplosion neulich der heutigen Begegnung eine gewisse Feierlichkeit verleihen. Bei Kokosnüssen gab es keine richtige Parallele. Aber der Ernst seiner Bemerkung entging Lureen. Sie beugte sich lachend vor. Es war, als hätte er sich doch für die Kokosnüsse entschieden. Wie peinlich!

Alles erschien übergroß. Lureens keusche kleine Gemälde hingen an der Wand. Das war während der Jahrzehnte ihres Schulunterrichts ihr Entrinnen gewesen: die Blumensträuße, die zusammengerollten Katzen, die abgetragenen Hausschuhe neben der Pfeife und dem Tabaksbeutel, der Wasserfall – sie alle bildeten eine Art Almanach ihrer Tage. Ihre Bilder spiegelten ihre säuberliche Auffassung von einem Familienleben, das sie nie gekannt hatte.

Man konnte Smitty durch die Küche kommen hören, ein schiefer, arhythmischer Schritt auf dem alten Holzfußboden, ein Pfeifen: „Peg o' My Heart“. Dann brüllte er auf, doch von ferne, ein lauter und bitterlich unaufrichtiger Schrei. Sein Erscheinen war eine Enttäuschung – sein sorgfältig gekämmtes kastanienbraunes Haar, seine ironische Miene, sein schön geschnittener, aber nicht sehr sauberer blauer Anzug ließen bei seinem Auftauchen im Zimmer fragen, wer denn eben im Nebenzimmer gebrüllt haben mochte: gewiß nicht dieser Mensch, dessen Gesicht reinste Entschlußlosigkeit zeigte. Smitty hatte mittlerweile viele Jahre mit seinen sogenannten „Studien“ verbracht, und seine schäbig-noble Erscheinung war reinste Erfindung. Was war aus dem Soldaten der vierziger Jahre mit seinem harten Gesicht geworden?

„Joe, bei Gott, du bist es.“

„Wieder daheim.“

„Schön braun, was?“

„Nicht schlecht.“

„Deinem Vater, Gott hab ihn selig, hätte so eine Reise in den sonnigen Süden auch gut getan. Vielleicht hätte er dann länger gelebt.“

Joe antwortete nicht.

„Aber wenn man sich selbst am eigenen Schopf aus dem Sumpf gezogen hat, dann imponieren einem die Palmen wohl nicht mehr so. Willst du einen mit mir trinken?“

„Im Augenblick nicht. Lureen und ich sind gerade beim Tee.“

„Ah ja“, sagte Smitty. „Dann steige ich hier aus.“

Smitty deutete rein choreographisch an, daß eine Verabredung auf ihn wartete. Als er fort war, sagte Joe: „Smitty hat sich nicht verändert.“

„Nein, auf Smitty können wir uns verlassen.“

„Ist er jetzt eins trinken gegangen?“

„Viel wird's nicht sein. Kein Geld.“

„Nun, das ist gut“, sagte Joe so neutral und klanglos wie möglich. Ein Ausdruck von Ärger ging rasch über Lureens Gesicht. Es war da etwas, das sich Joe entzog. Er kam sich wie ein Parasit vor. Er hätte ebensogut sagen können: „Smitty versäuft die Pacht.“

Lureen sagte: „Wir haben getan, was wir konnten.“

Smitty streckte den roten Kopf durch die Tür. „Joe, könnte ich dich einen Moment sprechen?“ Der Kopf blieb da hängen, bis Joe erklärt hatte, er würde kommen.

Joe stand auf und folgte ihm ins Wohnzimmer. Dort stand ein kleiner Schreibtisch mit einer in die Platte eingelassenen ledernen Schreibunterlage und einem Stuhl dahinter. Smitty zog einen Sessel für Joe heran und setzte sich ihm gegenüber an den Schreibtisch. Er war voll Erregung, als er ein paar alte Formulare aus der Schublade zog und auf die Schreibtischplatte legte. Joe konnte hören, wie Kinder einen Gummiball gegen die Hauswand warfen. Lureen würde sich gleich um sie kümmern! Sie behandelte Kinder, wie andere Leute Fliegen behandeln. Ihre Sanftheit verschwand dann. Kinder hatten instinktiv Angst vor ihr. Joe hörte den lauten Ruf, und das Abprallen des Balles hörte auf.

„Joe“, sagte Smitty, „ich bin hier mitten in einem Geschäft, das mich reich machen wird. Wir sind selbst die Schmiede unseres Glücks, ist das nicht auch deine Meinung? Komisch, daß ich nach all den Jahren im Versicherungsgeschäft auf so was gekommen bin! Aber zu meinem eigenen Erstaunen steige ich jetzt bei Meeresfrüchten ein, in unseren ernährungsbewußten Zeiten kommt das groß raus, Garnelen genauer gesagt, Golfküstengarnelen werde ich nach Montana importieren! Und und und, aber davon abgesehen, hast du eine Lebensversicherung?" Smitty verschränkte seine Hände auf den Papieren mit der Geste eines teilnahmsvollen Wohltäters. „Ich weiß, das ist jetzt ein ziemlicher Sprung von den Garnelen!"

„Nein."

„Ist dir klar, daß ich Vertreter für die American Mutual bin? Bis einmal die Berge von Schalentieren nach Norden rollen, heißt das."

„Nein, Onkel Smitty, das hab ich eigentlich nicht gewußt."

„Nun, ich bin es. Und während ich nichts von Vetternwirtschaft halte, von Durchstecherei und augenzwinkernden Vereinbarungen in verqualmten Hinterzimmern, so bin ich doch in der Lage, die bedeutenden Vorteile noch zu vergrößern, welche du bereits auf Grund deiner Jugend besitzst." Er fing an, Eintragungen auf einem der Formulare zu machen. „Ich glaube, ich weiß, wie sich dein Name schreibt." Er lachte leise. „Keine Angst, mein Junge! Du schließt hier keine Versicherung ab! Und deine Adresse jetzt kann ich von Lureen bekommen." Joe entspannte sich wieder. „Das da ist nur eine Anforderung, daß man dir ein paar Policen ausrechnet, das wird dir dann zugesandt, nach einer gewissen ... Zeit." Er faltete die Papiere entschlossen zusammen und legte sie wieder in die Schublade.

„Danke." Erleichterung überströmte Joe.

„Keine Ursache!"

„Ich bin gespannt auf die Policen."

„Laß dir Zeit damit, laß dir Zeit damit. Ich hab's bestimmt nicht eilig, wo diese Lawine rosa Fleisch von der texanischen Küste auf mich zurollt."

Joe ließ seine Hände klatschend auf die Knie fallen, als Signal zum Aufstehen.

„Wollen wir mal wieder?"

„Eine Kleinigkeit noch“, sagte Smitty. Joe erstarrte. „Die ganz kleine Kleinigkeit der Aktenführungsgebühr.“

Joe schlug sich auf die Hosentasche. „Ich weiß nicht, ob —“

„Du deine Brieftasche da hast? Da kann ich dir helfen. Du hast sie. Und die Aktenführungsgebühr, die nach allen erdenklichen Maßstäben rein nominell ist und mich bei weitem nicht für die Zeit entschädigt, die ich aufwenden muß, beläuft sich auf zwanzig Dollar.“

Joe zog seine Brieftasche heraus. Er musterte die Scheine wie ein ängstlicher Kartenspieler.

„Da ist einer!“ sagte Smitty und förderte mit einem Ruck einen Zwanziger zutage. Sofort war er auf den Beinen; sein Gesicht zeigte keinen Triumph, sondern den Ausdruck entsetzlicher Erleichterung. „Wenn du nur einigermaßen Glück hast, und einmal vorausgesetzt, du schaffst die medizinische Untersuchung, dann wirst du einem Erben deiner Wahl eine stolze Summe hinterlassen können. In deiner Generation, wo sich der Zeugungsakt in einem wahllosen Bacchanal ständig wiederholt, mußt du es dir vielleicht gut überlegen, wen aus der ganzen Menge du bevorzugen sollst! Und nun darf ich mich entschuldigen!“ Er schoß zur Tür hinaus.

Als Joe zu seiner Tante zurückkam, sagte sie: „Hast du ihm Geld gegeben?“

„Ich fürchte ja.“

„Nun“, sagte sie, „ich bin sicher, er hat es für etwas Dringendes gebraucht.“

Es war eine Angewohnheit Lureens, immer dann, wenn ihr kein anderes Thema einfiel oder wenn ihr irgend etwas peinlich war, mit großer Förmlichkeit auf die schwierige Lage der Industrie von Montana einzugehen. Sie begann heute mit dem Zusammenbruch der Rinderverarbeitung, den schlimmen Folgen der Fütterungsprogramme von Texas and Midwestern, dem Übel der Heckenpflanzung und dem Verrat der ländlichen Großfamilie durch Landwirtschaftsminister Earl Butz. Sie griff das wucherische Geschäftsgebaren der Burlington-Nord-Eisenbahn an, die Preisgabe der Weizenfarmer im Goldenen Dreieck und die Sabotage der Gewerkschaften durch neofaschistische Strohmänner, die sich als Betriebsräte aufspielten. Das brachte sie weg von sich selbst, von ihrer Schüchternheit, und Joe wurde es höchst unbehaglich, als er zusah, wie sie hinter ihrer Phalanx von Tatsachen eine ängstliche rhetorische Strategie aufbaute. Als sie fertig war, faltete sie die Hände wie ein Kind, das ein Klavierstück zu Ende gespielt hat.

Joe versuchte es damit, aus dem Fenster zu schauen, irgendwohin.

„Joe, gleich nachdem du wieder weg warst, hat Mr. Overstreet verkündet, er würde die Pacht mit uns nicht erneuern", sagte Lureen.

„Ich hab mich schon gefragt, was draus geworden ist. Mein Scheck ist schon lange nicht mehr gekommen."

„Schon davor haben wir, Smitty und ich, mit ein paar, ähm, Projekten angefangen ... Die sich sehr gut entwickeln werden, damit rechnen wir fest. Ich weiß nicht, was plötzlich mit Mr. Overstreet los war. Wir haben den Vertrag so lange gehabt."

„Wen könnt ihr sonst als Pächter kriegen?"

„Ich weiß es wirklich nicht. Die Overstreets schließen uns ein. Ich weiß wirklich nicht, wer sonst an dem Land Interesse haben könnte. Es ist irgendwie unpraktisch. Und das Gras ist gut dieses Jahr. Ich würde sogar die Jährlinge kaufen, wenn sie jemand für mich versorgen würde." Joe war starr vor plötzlicher Erregung.

„Du meinst, du bräuchtest einfach jemand, der die Ranch für dich versorgt?" fragte Joe.

„Jetzt, da die Overstreets sie nicht mehr wollen, fällt mir niemand hier draußen ein, den ich fragen könnte. Hast du eine Idee?"

„Ich mach's!" sagte Joe. „Laß mich das machen."

„Würdest du das wirklich tun?"

Smitty kam geräuschvoll durch die Küche und betrat das Zimmer wieder, doch trat er ganz verändert und erneuert auf. Die Unterbrechung irritierte Joe. Smitty hatte sich nun umgezogen und trug in Joes Augen einigermaßen Erstaunliches:

zweifarbige lederne Hausschuhe und ein englisch geschnittenes Jackett, eine Art Hausjacke aus perlgrauer Wolle mit runden Schultern, mit einer fürstlich roten Schärpe. Er hatte einen Drink in der Hand und ein großes Buch, das er Joe hinreichte. Er setzte sich neben Lureen in einen tiefen Lehnsessel, verschränkte die Finger um sein Glas und senkte das Kinn auf die Brust, während seine Augen glühend zu Joe hinüber sahen. In diesem billigen Haus, in einer bescheidenen Kleinstadt, hatte er sich eine Aura blendender Theatralik zugelegt, die normalerweise nur den ganz Erfolgreichen zu Gebote steht. Joe spürte die Erregung, die Notwendigkeit, vorsichtig zu sein.

„Das ist ein Buch“, verkündete Smitty sonor; dann schien er den Faden zu verlieren. „Das, mein Herr, ist ein Buch“, begann er wieder.

„Ja, das sehe ich“, sagte Joe.

Smitty rang sich einen müden Seufzer ab: Prinz Smitty, der aus luftigster Höhe hinunterschaut.

„Es handelt sich um Rogets“ – welche Befriedigung es ihm zu bereiten schien, die beiden wollüstigen Vokale auszusprechen, Ro-gets! – „Rogets *Wortschatz.*“ Das letzte Wort wurde so abrupt ausgesprochen, daß es wie ein Niesen klang. „Und das ist ein Geschenk von mir ... an dich.“

„Dankeschön“, sagte Joe.

„Folgendermaßen verwendet man Rogets Wortschatz. Zuerst schlägst du die Schlüsselwörter nach, welche du zu verwenden beabsichtigst. Das werden alles große Wörter sein. Aber dieses Buch sagt dir dann die *einfachen kleinen Wörter*, die *einfache kleine Leute* wie deine Tante und ich kennen, und auf diese Weise kannst du dich uns verständlich machen. Von uns ist niemand bei einem Raumfahrtprogramm beteiligt.“

„Das kann ich sicher gut gebrauchen“, sagte Joe. Er streckte die Hand aus und nahm das Buch von Smitty entgegen. Smitty sah ihn mit einem Blick an, der vollkommen haßerfüllt wirkte, und zog sich dann wieder mit einem seiner streng formellen Abgänge zurück, wobei er im Hinausgehen mit einem Zeigefinger eins von Lureens Aquarellen geraderückte.

„Wie kam das jetzt?“ fragte Joe. Man hörte wiederholt aus der Richtung der Küche ein scharf klirrendes Geräusch, beinahe das Geräusch von zu Boden fallendem Christbaumschmuck. Sie gingen in die Küche. Dort fanden sie Smitty, der in Kellnerpose ein Tablett auf einer Schulter balancierte. Auf dem Tablett standen eine Anzahl hochstieliger Kristallgläser, die Joes Mutter gehört hatten. Mit der freien Hand nahm Smitty ein Glas nach dem anderen am Fuß und schleuderte es zu Boden, wo es zerbarst. Sein kastanienbraunes Haar flog in alle Richtungen, und Joe fühlte sich an ein altes Bild vom Teufel erinnert.

Mit neckischem Koboldgesicht ließ Smitty seinen Blick von Joe zu Lureen und zurück schweifen. Er hielt ein Glas am Fuß. Er verharrte regungslos. Er wandte seinen Blick dem Glas zu. In Zeitlupe drehte sich das Glas um und begann seinen Fall zu Boden. Joe sah zu. Es schien sehr lange zu dauern, und dann wurde ein silberner Stern zum Andenken an Joes Mutter daraus. Das Glas verschwand in den Splittern seiner Vorgänger. Smitty warf den Rest der Gläser mit der Bewegung eines Kugelstoßers hin, er stellte sogar einen seiner Schuhe auf die Zehenspitze. Dann entspannte er sich. Es war eigentlich nichts wirklich geschehen, oder? Alles war irgendwie zum besten. Trotzdem, dachte Joe, ein ziemlich langer Abend.

„Komm, ich zeig dir jetzt erst mal dein Zimmer“, sagte Lureen, „und dann können wir uns alle mal richtig ausschlafen.“ Da es lächerlich war, den Vorfall ohne Bemerkung vorübergehen zu lassen, senkte sie die Stimme und sagte, „manche“ (das hieß: Smitty) hätten Probleme, die Joe nicht begreifen könnte, weil er so lange nicht da gewesen war. Smitty stand dabei und hörte vergnügt zu.

„Kriegst du alles mit?“ fragte Joe Smitty ruhig.

„M-hm.“

„Weißt du“ – Lureen dachte verzweifelt nach – „Duffys Vierter Juli am Flathead Lake, das ist jetzt hundert Jahre her.“ Joe hatte keine Ahnung, wie er diese Mitteilung nehmen sollte, wenn nicht als obskure Anspielung innerhalb der Familie, mit der Lureen die Vertraulichkeit wiederherstellen wollte, die sie aufgekündigt hatte. Duffys Vierter Juli am Flathead Lake. Was war das?

„Joe weiß nicht, wovon du sprichst", trällerte Smitty. Dann wandte er sich an Joe. „Du bist unter Freunden", sagte er ernst. „Denk nur: Dein eigen Fleisch und Blut!" Er lehnte sich halb vor, die Hände in die Taschen seiner Jacke gestemmt wie ein alter Trainer, der seine Rennpferde in der Morgendämmerung beobachtet. All seine Gesten schienen auf ähnliche Weise von seiner Umgebung abgelöst. Smitty ging zum Barometer und klopfte gegen das Glas. Das pochende Geräusch schien ihn auf den nächsten Gedanken zu bringen. „Ich glaube, ich suche jetzt mein Quartier auf", sagte er. „Die Artillerie ist schwächer geworden. Morgen ist wieder ein neuer Tag. Einer bunter als der andere."

Als Smitty das Zimmer verließ, wobei er „The Caissons Go Rolling Along" summte, entstand eine eigenartige Spannung. Joe wußte nun, daß seine Ankunft ein Eindringen war, seine Gegenwart eine Zumutung. Er dachte daran, erschreckende Lügen über das Raumfahrtprogramm zu spinnen, die er unter Tränen erzählen könnte, Berichte von loyalen Amerikanern, von Titanium und Laserstrahlen zerfetzt. Wenn man es mit einer makellos patriotischen Story fertigbrächte, daß in Lureen Schuldgefühle aufstiegen, würde sich vielleicht diese fürchterliche Atmosphäre ändern. „Ich habe die kleinen Dinge in die Raumfähre gebracht, die ein Heim daraus gemacht haben, die Nagelscheren, die Feuchtigkeitscreme, die Taschenbücher, die Tampons ..."

Aber die Spannung endete. Er ging wieder in die Küche und half, das zerbrochene Glas aufzuräumen. Lureen hielt die Kehrichtschaufel. Joe versuchte, sorgfältig zu fegen, ohne mit den Strohborsten des Besens Kristallstückchen aufhüpfen und zerspringen zu lassen. Er hätte Lureen gerne gefragt, weshalb sie sich's gefallen ließ, aber er sagte nichts. Sie kehrten die ganze Fläche um den großen Gasherd. Als Joe sich hinkniete mit der Kehrichtschaufel, sah er, daß der Herd nicht mehr angeschlossen war. Er war nur noch Fassade, lenkte ab von dem geizigen kleinen Mikrowellengerät neben dem Toaster.

„Ein Service für zwanzig Personen", sagte Lureen und meinte das zerbrochene Kristallglas. „Wer braucht in der heutigen Zeit noch ein Service für zwanzig Personen?" Ein Lachen des Erstaunens. Wer, ja? Meine Mutter hat eins gebraucht, dachte Joe. Aus jedem Küchenfenster, jedem mit Ausnahme des einen, das auf den kleinen Hof ging, sah man die Schindelwände der Nachbarhäuser, die Schatten von gerade außer Sicht gespannten Wäscheleinen, Zweifamilienhäuser, einst Heime einer einzigen Familie. Ein Service für zwanzig! Sie lachten verzweifelt. Wie völlig veraltet! Und, abgesehen davon, wie weit entfernt vom Raumfahrtprogramm! Ich fühl mich nicht besonders wohl, dachte er.

„Joe, Smitty und ich haben uns gar kein so schlechtes Leben hier eingerichtet", sagte Lureen, als sie fertig waren. „Wir haben uns nie an den Winter gewöhnt. Und weißt du, worüber wir reden? Hawaii. Es ist komisch, wie so etwas anfängt. Arthur Godfrey hat immer so eine Radiosendung aus Honolulu gebracht. Er hatte ein hawaiianisches Mädchen namens Holly Loki in seiner Show. Smitty und ich haben uns das immer angehört. Es hat sich eine Art Bild ergeben. Eines Tages, dachten wir ... Hawaii! Na ja, Joe, machen wir Schluß für heute." Lureen führte ihn die schmale Holztreppe hinauf in den ersten Stock. Joe versuchte, an die Brandung zu denken, an eine Ukulele, deren Melodie ihn von der in Nacht gehüllten Flanke eines heiligen Vulkans rief, an Auslegerkanus. Er versuchte, Smitty und Lureen in dieser Szenerie unterzubringen, es gelang ihm einfach nicht. Nichts konnte sie aus ihrem unglücklichen Zuhause lösen. Nicht einmal ein schrankenlos enthemmtes hawaiianisches Luaufest.

Joes altes Zimmer schaute auf eine enge, sich hebende und senkende Straße. Lureen wollte, daß er die Nacht hier verbrachte, ehe er dann am Morgen wieder auf die Ranch zurückfuhr. Man konnte die Eisenbahnbrücke erkennen und den großen raschfließenden Fluß in der Ferne. Neben seiner Tür stand ein

Waschtisch mit einem Wasserkrug. Joes Bett war frischgemacht. Das Zimmer war spärlich möbliert – ein kleiner Schreibtisch, wo Lureen ihre Sachen aufbewahrte: Büroklammern, Lippenpomade, Bleistifte. Joe zog die Schublade auf, wie er es vor dreißig Jahren so gerne getan hatte, um den Kampfergeruch der Pomade zu riechen. Die Bleistifte lagen in harten gelben Bündeln da, die Büroklammern in kleinen grünen Pappschachteln. Der Zug fegte wie ein Komet über die Brücke, die kleinen Gesichter an den erleuchteten Fenstern rasten durch ihre verschiedenen Leben. Joes Vater war hier aufgewachsen; seine Onkel waren von hier aus in zwei Weltkriege gezogen; hier in der Küche waren Ausbildungen und Zeitungszustellrouten und Anwaltsprüfungen geplant worden. Alles auf ein Ziel zurasend, wie die Leute in dem Zug. Smitty kam aus dem Krieg heim, nachdem eine Minenfalle seinen besten Freund getötet hatte, und blieb zwei Jahre lang betrunken, in eben dem Zimmer, das er jetzt hatte. Joes Vater pflegte zu sagen: „Ich war auch drüben!“ Und Smitty sagte dann: „Du warst nicht drüben, wo ich drüben war.“

„Gute Nacht“, sagte Lureen. Die Familiengeschäfte hatten sie aufgezehrt. Anstatt sich ihre Erschöpfung einzugestehen, hatte sie sich für Hawaii entschieden, dessen blaugrüne Meereswogen sie wieder ganz rein waschen würden.

„Gute Nacht, Tante Lureen“, rief Joe liebevoll.

Joe streckte sich im Dunkeln aus, unter den Decken der quietschenden Eisenbettstatt. Hier hatte er sein ganzes Leben hindurch immer wieder geschlafen. Aber jetzt fühlte er sich wie jemand, der bei starkem Wind eine flatternde Zeltbahn druntenhalten will. Er rauchte im Dunkeln. Das war perfekt. Das Rauchen bedeutete jetzt so ungleich viel mehr, nun, da er wußte, was es ihm antat. Aber im Dunkeln war es perfekt. Er konnte die Wolke seines Rauches wie einen Geist aufsteigen sehen.

Er mußte eingeschlafen sein, denn als er Smittys Stimme hörte, ließ ihn die scharfe Betonung aufhorchen; er hatte das Vorangegangene nicht gehört. „Menschenskind, Lureen, Verdunkelung! Laß das Rouleau drunten.“

Joe zündete ein Streichholz an und sah auf das Zifferblatt der lauten Uhr, die neben ihm tickte. Es war nach Mitternacht. Ein kehliges Lachen klang durch den oberen Stock, Smittys Mann-der-Tat-Gelächter. Joe mußte nachsehen.

Lureens Zimmer am Ende des Korridors war hell erleuchtet. Smitty und Lureen standen in der Tür wie Gestalten auf einem Orchesterpodium. Smitty trug seine Lieutenantsuniform und ließ seine Mütze ungeduldig gegen sein Bein klatschen. „Wir brechen bei Tagesanbruch auf", sagte er.

„Die Bars haben vor einer Stunde geschlossen", sagte Lureen müde.

„Wir setzen uns direkt hinter die Panzer und bleiben dran, bis wir in Belgien sind." Smitty bestand darauf.

„Smitty", sagte Lureen, „ich hab's im Radio gehört! Truman sagt, es ist vorbei!"

Smitty musterte prüfend die Züge seiner Schwester. „Kann man einem Mann vertrauen, der sich seinen Job nie selbst verdient hat? Harry der Herrenausstatter hat sich seinen Job nie selbst verdient."

„Man kann dem Radio vertrauen!" rief Lureen. Smitty starrte sie an.

„Ich hätte auf dich hören sollen, Lureen. Auf dich hätte ich hören sollen. Die ganze Nation ist jetzt wahrscheinlich schon auf den Straßen. Bin ich noch willkommen?" Ihre Gestalten flackerten in dem satten Licht.

„Nichts auf der Welt ist so willkommen wie du", sagte Lureen mit einer Stimme, deren starkes Gefühl Joe erstaunte. Smitty umarmte sie. Joe sah zu und versuchte es zu begreifen und spürte, wie die Schönheit ihrer Umarmung ihn im Hals würgte. Er fragte sich, weshalb ihn etwas so bewegte, das er nicht begriff.

11

Die Viehbörse hier war ein Markt, zu dem die Rancher Herden brachten, die zu klein waren, um sie auf die öffentliche Börse in Billings zu transportieren. Hier fuhr man nicht mit dem großen Transporter vor, sondern mit dem kleinen Viehlaster, mit allen Kleidern am Leibe, die man besaß, weil die Heizung im Fahrerhaus schon vor zehn Jahren kaputtgegangen war. Manche hatten noch einen Trailer angehängt. Man konnte an einer der erhöhten Rampen abladen oder am Powder River-Tor, zu ebener Erde, wo es direkt in ein abgezäuntes Viehgehege reinging, in dem die Marktarbeiter, meist ältere Rancher, die pleite gemacht oder schon halb aufgehört hatten, die Rinder für die Auktion des Tages ordneten und sortierten. Joe hielt an den Pferchen an und versuchte abzuschätzen, wie der Viehbestand hier war. Er sah ziemlich dünn aus, ein kalter Regen blies über alles hin. Die Marktarbeiter lehnten sich auf ihre langen Stangen und starrten über die Pferche weg nirgendwohin.

Joe ging rein. Eine Sekretärin tippte Formulare, und Bob Knowles, der Eigentümer, stand am Schalter. Durch eine Glasscheibe hinter seinem Kopf konnte man die Verkaufsarena sehen und das kleine hölzerne Podium, wo der Auktionator die Verkäufe ausrief und die Helfer zu den Käufern hindirigierte. Bob Knowles war schon zu der Zeit hiergewesen, als Joe und seine Familie noch auf der Ranch waren. Er schaute Joe lächelnd und prüfend an.

„Wie lang bist du denn diesmal da?“ fragte er.

„Keine Ahnung. Aber Lureen hat ihre Pacht verloren. Ich hab ihr gesagt, ich paß diesen Sommer für sie auf die Jährlinge auf. Sie hatte einen Weidevertrag mit Overstreet, und er hat sie fallenlassen. Wie sieht's denn heute aus?“

„Kümmerlich, von dem ein bißchen, von dem ein paar“, sagte Bob, schob sich seine Mütze (Werbegeschenk einer Futtermittelhandlung) auf den Kopf hoch und glättete sein sandfarbenes Haar. „Schon den ganzen Tag. Was interessiert dich?“

„Vieh für die Weide, aber alle haben ja soviel Heu übrig.“

„So ist's. Wir kriegen einfach keine richtigen Zahlen rein.“

Joe vertraute Bob vollkommen, und abgesehen davon wollte er nicht jeden Dienstag hier rumhängen und Vieh kaufen, zehn Stück auf einmal.

„Bob, sortierst du mir'n bißchen Vieh zusammen und kaufst einfach das für mich, was sich anbietet? Dann laß sie sich mal ansammeln, bis wir eine Ladung beieinander haben."

„Sag mir, was du haben willst."

„Breit gebaute Fünfer und Sechser, unter fünfundsechzig Mäuse den Zentner. Sortier sie mir zusammen, daß es wie 'ne Herde aussieht."

„Gar nicht so einfach. Vielleicht sogar zu schwierig. Wieviele willst du?"

„Zweihundertfünfzig, und wenn's sein muß, würd ich da auch ein paar Jungkühe ohne Eierstöcke dazunehmen."

„Kann ich an einem Tag nicht machen", sagte Bob entschieden.

„Kannst du's über vier Wochen weg?"

„Müßte so ziemlich hinhauen."

„Also, ab die Post. Ich regel die Sache mit der Bank. Und du kannst ruhig ein paar *gute* Käufe für mich durchziehen." Mittlerweile war Joe so guter Laune, daß er Bob vor Freude anschrie, und Bob schrie zurück.

Man stelle sich vor, dachte Joe: eine Welt, wo man einem Mann vertrauen kann, daß er einem hundertfünfzigtausend Pfund Rindfleisch kauft, mit meinem Geld, und er kriegt Prozente. Ein kleines Beispiel für die freie Marktwirtschaft, wie sie funktioniert und dabei wie eine Stradivari summt.

Darryl Burke, der Bankier, kannte Joe schon so lange und mochte ihn so gut leiden und war so froh, daß er wieder in der Stadt war, daß er es gerne gesehen hätte, wenn Joe diese Geschichte mit den Kühen einfach vergessen und, wie er sagte, „seine Antenne auf das zwanzigste Jahrhundert ausgerichtet" hätte. Joe saß in seinem hellen Vizepräsidentenbüro, umgeben von riesigen Kodachrome-Blowups der Landschaft der Umgebung.

„Hör auf mit dem Scheiß und gib mir das Geld", sagte Joe. Es machte ihm Spaß, Darryl in seinem Anzug zu sehen, weil er dabei die seltsame, prickelnde Überraschung empfand, daß die Zeit verstrich und daß ein alter Kumpel von den Gebirgsflüssen und Baseballfeldern tatsächlich langsam in die „richtige Welt" zu verschwimmen begann. Joe hatte keine Verachtung für die „richtige Welt"; es erstaunte ihn nur, daß es irgendeinem von seinen alten Freunden tatsächlich gelungen war, dort anzukommen. Joe beugte sich vor und flüsterte laut: „Glaubt deine Sekretärin dir deine Nummer tatsächlich?"

Darryl schnitt ein Gesicht und schwenkte die Hände durch die Luft. Er wußte natürlich, daß das Leben ein Trick war. Aber es ging nicht an, daß die Sekretärin das herausfand. Joe fand es furchtbar, wenn man ein Stückchen vor der Maschinerie sitzen und die Spielchen beobachten mußte. Aber es blieb ihm eine leise Angst, daß das, was die Leute in die Büros und Anzüge trieb, ihm seine Freunde nehmen würde. Das Leben schien langsam enger zu werden. Ein alter Angelkamerad, der die Leine am weitesten und am rundesten ausgeworfen hatte, war jetzt der König der Baggerführer. Er hob Fundamente aus und grub Abwassergräben — mit größerer Genauigkeit, als der Architekt sie aufgezeichnet hatte. Er war zum Bagger geworden. Entweder fuhr er seinen Bagger oder er trank Bier und dachte darüber nach, wie er seine Armaturen noch perfekter bedienen könnte. Seine Handwurzelknochen waren ausschließlich auf Erdbewegungen programmiert. Er war nie arbeitslos. Seine Familie hatte alles, was sie brauchte, während das Bier ihm half, zu einer noch perfekteren Symbiose mit der gelben Maschine aufzuschwellen. War das dasselbe wie der Cowboy, von dem es hieß, er sei mit seinem Pferd verwachsen?

„Du weißt ja sicher, daß für diese Ranchen grade keine besonders gute Zeit ist."

„Ja. Das weiß ich", sagte Joe laut.

„Im ganzen Land haben wir alle sieben Minuten den Verfall einer Hypothek. Wenn dein Dad hier wäre, Gott hab ihn selig, würde er dir das alles erzählen."

„Du kennst den alten Satz: *Mir* kann das nicht passieren. Außerdem gehört sie Lureen. Ich bin bloß der Mann für den Sommer."

Darryl stöhnte. „Manche von den Jungs hauen bei Nacht und Nebel mit den Maschinen ab. Ich kann's ihnen nicht verdenken. Die Funktion der Wohnungsämter für die Farmer hat sich plötzlich umgekehrt. Bei uns genauso. Wir müssen zum Teil hinter unseren besten Kunden her sein. Übrigens, ich weiß Bescheid über Lureens Angelegenheiten. Ich weiß alles über diese Ranch. Und was du auch tust, sie muß unterschreiben."

„Mach dir keine Gedanken, ich werd so wenig tun! Ein einziger Jungprofi würde mit dem Land mehr anstellen können als ich. Ich laß meine Jährlinge laufen und treib sie im Herbst zusammen. Das ist nicht mal richtiges Ranchen. So oder so, wie gesagt, ich arbeite bloß für Lureen."

„Solange dir klar ist, daß du mit jeder Bewegung tiefer reinsinkst ... Lureen muß mitmachen." Es überraschte Joe, daß das ganze Arrangement allgemein bekannt zu sein schien. Alle hielten es für Joes Ranch. Vielleicht in stärkerem Maße als er selber.

Joe beugte sich über die Papiere und studierte sie ostentativ. „Man hört dich durch die Nase atmen", sagte er zu Darryl. „Zügle deine Gier." Darryl seufzte. Als Joe fertig war, schaute er auf und sagte: „Okay, laßt sie rennen. Ich bin wieder im Viehgeschäft."

„Aber du bist glücklich", sagte Darryl mit einer Art verrücktem Lächeln. „Das ist es, du bist glücklich."

Joe wußte, er würde sich ein Pferd kaufen müssen. Also nahm er sich ein paar Hunderter von dem Viehkapital und fuhr nach Norden aus der Stadt, um Bill Smithwick zu besuchen, der Ranchpferde zähmte und früher für Joes Vater gearbeitet hatte. Er wohnte drunten an einem meist ausgetrockneten Bach, an einem Ort, der einfach in den meist baumlosen, hellbraunen, endlosen Raum gekratzt war. Rotweiden wuchsen an der schmalen Wasserrinne, und daneben, als wären sie ein Hain alter

Eichen, hatte Bill sein Heim aufgestellt. Es war ein alter, alter Wohnwagenanhänger vom Umriß eines Hustenbonbons, in schwarze Plastikbahnen eingeschlagen, damit der Wind draußenblieb. Ein schwarzes Eisenrohr leitete mit Hilfe der Schwerkraft Wasser in den halbierten Propangastank, der als Wassertrog diente; es war primitiv, aber ein heller Wasserstrahl rann ständig herab. Er hatte eine große Koppel für wilde Pferde und einen runden Corral zum Zureiten. Es war das äußerste Minimum von allem, aber es war alles recht ordentlich, rechts war das Heu aufgeschichtet, die Lassos hingen an den Balken, die Sättel lagen im Schuppen, und der alte Dodge Powerwagon war tatsächlich eher geparkt als einfach bloß so hingestellt. An der Stoßstange war ein Aufkleber, der im Sinne wiedergeborener protestantischer Sekten die Aufschrift trug: „Der Kampf ist entschieden. Das Lamm gewinnt. Setzen Sie richtig!"

Bill Smithwick kam aus seinem Trailer. Er trug Hosenträger über einem weißen Unterhemd mit V-Ausschnitt und hatte wie ein Oldtimer einen verbeulten Stetson hinten auf den Kopf geschoben. Er war ein zäh aussehender Vierziger mit weißen Armen und von der Sonne schwarzgebrannten Händen.

„Ja gottverdammt, jetzt geht's aber los, du alter Arsch!" bellte er mit durchdringender Tenorstimme wie einer, der die Schweine zum Trog ruft.

„Bin wieder da."

„Und bleibst auch da?"

„Bin einfach da."

„Willst du reinkommen?"

„Nicht genügend Platz da drin."

Smithwick griff hinter sich und zog ein Hemd hervor. Er schlüpfte hinein und kam in den Hof hinaus. Er schüttelte Joes Hand, wie man einen Reifen aufpumpt. „He, wie sieht's mit eurem alten Land aus? Eure Nachbarn haben deine Tante wie wild übers Ohr gehauen."

„Wir haben's zurück. Ich will ein paar Jährlinge dort laufen lassen, bis ich klarer sehe, was eigentlich los ist."

„Du und deine Tante?"

„Nein, ich."

„Mensch, Joe!" rief Smithwick mit der Schweinefütterstimme.

„Ehrlich", sagte Joe aufrichtig.

„Du läßt Jährlinge laufen, und du brauchst ein Pferd."

„Ja."

„Was machst du mit dem unguten krummbeinigen hinterhältigen schwachbrüstigen käsigen Smitty?" schrie Bill.

„Der steht halt auf der Kostenseite, wenn man auf dieser Ranch Geschäfte machen will."

„Ich versteh langsam, was los ist."

„Was hast du denn an zugerittenen Pferden da?" fragte Joe.

„Na, alles Klassepferde. Und keine Appaloosas! Weißt du, weshalb die Indianer so gerne Appaloosas genommen haben?"

„Warum?"

„Das waren die einzigen Pferde, die sie zu Fuß einfangen konnten. Und bis sie dann ihre Appaloosas in die Schlacht geritten haben, waren sie so wütend, daß sie gefährliche Krieger waren."

„Ich hab vierhundert Dollar hier, die sind für einen Wallach, sieben Jahre oder jünger, von dem du mir sagst: Das ist ein gutes Pferd."

„Gemacht."

Joe schaute zur Koppel hinüber. „Was hab ich gekauft?"

„Du hast einen fünfjährigen braunen Wallach mit schwarzen Beinen erworben, er heißt Plumb Rude, ein voll zugerittenes Pferd. Der ist sanft wie der Burro, auf dem Jesus in Jerusalem eingeritten ist. Wie wär's mit einem Hund?"

„Hab einen, phantastisch."

„Ich hab zwei, die ich weggeben könnte. Fünfzehn und sechzehn Jahre. Die Sechzehn ist die Mutter vom Fünfzehn. Der hat einen Hoden geheim, aber das fällt nicht weiter auf."

Joe gab ihm die vierhundert, die er schon mit einem Gummiband zusammengerollt in der Hemdtasche getragen hatte. Smithwick schob sie in die hintere Tasche zu seinem Schnupftabak.

„Schauen wir uns ihn an“, sagte Smithwick. Er zog das Lasso vom Balken, und sie gingen zur Koppel hinüber. Plumb Rude stand in einer Gruppe von acht Pferden; man sah ihn gleich wegen seiner Zeichnung und konnte ihn auch an seiner Angewohnheit erkennen, seitwärts zu gehen und die anderen Pferde aus dem Weg zu schieben. Er war nicht sehr groß.

Smithwick machte eine Schlinge und warf das Lasso. Das Seil schien aus dem Himmel über den Kopf von Plumb Rude zu fallen. Das Pferd mußte schon oft so eingefangen worden sein: Es schien ihm nichts auszumachen. „Na, sieht er nicht gut aus?“ Der Wallach sah aus wie ein Pferd auf einer Photographie von Mathew Brady – grobknochig, mit langem Kopf und schräg abfallenden, zotteligen Fesseln.

„Hervorragend.“

„Hat etwas einen kalten Rücken, aber das braucht dich nicht zu kümmern. Sattle ihn und laß ihn ein paar Minuten stehen, und er wird nie versuchen, dich zu schmeißen. Und er ist hartmäulig, weil ich harte Hände hab! Ha!“

„Bill, ich hab keinen Anhänger. Kannst du ihn vorbeibringen, wenn du grade mal Zeit hast?“

„Wo soll ich ihn lassen, in den alten Corrals von deinem Dad?“

„Das wär gut.“

Smithwick drehte sich um, stemmte die Hände in die Hüften und betrachtete die Koppel voller Broncos. Er war die vollkommene Verkörperung dessen, was Joe als das Glück ansah. „Schauen wir mal“, hörte Joe ihn sagen, „wem brech ich heute das Kreuz?“

12 Etwa eine Woche später kamen die Jährlinge nach und nach in kleinen Lieferungen an, mit Transporten auf dem Weg nach Osten. Es kam nie eine ganze Ladung zusammen. Joe mußte sie einfach einsammeln, wie sie anlangten. Die Fahrer ließen sie am Viehhof in Deadrock stehen und steckten die Quittungen und die Brandzeichenkontrollbescheinigung am Waaghaus unter die Tür. Joe fuhr mit einem Viehanhänger abends raus und mit dem Hirtenhund eines alten Wasserführers, den er sich für den Tag ausgeborgt hatte. Die niedrigen Berggipfel in der Prärie nördlich von den Viehhöfen waren von Hitzeschatten gestreift, und Amseln saßen nebeneinander auf den obersten Planken der Pferche. Joes Vieh drängte sich um einen Wasserautomaten an einem Ende des Pferchs, eine bunt gemischte Gruppe heller Graskühe. Joe stieß mit dem Anhänger zurück vor eins der Tore an der Powder-River-Seite und lud dann mit dem Hund die Rinder ein. Er schloß die Tür und schaute durch die Lücken der Bretterwand in den Anhänger, wo sich die feuchten Mäuler plattdrückten. Er fuhr gemächlich die Straße am Fluß lang und brachte sie durch das Maschendrahttor auf die Südwiese. Er hielt und öffnete den Anhänger gerade, als es dunkel wurde. Ein paar von den Jährlingen reckten die Hälse und starrten ins Freie; dann drehte sich eine Kuh um und stand an der hinteren Kante der Ladefläche und schaute hinunter. Die anderen drängten brüllend nach, und die erste sprang. Nach einer Pause rannten die anderen hinterher und betrachteten die neue Welt. Sie zerstreuten sich und begannen zu grasen. Joe spürte, wie etwas in ihm sich mit dem Vieh hinaus auf die Weide bewegte. Es war ein erregendes Gefühl, zu spüren, wie das zurückkam.

Das Haus lag tiefer als die es unmittelbar umringenden Hügel. Vor Sonnenaufgang erhellten sich die Pappelwipfel, als stünden sie in Flammen, während die Baumkronen unten und die Stämme immer noch im Dunkel standen. Nach und nach glitt der Brand hinab, enthüllte die Bäume, lief schließlich über den Boden und ließ die Wände der Ranchgebäude aufleuchten.

Auf diese strahlende Szene ritt der alte Overstreet, mit einem Mantel und auf einer kleinen Grullastute. Neben ihm mühte sich ein Mann mittleren Alters, Schritt zu halten. Er trug Wanderstiefel und ein kariertes Büffelhemd. Overstreet schaute sich von seinem dahintrottenden Pferd herab zwischen den Gebäuden um, bis er Joe entdeckte.

„Joe, freut mich riesig, dich wieder hier zu sehen. Das ist Mr. Prendergast aus der Stadt Philadelphia in Pennsylvanien." Joe schüttelte Mr. Prendergast die Hand. Er hatte ein gutgeschnittenes Gesicht, eifrig, sportlich. „Mr. Prendergast schreibt über unsere Gegend für ... wofür?"

„Für ein deutsches Reisemagazin", sagte Mr. Prendergast.

„Guten Tag, Mr. Overstreet!" Joe schüttelte ihm die Hand. Der Mann war überraschend zu einer Art papierdürrer Wildheit gealtert, wie eine Hornisse.

„Wo steckt Otis Rosewell?" fragte Joe.

„Der ist mit einer Limousine auf den Grund des Gros Ventre River gefahren. Otis ist schon Jahre tot."

„Das tut mir wirklich leid." Es erstaunte Joe, daß er nie davon gehört hatte.

„Ich habe diese gemischten Viehherden ankommen sehen. Wem gehören die?" fragte Overstreet mürrisch.

„Im Grunde sind das Lureens Stiere. Ich mach so was wie eine Pause, ich hab ihr gesagt, ich paß für sie drauf auf."

„Warum ist sie nicht zu mir gekommen?" wollte Overstreet wissen.

„Sie sagte, Sie hätten Ihre Pacht aufgegeben."

„Ja, ja doch! Aber ich habe nicht erwartet, daß sie deshalb nicht mehr spricht mit mir!"

„Ich glaube nicht, daß sie diesen Eindruck erwecken wollte, Mr. Overstreet. Aber wie gesagt, ich hab mich bereit erklärt, für sie hier aufzupassen. Und das Gras war schon am Wachsen."

„Ich will dir mal was sagen, junger Mann. Diese Ranch sitzt direkt mitten in meinem eigenen Land. Ich hätte sie mir schon lange genommen, wenn es mich nicht geärgert hätte, mich von deinem Vater ausrauben zu lassen! Aber ihr hier müßt eure Pläne erst mal mit mir besprechen, ehe ihr halbe Sachen anfangt!"

Der Ausdruck „ihr hier" war Joe nicht besonders recht.

„Mr. Overstreet", sagte er, „das müssen wir überhaupt nicht."

„Ich bin nur daran interessiert, daß alles gutnachbarlich läuft", sagte Overstreet und wandte sich zum Gehen. „So ist der Westen groß geworden." Prendergast lachte unbehaglich, und die beiden gingen, Prendergast mußte rasch neben dem dahinzockelnden Pferd herlaufen, und der alte Overstreet rief: „Prendergast, schreiben Sie sich das auf!"

Ein Hund wohnte unter dem Haus, eine graue Fellmasse, die in elender Einsamkeit lebte. Joe hatte ihn bei drei verschiedenen Gelegenheiten gesehen, in der ersten Abenddämmerung, wenn der Hund auf einer kleinen Anhöhe hockte und über das leere Land nördlich der Ranch hinsah. Er stellte nun gelegentlich eine Schüssel Fleischabfälle auf, um zu sehen, ob sich dieser Hund nicht in gewissem Grad an das menschliche Leben auf der Ranch gewöhnen konnte. Aber es war ziemlich klar, daß er ihn erschießen mußte – es zeigten sich Skunks, die Tollwut hatten, und ein wild laufender Hund wie der würde für alle Überfälle auf das Vieh in weitem Umkreis verantwortlich gemacht werden.

Joe saß auf einem Hügel in der Nähe mit einer Flinte und beobachtete die Schüssel mit dem Hundefutter; oft nickte er ein und hatte regelmäßig schuldbeladene Alpträume, in denen er den Hund erschoß. Es war ein Job, den Joe nicht wollte.

Einmal leuchtete er mit der Taschenlampe unter die Hütte. Gebleckte Zähne glitzerten im Lichtstrahl. Der Hund knurrte, ohne sich je beim Atemholen zu unterbrechen, ein ununterbrochenes sprudelndes Rasseln. Joe hätte ihn erschießen können, wo er lag. Die Schwierigkeiten beim Herausholen des Kadavers waren eines, vor allem aber war der Gedanke unerträglich, etwas zu töten, das sich in einen letzten Winkel zurückgezogen hatte, den keine andere Kreatur haben wollte.

Manchmal saß Joe vor der Hütte, bis der Hund glaubte, er sei fort. Dann hörte er den Hund vor sich hin stöhnen, ein qualvolles Jaulen, wenn seine Parasiten an ihm nagten. Joe steckte ein Stück Fleisch an einen langen Stecken und schob es unter die Hütte, so daß er die Erschütterung fühlen konnte, als der Hund fraß, und seine wiedererwachende Qual wie eine große äußere Kraft.

Er fuhr zum Tierarzt und kaufte eine Sprühdose Boticide, ein Desinfektionsmittel und eine Schafschere. Er hatte jetzt dreiundvierzig Dollar in den Hund investiert. Dann kaufte er ein großes Steak. Das brachte die Gesamtsumme auf fast neunundvierzig Dollar. Er fuhr zur Hütte.

Als er den Lichtkegel der Taschenlampe unter dem Haus hin und her spielen ließ, glühten die Wolfsaugen gelblich auf. Der Hund knurrte stetig, beim Ein- und Ausatmen. Um sein Gesicht stand in alle Richtungen ein dichter Strahlenkranz aus verfilztem Fell einen halben Fuß weit ab. Joe schob eine Stange unter die Hütte, an deren Ende er die Schlinge eines abgerissenen Lassos festgebunden hatte. Der Hund wich erschauernd bis zum letzten Zoll seiner Zuflucht zurück, daß der Staub in Wirbeln durch den Lichtkegel zog, während die Stange näher kam. Er schnappte blitzschnell nach dem Stangenende, aber die Schlinge drang vor, bis sie um den Hals des Tieres lag. Joe zog die Schlinge leicht an, dann ließ er die Stange herausgleiten. Jetzt, das Nylonseil in der Hand, konnte er das Pochen von Leben an seinem Ende spüren. Eine seltsame Stille herrschte in dem staubigen Hof, während Joe sich umsah und versuchte, sich vorzustellen, was es für Folgen haben würde, wenn er die Kreatur ans Tageslicht zöge. Vielleicht wußte der Hund doch, was er tat. Aber Joe war mit Hunden groß geworden, und der hier hatte den letzten, schattenhaften Rest der alten Allianz mit dem Menschen verloren und war zu einem Werkzeug von Geheimnis und Angst geworden.

Es war Zeit. Joe fing an zu ziehen. Ein Scharren war unter der Hütte zu hören, und eine schwache Staubwolke rollte hervor, begleitet von einer erbarmungswürdigsten Stimme, einem

Tonfall von herzzerreißender Universalität. Joe war dabei, den Hund, all seinen Zorn und all seine Gewohnheit, zu überwältigen und ans Tageslicht zu zerren.

Das Seil war starr wie ein Stock in seiner Hand. Es gab in winzigen Bruchteilen nach. Der Schweiß lief an Joe herunter, strömte seine Lachfalten entlang, biß ihn in den Augen. Während der Hund seinem Schicksal entgegenrückte, fiel es Joe ein, daß er nicht wußte, wie er aussah – bis auf den großen Schnauzenkeil. Einen Sekundenbruchteil lang fragte sich ein Teil seiner selbst, was wohl wäre, wenn der Hund tausend Pfund wiegen würde. Joe hatte genügend Seil zu sich herangezogen, daß er es zu seinen Füßen aufrollen konnte. Er rollte es einmal, zweimal, und während er den dritten Kreis formte, schoß der Hund unter der Hütte hevor, raste ans Ende des Seils und schmiß Joe aufs Gesicht. Joe hielt fest, während der Hund bellend in einem großen Kreis herumrannte, die scharrenden Hinterläufe tief geduckt, gegen das Hindernis des Seils anzerrend.

Joe stand auf, das Seil immer noch zwischen den Händen, mit aufgeschrammten, brennenden Handflächen. Er ging rückwärts, bis er eine Kiefer erreichte, die einst den Hof vor der Hütte beschattet hatte. Hier konnte er das Seil ein paarmal um den Stamm winden, und als er dann sein Gewicht in den Zug legte, gelang es ihm, den Hund an den Baumstamm zu zerren und seinen Kopf daran festzuklemmen. Joe tat das Leid des gefangenen Tieres in der Seele weh, das Elend, welches das helle Tageslicht mit sich zu bringen schien. Der Hund lag da und heulte.

Joe band dem Hund die Schnauze mit Schnur zu, wobei er es nur knapp vermied, gebissen zu werden, und fing an, das Fell mit der Schafschere zu stutzen. Sobald er die Oberfläche des verfilzten Fells durchstoßen hatte, stieß er auf eine grundlose Schicht blasser, dicker Maden und fühlte, wie sich ihm der Magen umkehren wollte. Er unterdrückte seinen Ekel, bis er den Hund am ganzen Leib geschoren hatte, bis auf die eitrige Haut. Er holte einen alten rostigen Benzinkanister aus dem Schatten der Hütte und ging zu dem kleinen Bach, wo er den Kanister mit Wasser füllte. Wieder und wieder spülte er den Hund ab, der im Glauben, nun zu ertrinken, erneut zu stöhnen begann. Als Joe sicher war, daß der Hund gesäubert war, besprühte er ihn mit dem Desinfektionsmittel und schließlich mit einer Dosis des Medikaments gegen die Dasselfliegen. Der Hund lag schwer keuchend da.

Joe durchschnitt die Schnur um die Hundeschnauze, legte das Steak in Reichweite aus und löste das Seil. Der rosafarbene, verarztete Hund, dessen verletzter Stolz in langgezogenem Geheul laut wurde, fegte über den Hof, an dem beredten Steak vorbei, in die Heuwiese, wo er hockte und klagend um das Leben im Dunkel lamentierte, das er verloren hatte.

Joe verbrachte den Rest des Morgens damit, den Raum unter der Hütte mit Steinen zu blockieren. Der Hund saß in der Wiese und sah ihm zu, korrigierte langsam seine Position in Bezug auf das Steak. Joe bemerkte diese kleinen Kursänderungen, und als er zur Ranch zurückging, hatte er das Gefühl, daß der Hund mit der Zeit umfallen würde. Er dachte sich, daß er genau wisse, wie dem Hund zumute war.

Das Telephon klingelte. Es war irgendwie aufregend, hier den ersten Anruf zu bekommen. Eine leise Stimme erklang im Hörer. „Joe, hier Ellen Overstreet. Erinnerst du dich noch an mich?"

„Aber natürlich. Wie geht's dir, Ellen?"

„Prima, Joe. Ich war ganz aufgeregt, als ich gehört hab, daß du wieder da bist."

„Wo wohnst du denn jetzt?"

„Bis vor kurzem draußen vor Two Dot. Wir haben uns jetzt getrennt. Ich glaube aber, wir kriegen's wieder auf die Reihe."

„‚Wir'? Wer ist Wir?"

„Eigentlich heiß ich jetzt Ellen Kelton. Erinnerst du dich noch an Billy Kelton?"

„Ich mich an den nicht erinnern? Soll das ein Witz sein? Nach all den Abreibungen, die mir der verpaßt hat? Ist er immer noch der wilde Cowboy aus meiner Erinnerung?" Joes Frage war äußerst höflich formuliert.

„Na, nicht mehr so. Er arbeitet jetzt auf der Ranch."

„Schafft ihr's denn alle hier durch diese lange Dürre?"

„Das frag ich mich wirklich auch", sagte Ellen mit melodischer Stimme. „Unsere Kälber haben solchen Staubhusten gehabt, weil sie immer den Müttern die alten Kuhpfade zum Wasser nachgegangen sind. Wir haben einige verloren. Billy war die ganze Zeit am Doktern."

„Ich kann dir gar nicht sagen, wie schön es ist, deine Stimme zu hören. Es *klingt* so, als wärst du immer noch so hübsch."

„Bin ich nicht!" Ellen lachte. „Andererseits nimmt hierzulande niemand zu. Aber ich wollte etwas Bestimmtes sagen."

„Gut!" sagte Joe mit warmer Stimme; tatsächlich aber hatte sich ein nervöses Gefühl in seinen Magen geschlichen, etwas, das gerade aus der einstigen Zeit in seine Gegenwart herübergewechselt war.

„Ich hab mir nur gedacht – und ich weiß nicht, wie einfach das sein wird – aber ich hab mir nur gedacht, du möchtest vielleicht deine Tochter sehen."

„*Meine* Tochter? *Meine* Tochter, sagst du. Ja, ich meine, natürlich! Wie heißt sie?" Joe sah zu, wie der Wind das Ende einer Gardine ins Zimmer blies. Er wußte, was es hieß, wenn Leute davon sprachen, daß die Zeit stillsteht. Er spürte, wie seine Hand um den Telephonhörer feucht wurde.

„Sie heißt Clara."

„Clara. Wo hast du das her?"

„Es ist der Name von Billys Mutter."

„Verstehe. Irgendwie aus der alten Zeit ... Ich werde sie sehen, hm?" Eine plötzliche Intimität kam im Gefolge der Krisis. „Ich meine, warum zum Teufel sagst du mir nicht einfach, was ich tun soll, Ellen."

„Das hängt von dir ab, Joe. Ich biet's dir nur an."

„Weiß das irgend jemand?"

„Ich hab's Dad gesagt."

„Wirklich? Und was hat er gesagt?" Sein Mund war staubtrocken. „Du hast es deinem Vater gesagt?"

„Er hat gesagt: ‚Gut', weil Clara dann einmal alles kriegt,

wenn das Land von euch hier Teil von seinem ist und alles ein vollkommenes Quadrat."

„Das haut mich jetzt irgendwie um. Und, ich meine, Ellen, was ist mit dir? Was ist aus deinen Plänen geworden?"

„Ich unterrichte. Ich unterrichte in Clarendon Creek."

„Da war ich auch! Da hat meine Tante Lureen auch unterrichtet."

„Die ersten vier Klassen."

Joe konnte den Schweiß durch sein Hemd fließen riechen. Es war ihm, als verbrennte er. Es war, als wäre die wacklige Logik seines neuen Lebens mit einmal verschwunden.

„Ich würde sie gerne sehen", sagte Joe. „Wie es dir recht ist, mir paßt alles."

„Ich wollte nur hören, ob du Interesse hast", sagte sie mit derselben melodischen Stimme. „Ich meld mich dann!"

13 Ein alter Mann namens Alvie Butterfield, der für die Overstreets das Land bewässerte, kam durch den Hof der Ranch, weil er das Wasser oben an der Grabenschleuse wechseln mußte. Er hatte den Collie dabei, den Joe bei der Ankunft seiner Rinder eingesetzt hatte. Alvie saß mit seinen Hüftstiefeln auf einem kleinen, zerbeulten japanischen Motorrad. Die Schaufel war mit elastischer Schnur gesichert, und der Hund mit seinem bläulichen Fell balancierte auf dem Beifahrersitz. Joe ging gerade mit einem Stapel Post zum Laster und hielt an, um mit dem Mann zu reden. Schließlich sprachen sie über Zane Grey. Alvies altes Gesicht runzelte sich, und die Augen blickten in unbekannte Fernen. Er sagte: „Ich glaub alles in dem seinen Büchern. Wenn die Cowboys da in der Wüste sind, schwitz ich. Wenn sie in einen Blizzard geraten, schick ich meine Alte nach einer zweiten Decke. Wenn sie nichts mehr zu essen haben, lauf ich in die Küche und mach mir ein Erdnußbutterbrot." Selbst die Erinnerung an die Augenblicke, die er mit der Nase in den Büchern von Zane Grey verbracht hatte, führte zu einer strahlenden Verwandlung Alvies, und die Wirklichkeit seines Lebens, das er damit verbrachte, schlammiges Wasser hügelabwärts zu leiten, war erträglich.

„Ich soll neues Salz auslegen", sagte Alvie, „aber ich bin so gottverdammt müde. Du könntest das nicht zufällig für mich machen, wie?"

„Sicher kann ich das", sagte Joe.

„Findest deinen Weg noch da droben, was?"

„Ich glaub schon", sagte Joe.

„Ich bin dir sehr dankbar", sagte Alvie. „Wie gesagt, ich pack's heut einfach nicht mehr."

Alvie wanderte das Bachbett hoch, und Joe lud die Salzblöcke in den Laster. Er fuhr durch die Senke nach oben, stieg aus, um die Radnaben zu blockieren, schaltete den Vierradantrieb zu und stieg in die Wolken hinauf, fuhr an den Indianerhöhlen und dem Kohlenbergwerk der ersten Siedler vorbei, bis der Wagen über den Kamm in die Sommerwiese kippte. In allen Richtungen waren Kühe über die Hänge verstreut. Er konnte gerade noch die drei kleinen weißen Umrisse der Salzhäuschen in der blauen Ferne ausmachen. Ein Großohrhirsch mit weichem Geweih trottete vor ihm durch das tiefe Gras, und Drosseln rasteten auf den Zederpfählen des Zauns. Das einzige Anzeichen menschlichen Lebens war eine alte Schafschermaschine, die vor einem halben Jahrhundert hier zurückgelassen worden war und in der trockenen Luft immer noch aussah, als könnte sie jederzeit gehen. Es war eitel, daran zu denken, so etwas besitzen zu wollen. Joe konnte Grundbesitz nicht ganz begreifen. Wir wollen etwas, wenn andere dasselbe haben wollen. Trotzdem, als er nun auf die Weiden blickte, die in Augenhöhe auf fadendünne Flüsse zuliefen, spürte Joe, wie seine Knochen im Wind der Zukunft flatterten, und es war ein lustiges Gefühl. Alle seine Gefühle waren augenblicklich wegen Ellens Anruf verwirrt, aber dies war immer noch ein gutes Gefühl.

Er lud das Salz ab und kontrollierte die beiden hauptsächlichen Quellen. Die eine hatte wegen der geringen Schneefälle des Winters nachgelassen, aber das Vieh trank noch immer dort. Der nördliche Zaun stand gerade noch aufrecht, von den Beifußstauden gestützt, durch die er lief – aber er stand noch, und es schien nichts hindurchzustreunen. Joe hatte diesen Zaun gebaut. Wenn Kühe wegliefen, streiften sie einfach weiter in den Raum hinaus, und es war einfach, sie zurückzuholen. Überall war Gras, selbst oben auf den windumsausten Kämmen, wo er und Otis vor so langer Zeit Pfostenlöcher gesprengt hatten. Er erinnerte sich nun, was das für eine gute Futterwiese war, und wie sein Vater, der sich mit Gras auskannte, immer sagte: Kümmer dich gut um diese Wiese, und sie kümmert sich gut um dich.

Er ließ den Wagen stehen und ging zu Fuß. Die Wiese lag in drei grob umrissenen Flächen da, die in verschiedenen Neigungswinkeln in den Himmel verschwanden. Er schritt auf eine hohe Felsenformation zu, die einmal in einem Traum seiner Kindheit eine Rolle gespielt hatte, einem Traum, hinter dessen Quellen und Einzelheiten und geheime Gefahren er nie ganz gekommen war. Aber dieser Traum hatte ihm große Achtung vor den Operationen des Unbewußten beigebracht.

In seinen Zwanzigern, viele Jahre nach der Geschichte mit den Felsen, hatte er Peyote gegessen und das Vergnügen einer langen Unterhaltung mit Tausenden von Schwertlilien, Tulpen und Rosen auf einer Blumenplantage gehabt. Er konnte sich immer noch an ihre nickende Anteilnahme bei jeder seiner Fragen erinnern, ihre engagierten Gesten an den Enden ihrer Stengel. Lächerlich, wie diese Erfahrung ihm nachher erschien, vermehrte sie doch seinen Respekt vor Blumen, und manchmal ertappte er sich dabei, daß er das Grundstück von jemand mit einem ehrerbietigen Nicken seitwärts zu den Beeten betrat.

Als er den großen Felsenkamin mit seinen querverlaufenden Gesteinsformationen erreichte, ging etwas durch ihn hindurch, was einen ebenso bedeutungsvoll in ihm aufklingenden Akkord erzeugte wie der Anblick eines leeren Bettes, in dem einst der Vater oder die Mutter gestorben ist. Eine Wolke von Vögeln flog in den Wind. Joe setzte sich hin und ließ sich in die Vergangenheit zurücksinken.

Der nächste Nachbar im Alter von Joe war Billy Kelton gewesen, damals bereits ein großer starker Junge und in jenen Tagen, lange ehe die Familie nach Minnesota zog, Joes bester Freund. Billys Vater hatte den Laden in Hawkwood. Die beiden Jungen verdienten sich während des Schuljahrs etwas nebenher, und im Sommer suchten sie sich Jobs auf einer Ranch. Einmal, als beide dreizehn waren, hatte Billy Joe besucht, und sie hatten beim Hufeisenwerfen Streit miteinander bekommen. Joes Vater kam aus dem Haus und sagte: „Das macht ihr am besten wie Männer unter euch aus." Joe glaubte nicht, daß er eine Chance hatte, und während er noch versuchte, Zeit zu gewinnen, spürte Billy nicht nur die Gelegenheit, sondern auch die eigenartige Energie, die ihm von Joes Vater zuströmte. Er landete einen Schwinger in Joes Gesicht, daß es zu bluten begann und Joe in die Knie ging. Joes Vater befahl ihm, wieder aufzustehen, aber als er stand, versetzte ihm Billy einen Schlag auf das rechte Ohr, daß er umfiel; Schmerz und Scham trübten ihm kochend den Blick. Ein brüllender Lärm schien um ihn aufzusteigen. Durch all das hindurch hörte er, wie sein Vater Billy mit Beifallsgeschrei anfeuerte. Er blickte auf und sah, mit welch unglaublicher Lebhaftigkeit sein Vater den plötzlich widerwilligen Billy zu seinem gestürzten Sohn hinschob. Selbst jetzt noch war die Erinnerung entsetzlich.

Joes Vater hatte gesagt: „Darüber denk mal ausführlich nach. Denk darüber nach, wie die Menschen wirklich sind. Das war kein Feind, der dir das angetan hat. Das war angeblich dein Freund! Denk darüber nach, streng dich an, wie du nur kannst."

Joe lief an diesem Tag weg, gerade weit genug, um zu dieser Wiese emporzusteigen. Er kam direkt zu dem Felsenkamin, wo er sich niedersetzte und seine Niederlage beweinte, die Komplizenschaft seines Vaters dabei, den Verlust eines Freundes und das Gefühl, dem er nie mehr gänzlich entrann, daß zu den fortdauernden Zügen des Lebens ein Element unerträglicher Einsamkeit gehörte.

So weit er auch vom Haus entfernt war, fühlte er sich doch der Welt noch ausgeliefert. Er berührte die veränderten Formen seines Gesichts mit den Fingerspitzen. Unter dem gestreiften Felsen war ein tiefer Spalt, wie eine kleine Höhle, und Joe kroch hinein und legte sich in der kühlen Dunkelheit nieder. Friede überkam ihn, und als er zu schlafen begann, sank er in einen Abgrund des Traums.

Indianer strömten aus dem Felsensockel hervor, und Joe war einer von ihnen. Sie waren anonym mit ihrer Bemalung, ihren gefärbten Stachelschweinborsten und den Ketten aus eingetauschten Perlen, hinter Schilden, bemalt mit den Formen der Ewigkeit. Sie bewegten sich wie ein Schwarm Fische und schwangen sich leicht auf ihre Pferde. Konzentrische Kreise aus rotem Ocker waren um die Augen von Joes Pferd gemalt, und sein Leib war mit den Umrissen menschlicher Hände bedeckt. Er legte seinen Speer über den Nacken seines Pferdes. Die Rabenfeder, die unterhalb der Spitze angebunden war, flatterte gegen den Schaft, als sie über die Hügelkämme zu dem kleinen Tal drunten galoppierten, wo die weißen Leute ihre Hütten gebaut hatten. Obwohl es das Haus seiner Familie war, konnte sich Joe in seinem Traum gar nicht daran erinnern. Ein Mann und eine Frau rannten heraus und ihnen entgegen, sie versuchten zu reden; im Gleißen der Sonne verschwammen sie und waren nicht zu erkennen. Es war zu spät zum Reden. Die Indianer ritten geradewegs über die Weißen hinweg, die Bogensehnen plötzlich gespannt, mit einem Schwarm von Pfeilen und Speeren. Der Staub der Pferde ließ sich langsam auf ihrer Abwesenheit nieder. Die Gebäude brannten so plötzlich wie Phosphor, glitzerten und waren weg. Alles war weg. Selbst das steinige Weiß von Grundmauern und Knochen war weg. Das wilde Gras nahm seinen Rhythmus wieder auf.

Joes Mutter beobachtete ihn genau während der Tage, die es brauchte, bis die Schwellung in seinem Gesicht zurückgegangen war. Sie ließ dieses Mitgefühl für sich selbst sprechen und vermied sorgfältig jedes Gespräch über den Vorfall. Joe sagte auch nichts, obwohl die unbenennbare Stimmung, die in der Luft lag, stark genug schien. Endlich, als nur noch der grünliche Schatten eines Blutergusses an der Schläfe zu sehen war, fragte sie ihn, anscheinend ohne eine Antwort zu erwarten: „Dein Vater hat da einen großen Fehler mit dir gemacht, nicht wahr?“

Er antwortete nicht. Er starrte sie nur schweigend an und ließ sie alleine mit ihrer verwandelten Loyalität zurechtkommen.

14

An seinem ersten freien Nachmittag hielt Joe an der Schule in Clarendon Creek. Ellen stand am Rand der kleinen Lichtung, die als Spielplatz und Schulhof diente, den Sweater um die Taille geschlungen und mit Tennisschuhen, so daß sie als Sportlehrerin einspringen konnte. Sie ermunterte vier kleine Kinder, zu einem Felsblock hinüberzurennen, um ihn herum und wieder zurück. Schulbücher und Hefte der Kinder lagen neben dem Flieder, mit Steinen beschwert.

„Hallo!“ sagte Ellen mit enormem Lächeln.

„Kaum zu glauben.“

„Schon echt verrückt“, sagte sie.

„Ich konnte nicht mehr warten.“

„Du siehst gut aus, Joe.“

„Danke. Und du auch.“

„Ja, meinst du das im Ernst?“

„Im Ernst.“

„Was macht die Malerei?“

„Ich bin jetzt beim Raumfahrtprogramm, genaugenommen.“

„Wie schade – du hast mir vom College immer geschrieben, weißt du noch? Über deine Malerei. Du würdest der neue Charlie Russell sein. Ich hab dann schließlich eins von deinen Bildern gesehen. Ich hab's wirklich nicht verstanden, Joe. Das sah so puddingartig aus. Neben einem Haus, so in der Art.“

„Das gehört zufällig einem von den Rockefellers“, sagte Joe, als müsse er sich rechtfertigen, aber der Name sagte ihr, wie er merkte, nichts.

„Ich muß jetzt schnell machen, ich muß wieder rein. Clara ist diesen Monat bei ihrem Dad.“

„Im alten Keltonhaus?“ fragte Joe und fühlte sich irgendwie verlegen.

„Ja, aber geh da nicht hin. Ich denk mir was aus. Und hör mal, sei bitte diskret. Billy ist ein wunderbarer Vater, das will ich nicht kaputtmachen.“

„Wie wär's mit einem Essen?“

„Wie war das?“

„Würdest du mit mir essen gehen?“ fragte er.

„Du bist ganz rot!“

„Trotzdem halte ich die Einladung aufrecht.“

„Ja!“ Die vier Kinder waren fertig mit ihrem Lauf, und Ellen ging langsam mit ihnen zum Schulhaus. „Ruf an!“ sagte sie. „Daß ich dir sagen kann, wie du fahren mußt. Machen wir Skandal!“

Er erkannte, daß sein augenblickliches extremes Glücksgefühl eine unwürdige Grundlage hatte. Sein Leben schlug eine Richtung ein, die ihm helfen würde, Astrid ein für allemal wegzuschieben. Schon spürte er in Ellens Frische und Einfachheit ein Antidot, obwohl er sich halb und halb eingestand, daß dazu die Menschen nicht da waren.

Er holte Ellen um sechs ab, in ihrer Wohnung. Die Tage waren länger geworden, so daß es schien, als sei es noch mitten am Nachmittag. Sie kam die Treppe außen am Haus rasch heruntergeklappert und sah so frisch aus, als wäre der Morgen gerade angebrochen, in einem dunkelblauen Sommerkleid mit winzigen weißen Sternen. Sie hatte ihr mahagonifarbenes Haar geflochten und hochgesteckt.

„Ich sterbe vor Hunger“, sagte sie im Auto. „Ich bin so eingestiegen, als ich den Kindern was über die Expedition von Lewis und Clark erzählt habe, daß ich jede Menge Kalorien verbraucht haben muß. Es hat Spaß gemacht, ihnen den Teil der Reise vor Augen zu führen, die den Missouri hinaufging. Ich hab versucht, ihnen zu erklären, daß es für Lewis und Clark wie ein Start in den Weltraum war. Ich hab gesagt, der Missouri war der große Highway der Indianer, und die Nebenflüsse waren alles verschiedene Wohnviertel mit ihren eigenen Sprachen und ihrer eigenen Geschichte. Die kleinen Hühner wollen am Liebsten immer vom Krieg hören, aber das Unbekannte, da gruselt sie's auch. Oder das, was sie ‚die alten Zeiten‘ nennen. Ich werde einen Kompromiß mit ihnen schließen. Ich zeig ihnen den Ort im Yellowstone Park, wo Clark kampiert hat, und dann nehm ich sie mit nach Greycliff, wo in der Nähe die Gräber zu sehen sind, da, wo die Schwarzfußindianer Reverend Thomas und seinen Neffen massakriert haben. Übrigens lerne ich gerade

Golf spielen. Ich bin zur Zeit in einer schwierigen Phase, und an die hundert Leute haben mir Golf empfohlen. Ich bin froh drüber. Nach der zweiten Lektion hat mir Golf besser gefallen als die Ehe!“

Joe sah sie so lange an, wie er glaubte, hinüberschauen zu können. Was für ein Gefühl ihm das gab! Er fuhr durch eine nette Nachbarschaft. In einem Garten schoß ein Mann mit hoher Geschwindigkeit auf seinem Mähmobil über den Rasen. Am nächsten Haus stand ein alter Herr in der Tür einer gepflegten Garage mit einer sorgfältig aufgehängten Sammlung von Gartenwerkzeugen an der Wand hinter ihm. Auf den meisten Rasen lag eine kleine weiße Zeitung wie ein Samenkorn. Amerikanische Fahnen knallten auf den Veranden im Wind. Auf dem letzten Rasen vor der Main Street saß ein Kaninchen zwischen zwei ernsten Kindern.

Sie gingen ins Foyer des alten Bellwood-Hotels. Die Bar links war voller Kunden, die nach der Arbeit rasch reinschauten. Zwei Cowboys kamen mit ihren Drinks heraus, um Ellen zu beäugen, während sie und Joe auf ihren Tisch im Restaurant warteten. „Ja bitte?“ sagte sie in bester Lehrerinnenmanier. Die beiden machten, daß sie wieder in die Bar kamen.

„Ich nehme das pfundschwere Rib-eye-Steak“, sagte Ellen, ehe sie noch die Karte angesehen hatte. Die Kellnerin kam und nahm ihre Getränkebestellungen auf: ein Bier vom Faß für Joe, Jim Beam on the rocks für Ellen. Joe entschied sich für in der Pfanne gebratenes Hähnchen und bestellte für beide. Das Restaurant war halb voll. Eine Lehrerin war in einer solchen Kleinstadt eine Art Berühmtheit, so daß ein paar Blicke zu ihnen hingingen. Es war zu früh, daß irgend jemand schon weitere Schlüsse hätte ziehen können.

Joe versuchte angestrengt, die gegenwärtige Ellen und ihr unbekümmertes Selbstvertrauen mit der früheren Version in Verbindung zu bringen, die er gekannt hatte. Er hatte das Gefühl, daß er das rasch tun müßte, weil die Gegenwarts-Ellen bald die seiner Erinnerung ausgelöscht haben würde.

„Es hat mir jemand erzählt, daß ihr eure Ranch bald verlieren werdet“, sagte Ellen. „Dad zerbricht sich ständig den Kopf, wie er an sie rankann. Das macht er erst seit vierzig Jahren.“

„Schwer zu sagen.“

„Obwohl ich nicht weiß, wozu eine Ranch noch gut sein soll. Mein Dad hat sich Freigänger aus dem Gefängnis geholt, damit sie beim Heuen helfen, weil das die einzigen sind heutzutage, die verzweifelt genug sind, um zu arbeiten. Wenn man jemand braucht, der einen Zaun setzt, muß man einen Alkoholiker suchen, der in die Berge will, um dort vom Stoff wegzukommen. Und dazu nehmen die Grashüpfer und Heuschrecken einfach lächerlich überhand. Ich glaube, Dad zieht vielleicht einfach in die Stadt. Ich könnt's ihm nicht verdenken.“

Joe hörte mit größter Konzentration zu. So konnte er sie anschauen und mußte selbst nichts sagen. Er wußte, daß Overstreet niemals in die Stadt ziehen würde.

„Übrigens“, sagte sie, „laß mich eine Frage stellen, okay? Hast du keine Freundin?“

„Ich hatte eine.“

„Und?“

„Du kennst diese Bars mit den vielen Farnen? In so einer ist sie bei einer Stampede umgekommen.“

Ellen schaute tolerant drein. Joe versuchte, sich freundlich an Astrid zu erinnern, aber es kam nur ihre Dreistigkeit, ihr Gesundheitsfetischismus, die Art, wie Kosmetik sie faszinierte. Astrid hatte ihn die strategischen Prinzipien des angemessenerweise so genannten Kriegs der Geschlechter gelehrt, im Felde. Sie hatte ihm auch den dramatischen Charme von Picknicks auf dem Schlachtfeld nahegebracht. Es war ein provisorisches Leben mit dieser Astrid.

Ellen hielt Wort. Als das Essen kam, machte sie kurzen Prozeß mit ihrem großen Steak. Einmal, als sie den Mund zu voll hatte, grinste sie Joe an und zuckte fröhlich die Achseln. Dieser Appetit erstaunte ihn. Und als sie fertig war, warf sie sich in den Stuhl zurück und sagte: „Ah!“

„Und jetzt?“ sagte Joe und legte sein eigenes Besteck weg. Er dachte an eine Zigarette. Die Spannung, die entstand, weil niemand das Kind erwähnte, wurde schärfer.

„Möchtest du einen Vorschlag hören?“

„Aber ja.“

„Ich würde gern nach Nitevue rausfahren und einen Eimer Bälle in die Gegend pfeffern.“

„Ich würde lieber über Clara reden.“

„Ich lieber einen Eimer Bälle in die Gegend pfeffern.“

Sie waren die einzigen auf der Bahn. Sie lag als grünes Band mitten in der Prärie und leuchtete im Flutlicht. Nitevue lag direkt neben dem östlichen Highway. In einem großen offenen Schuppen standen ein paar Sitzgelegenheiten, drei Getränkeautomaten, ein Golfkarren und eine kleine Theke, wo man sich Bälle und Schläger besorgte. Ellen wollte ein Holz Nummer Vier und Joe sagte, er nähme, was gerade da sei, was sich als sogenanntes „Sandeisen“ herausstellte. Der Besitzer sah genau wie ein Farmer aus der Nachbarschaft aus, in Overalls und mit einer John-Deere-Mütze. Jede einzelne seiner Bewegungen machte klar, daß ihn seine Klassenherkunft gelehrt hatte, jegliche Form von Sport und Verschwendung wie diese zu verachten. Er händigte ihnen Bälle, Schläger und T's mit einer Gebärde uralten Ekels aus.

Ellen stellte sich auf eine Art Gummimatte und fing an, die Bälle durch das insektenschwärmende Flutlicht zu feuern, beinahe bis in die Dunkelheit dahinter. Zuerst sah Joe ihr nur zu. Erdhörnchen fegten herum, rannten, hielten inne, schauten, pfiffen, versuchten sich das Leben auf einer Golfübungsbahn zurechtzulegen.

Joe schlug dreimal daneben für jedes Mal, da er den Ball erwischte. Aber selbst wenn ihm dies gelang, flog der Ball nur in stumpfem Winkel nach oben und landete in geringer Entfernung. Er umklammerte den Schläger fester und schlug mächtiger zu; diesmal schoß der Ball so hoch, daß er beinahe unsichtbar wurde, und fiel doch gleich vor ihnen zu Boden. Er fand sich rasch in die Stimmung dieses ungewöhnlichen Sports, schrie:

„Scheiße nochmal!“ und betrachtete das Ende seines Schlägers, ob es nicht einen Fabrikationsfehler hatte. Er ging zurück und verlangte einen anderen Schläger; diesmal handelte es sich um ein „Zweiereisen“. Damit gelang es ihm, den Ball vor seinen Füßen hin und her zu schrammen, während Ellen einen weiteren, sauberen Schlag nach dem anderen brachte. Dazu taten ihm die Arme weh, weil er, Schlag um Schlag, unwillkürlich immer auf den Boden drosch.

Als sie ihren letzten Ball geschlagen hatte, kam Ellen zu Joe herüber, der auf einer Bank Platz genommen hatte. Ihre Wangen waren vor vergnügter Erregung gerötet. Joe dachte, daß nur ein sehr eigenartiger Mensch sie nicht wunderschön finden würde.

„Du hast anscheinend hierzu keine besondere Begabung“, sagte sie.

„Ich fürchte nein. Tatsächlich hab ich's vor ein paar Jahren schon einmal versucht. Etwa dasselbe. Mein Dad hat spät im Leben damit angefangen. Das ist mir immer irgendwie traurig vorgekommen. Wußte aber nie genau, weshalb.“

„Hör mal, warum setzt du mich nicht bei mir zuhause ab? Ich muß noch Klassenarbeiten korrigieren, und ich fang früh an. Wahrscheinlich bin ich zu der Zeit, wo du aufstehst, schon zwei Stunden fleißig gewesen.“

Joe fuhr gemächlich am Fluß entlang und bog dann in ihre Straße ein. Es schien alles ohne den geringsten Druck zu gehen. Als sie an ihrem Haus ankamen, brachte er sie noch an den Fuß der Außentreppe, die zu ihrem Apartment führte. Sie drehte sich plötzlich um, ergriff eine Hand, drückte sie fest, fast grob, sprang die Treppe hoch – „War schön!“ – und war hinter ihrer Tür verschwunden. Er stand da, von einem vagen Glücksgefühl erfüllt, sich vage dessen bewußt, daß er nie einen richtigen Plan gefaßt hatte, seine Tochter zu sehen. Er schämte sich vor dem Eingeständnis, daß dies einfach zuviel schien. Und die Geschichte, was für ein guter Vater Billy Kelton war, ärgerte ihn.

15

Das große Fenster im vorderen Zimmer hing halb offen; man sah die eisernen Zuggewichte in ihren hölzernen Laufrillen. Felsenschwalben flogen zu ihren Nestern, die unter dem weit überkragenden Dach des alten Hauses klebten. Joe dachte: Mann, ich fühl mich allein, ich muß mir wieder ein paar junge Leute anschauen. Manchmal schien der Blick aus den Fenstern voller Bedeutungen, die sich noch nicht erschlossen hatten, voller Geschichten, die darauf warteten, sich zu entwickeln. Heute aber war die Aussicht flach wie eine Reproduktion. Er hatte ein Röhrenglas mit Vogelfutter vor das Wohnzimmerfenster gehängt; heute sahen die Samenkörner, die auf das Fensterbrett gefallen waren, nur unordentlich aus. Den Vögeln schien es egal zu sein, ob sie zu fressen hatten oder nicht. Er schaute das Telephon an, und es stand an seinem Platz, als wäre seine Zeit als funktionierendes Instrument abgelaufen. Er hatte das Gefühl, es gäbe nichts mehr zu tun für ihn. Was immer als nächstes kam, hatte noch nicht begonnen. Sein altes Leben erstickte ihn.

Er nahm den Highway nach Osten über die Vorberge und kam an einem Ort vorbei, wo man einen Büffel abschießen und sich das Ganze auf die Kreditkarte setzen lassen konnte. Als er zum Tanken anhielt, wischte ein Junge die Windschutzscheibe sauber und schüttete Joe sein Herz aus. Er sagte, seine Mutter sei mehr als zehnmal verheiratet gewesen, und sein Bruder und er hätten in neunzehn verschiedenen Städten gewohnt. Der Junge konnte sich nicht an die Namen all der Ehemänner erinnern, aber er sagte: „Wir mußten zu jedem von diesen Arschlöchern Daddy sagen.“ Joe konnte nur an zuverlässige Methoden denken, seinem alten Leben ein Ende zu setzen.

Während der Junge die Scheibe putzte und unter der Kühlerhaube nach dem Rechten sah, telephonierte Joe in der Zelle. In New York war es spät.

„Ivan, hallo, ich bin's, Joe.“

Eine lange Pause. Joe stellte sich Ivan im Bademantel vor, seine breite, kompakte Figur wie die eines alten Footballspielers, wie er sich mit charakteristischer Geste Daumen und Zeigefinger in die Augenhöhlen preßte.

„Warum rufst du mich mitten in der Nacht an?"

„Weil ich dich sehen muß."

„Das gefällt mir nicht, Joe."

„Können wir uns treffen?"

„Aber ja. Wo bist du?"

„Montana."

„*Schau heimwärts, Engel.*"

„So kann man sagen."

„Und? Hast du gefunden, was du wolltest?"

„Mehr."

„Und was sagt Astrid dazu?"

„Ich bin einfach auf und davon, Adios. Komm mir allerdings nicht so toll dabei vor."

„Ich ruf mal bei ihr an."

„Also, wenn du mir sagst, daß das okay ist, komm ich."

„Klar ist das okay. Bist du wieder ein Cowboy?"

„Tja, Ivan, irgendwie schon."

„Wahnsinn", sagte Ivan.

Joe schlief während des Flugs bis La Guardia. Nachdem er auf der Ranch eine ganze Nacht versäumt hatte, sah er die Sonne über dem Atlantik aufgehen.

Er fuhr mit dem Taxi in die Stadt, die kleine Reisetasche auf dem Sitz neben sich. Die Skyline von New York, auf die das Taxi geradewegs losfuhr, erregte Joe. Der unaussprechliche Name auf der Taxilizenz, das Photo wie aus dem Fahndungsbuch, das Gitter, das den von seinem Passagier trennte, und der Hinweis darauf, er habe weniger als fünf Dollar Wechselgeld dabei, die allgegenwärtigen Anzeichen von Restriktionen, um die Menschenmassen unter Kontrolle zu bringen, erregten Joe über alle Maßen. Im Schutz ihrer Autos tauschten manche Fahrer kühn einen Blick auf der Schnellstraße.

Er stieg im Yale Club ab. Das Foyer war voll von Collegeabsolventen mit ihren Rendezvous. Auf einer Tafel wurde eine Weinprobe angekündigt sowie eine Zigarrenverkostung in der Bierbar. Es hingen neue Bestimmungen über das Tragen von Jogginganzügen im Foyer aus. Um die Fahrstühle standen einige tief in Unterhaltungen versunkene Gäste und zwei gehetzte Pagen mit Bergen von Gepäck auf ihren Karren. Vier Südstaatler Anfang Dreißig lachten schallend und klopften sich klatschend auf den Rücken. „Hat jemand gesehen, wie der Wirtschaftsminister sein Nümmerchen im Fernsehn geschoben hat?" fragte ein schlaksiger junger Mann mit nasalem Mississippiakzent. Als ihm keiner aus seiner Gruppe antwortete, tat es ein Mann mit verkniffenem Gesicht am nächsten Fahrstuhl. „Ich hab ihn gesehen", sagte er, „und der Mann lag genau richtig." Normalerweise waren hier nicht soviel junge Leute. Der reinste Yuppiekongreß.

Joe trug die Reisetasche selbst aufs Zimmer und ging einen Korridor entlang, dessen Wände mit Mannschaftsphotos und lobenden Erwähnungen von Sanitätern aus dem Ersten Weltkrieg vollgehängt waren. Drei Filipina-Zimmermädchen schwatzten unter der offenen Tür eines Wäschezimmers und grüßten, als er vorbeiging. Sein Zimmer war wirklich schön, wie ein Zimmer in einem alten Heim, wenn er sich auch um das Bett herumquetschen mußte, um an der Kommode, dem Heizkörper und dem Schreibtisch vorbeizukommen. Es roch nach Holz. Joe erinnerte sich daran, wie er während des College hier gewohnt hatte, wie er von New Haven mit dem Zug hergefahren war, die Küste mit ihren verfallenden Gebäuden und kahlen leeren Grundstücken entlang; manchmal hatte er rasch den erschöpften Ozean gesehen oder die seltsamen Dinge, die jemand weggeworfen hatte, alte Fensterrahmen, eine Spielzeugtrompete, mit Draht verschnürte Zeitungsstapel, Autos, die schon so lange abgestellt waren, daß sie lauter platte Reifen hatten – all dies bewegte Joe. Manchmal schien es dem weiten Raum und der Stille des Westens überlegen.

Er ließ die Tasche ungeöffnet auf dem Bett liegen und ging hinunter, wieder durchs Foyer und hinüber zur Grand Central

Station. Er ging in die riesige Bahnhofshalle hinab, um sich eine Zeitung zu kaufen. Er starrte auf die Tafeln mit den Abfahrtszeiten hoch droben und bemerkte, daß es unglaublicherweise immer noch möglich war, nach White Plains zu fahren.

Er beschloß, eine Weile spazieren zu gehen. Stets noch erstaunt von der Tatsache, daß die Menge seine Blicke nicht erwiderte, ließ er sich gegen die Schaufensterscheiben der Geschäfte drängen. Er spürte den wachsenden Wunsch, besser gekleidet zu sein. Er sympathisierte mit den Männern, die an der Bordsteinkante gestohlene und gefälschte Waren verkauften; er dachte, man müsse wohl ein außerordentlicher Mensch sein, um sich der Anomie zu entreißen und zum Kunden zu werden. Wenn die Kreuzungen vollstanden mit Wagen, die vor Ampeln warteten, vertraute er sich dem Verhaltensmuster seiner Mitmenschen an und strömte mit ihnen durch die schmalen Lücken zwischen den Stoßstangen. Doch fiel es schwer, zu vergessen, daß man bei einem Wegrutschen der Kupplung ein Bein los sein konnte. Sein Gefühl von Befreiung in New York war zum Teil darauf zurückzuführen, daß man hier den Eindruck riesenhafter Menschenmassen hatte, was die eigenen Probleme trivialisierte. Wenn jemand aus der Praxis eines Arztes in die Menge gelaufen wäre mit dem Schrei: „Gerade hab ich erfahren, daß ich Krebs habe!" — es hätte wahrscheinlich keine besondere Wirkung. New York nahm einem wirklich den existentiellen Druck von den Schultern, und Joe fühlte diese neue Freiheit in seinem elastischen Schritt, seinem Wunsch, besser gekleidet zu sein, und seiner Geneigtheit, alle möglichen Nationalküchen auszuprobieren. Sein einziges Jahr in dieser Großstadt hatte ihm klargemacht, daß Spaß am Sex, mühelos an jeder Ecke zu haben, der Grundtenor des ganzen Lebens hier war. Im Reiz dieses problemlosen Arrangements lag allerdings das Risiko aller modischen Vergnügungen.

„Schwierig wird's dann", sagte sein damaliger Zimmergenosse, Ivan Slater, nach einem Jahr, „wenn man sie schließlich immer zu Fünfzig-Dollar-Abendessen einlädt. Und je weniger man sie unterscheiden kann, desto mehr ist es, als hätte man einen teuren Zuchthund in der Hose, der kein normales Fressen mehr anrührt."

„Halt!" sagte Joe. „Hör auf!"

Sein Zimmer war im neunten Stock, aber er nahm aus Versehen den Fahrstuhl in den siebten, stieg aus und mußte dann wieder den Knopf drücken und warten. Eine Frau Anfang dreißig kam und drückte Abwärts.

„Tag", sagte Joe. Sie sah fröhlich-sportiv aus und trug ein grünkariertes Kleid, das gut zu ihrer hübschen Figur paßte.

„Ich hab den falschen Knopf gedrückt."

„Sie meinen, Sie wollen nach unten?"

„Nein, ich meine, im Foyer. Ich wollte in den neunten Stock."

„Sie sind ganz rot im Gesicht", sagte sie.

Er sagte: „Ich fühl mich einsam."

Sie hatten mit dieser Unterhaltung verschiedene Stadien der Vertrautheit mit einem Satz durchlaufen. Er hätte nun alles sagen können. Er hätte sie fragen können, ob sie mit ihm schlafen wolle, und hätte ein unkompliziertes Ja oder Nein als Antwort bekommen. Aber ein Fahrstuhl kam, und sie stieg ein und sagte: „Tschüs." Schließlich kam sein Fahrstuhl auch, und er ging zu seinem Zimmer. Das Signallämpchen war an: eine Nachricht. Wie hatte sie seine Zimmernummer rausgekriegt? Aber es war nur Ivan, der die Verabredung zum Essen bestätigte. Er streckte sich auf dem Bett aus und schaute eine Weile ins Fernsehen. Seine Knochen taten weh. Er ließ seine Gedanken den Sirenen auf der Straße folgen. Er stellte sich vor, wie es wäre, hier zu wohnen; es war eine schöne Vorstellung. Er konnte in die Bibliothek oben gehen oder Squash-Unterricht nehmen. Er konnte jeden Morgen hier frühstücken, ehe er auf die Straße hinausging. Schließlich würde eine Art Wahrnehmung, eine Sicht, die tief in ihm begraben lag, geblendet und betäubt nicht nur vom weiten Land, sondern auch vom Meer, erwachen, mit Folgen, die er nie hätte vorhersagen können. Und er würde sich dafür entscheiden, sie darzustellen. Raus mit den Pinseln und Farben. Pinselstrich, Strich, Strich!

Joe zog ein sauberes Hemd an und eine blau-grün gestreifte

Seidenkrawatte. Seine Anzugjacke war zerknittert, aber der Anzug war so gut geschnitten, daß er, dachte er sich, so wirkte wie einer, der hart arbeitet, oder wie ein Intellektueller. Die Figur, die er machte, gefiel ihm recht gut. Als er ein paar Minuten vor acht ins Vestibül des Restaurants im zweiundzwanzigsten Stock kam, wartete die Frau aus dem siebten Stock allein dort auf einen Tisch.

„So trifft man sich wieder", sagte er, eine so klägliche Bemerkung, daß er sofort verstand, weshalb sie die Stirn runzelte und stereotyp lächelte. Die Intimität von vorher war aufgekündigt. „Es tut mir leid." Das Lächeln verwandelte sich und wurde aufrichtig. Sie drehte ihr wundervolles, beinahe mediterranes Gesicht zur Seite und schaute ihn an. Sie wird mich gleich etwas fragen, etwas Großes, dachte er. Sie könnte mich fragen, ob ich Kredit brauche. Ich weiß noch nicht, aber bald werd ich's wissen.

Die silbernen Türen des Fahrstuhls öffneten sich, und Ivan Slater kam heraus, gekleidet nach der jüngsten italienischen Mode mit breiten Schultern und einem einzigen Jackettknopf, im Grunde ein altmodischer Gangsteranzug, aber in den hellbunten Farbtönen eines Teppichbodendiscounts. Das Hemd war grün, die Krawatte rot. Er trug große spatelförmige Wildlederschuhe und als Hosengürtel etwas, das aussah wie eine Pyjamaschnur. Seine unmittelbare Nähe zu den Zentren der Mode berechtigte ihn, ein Vermögen dafür auszugeben, daß er wie ein Idiot aussah.

Ivans kürbisrunder Kopf und seine durchdringenden schwarzen Augen schienen „Ruhe im Saal!" zu rufen, während er seinen Illustrator fixierte. Joe erinnerte sich daran, wie er und Astrid in New York bei Ivan gewohnt hatten, sich geliebt hatten beim Schein der Straßenlampen durch die Fenster im ersten Stock, gottesanbeterinnendürre Schatten an den Wänden.

„Einen kleinen Moment", sagte Joe und drehte sich zu der jungen Frau. „Was wollten Sie sagen?"

„Wollte ich etwas sagen?"

„Sie wollten doch gerade etwas sagen, oder?"

„Nein, aber wenn *Sie* wollen, sage ich gerne etwas. Ich sehe, daß Sie das gerne möchten."

Ivan, der genau zuhörte, schlug Joe mit einem scharfen Auflachen auf die Schulter. „Immer noch fix wie eh und je!" sagte er mit einer Stimme, die den Oberkellner mitten im Restaurant sich rasch umdrehen ließ. „Nicht Sie", rief Ivan dem Oberkellner zu und stach mit dem Zeigefinger mehrmals über Joes Kopf nach unten, *„er!"*

Als der Oberkellner kam, ließ Joe der Dame den Vortritt. Sie sagte, sie warte noch auf jemand. Joe und Ivan setzten sich an einen Tisch ziemlich in der Mitte des Saales, und Ivan bestellte eine Margarita und vergrub sein Gesicht in der Speisekarte. Joe bestellte Bourbon und Wasser, weil ihm das irgendwie wie der Drink eines Mannes von weit her vorkam.

„Ich kann es kaum erwarten, daß du mir erzählst, was du für Miss X ausgetüftelt hast", sagte Ivan hinter der Speisekarte. Joe war verblüfft: Er dachte, Miss X sei abgestürzt und tot.

Gleich nachdem die Drinks kamen, trat die junge Dame an den Tisch neben ihnen, allein. „Man hat mich versetzt", sagte sie mit breitem Lächeln. Sie zog die Mundwinkel zu einer traurigen Grimasse nach unten. Joe schüttelte mitfühlend und unaufrichtig den Kopf. Dann erschien ihre Verlegenheit plötzlich echt, jene Verletzbarkeit, in die man wie ein Husar hineingaloppiert.

Während sie tranken und auf den Weinkellner warteten, informierte Ivan Joe über die Herstellungsprobleme, deren Hürden er seit ihrer letzten Begegnung genommen hatte. Einige davon waren beträchtlich – es hatte damit zu tun, daß verschiedene Lieferanten verschiedene Formen der Qualitätskontrolle für die Einzelteile einsetzten, so daß sich bei der Endmontage ungeahnte Katastrophen ergaben. Personalangelegenheiten liefen bei Ivan immer unter dem Begriff „Liebesmähler", die Beziehungen zu den Herstellern unter „Blutbäder". Ivan hatte das Ganze schon mit einfacheren Sachen und rein industriellen Produkten (Elektronik in der Textilindustrie) durchgezogen, wobei er sich unbeliebt gemacht, aber einen Haufen Geld verdient hatte, während andere arbeitslos wurden. Diesmal ging es um ein als Liebesmahl getarntes Blutbad. Um die Wirkung zu verwischen, sagte er: „Was hat dich denn nach Montana zurückgetrieben?"

„Ich bin anscheinend nirgendwo sonst zu Hause."

„Ist das wichtig?"

„Für mich, ja."

„Im Augenblick, was?"

„Ich glaube, es ist ganz allgemein wichtig", sagte Joe.

„Ach Quatsch!" sagte Ivan. „‚Zuhause', das ist eine Vorstellung, die immer dann wichtig wird, wenn die Leute gerade mal deprimiert sind. Wer gut drauf ist und gesund empfindet, scheißt doch drauf, in welchem Land er gerade ist. Wie geht's meiner Freundin Astrid?"

„Sie hat sich noch nicht herbeigelassen, mich zu treffen."

Ivan und Astrid telephonierten regelmäßig miteinander und schrieben sich sogar Briefe. Sie hätten ein ideales älteres Paar abgegeben. Joe fragte sich manchmal, ob nur so sarkastisch-rücksichtslose Gestalten wie Astrid und Ivan eine Ebene von solch unkomplizierter Zuneigung füreinander erreichen konnten.

Die Suppe kam, Huhn mit Safran. Joe tauchte den Löffel ein. Ivan sah in seinen total modischen Kleidern stark zerknittert aus. Bei seiner in sich zusammengesackten Haltung standen ihm die breiten Schultern des Jacketts direkt hinter den Ohren ab. Dieser Mann als industrielle Führungskraft? Es schien undenkbar. Die gepflegten Essensgäste um sie her sahen alle nicht ein-, sondern zweimal zu Ivan herüber, obwohl er — wie er selbst sofort betont hätte — jeden davon mühelos hätte aufkaufen können. Joe empfand ihre diffuse Neugier als Druck. Er hatte es schon erlebt, wie Ivan in ein „Was kostet die Welt"-Geschrei ausgebrochen war, kein hübscher Anblick.

Joe hatte jungen Kabeljau bestellt und einen Salat dazu. Ivan wollte ein Steak, und zwar das größte, das es gab. Die Gerichte kamen, und das schien ihn aufzuheitern. Tatsächlich schien er nach kurzem Nachdenken emotional wieder hergestellt. Ivan war ein herzhaft das Leben genießender Mann, und bald schob er sich gierig Steakbissen in den Mund. Er mußte jedesmal die Augenbrauen hochziehen, um zu zeigen, wie gut jeder schmeckte. Ein Schatten glitt über seine Züge, als er an den Tod dachte, das nahm Joe jedenfalls an.

„Der Schlüssel zu meinem Wesen", sagte Ivan, „ist es, daß ich allein bin. Ich habe keine Familie. Wenn ich Kinder hätte, wäre alles anders. Das habe ich immer gewußt. Ach ja, mein persönliches Programm läuft etwas anders. Ich setze mein wölfisches Streunen im kapitalistischen Walde fort. Tatsächlich läuft im Augenblick ein großes Liebesmahl mit den Chinesen. Das sind unsere Leute. Kein Geschwätz, daß die Arbeit ihr einziger Rohstoff ist, wie bei den Japanern üblich. Und im Fabrikmanagement haben sie keine romantischen Illusionen mit der Lagerhaltungskontrolle. Ich ziehe sie den Japsen bei weitem vor. Japse sind Rassisten! Japse finanzieren einen gern, um dann später das Geschäft abzustauben, das du aufgebaut hast. Aber jetzt setzt bei den Japanern die Hybris ein. Ihre Gesellschaft verändert sich. Ihre Kinder sind genau dieselben narzißtischen Kotzbrocken wie bei uns. Sie glauben, sie können sich jetzt zurücklehnen und sich einen schönen Lenz machen, aber sie haben einfach nicht die Rohstoffpolster, die es den Amerikanern erlauben, Hasch zu rauchen, fernzusehen und sich vollzufressen. Sobald sie ein paar Schritte zurückfallen und ihre Wahnsinnsgeschwindigkeit verlieren, werden die einstigen Verbündeten ihre Rechnung präsentieren. Und inzwischen warten die Chineser auf der Überholspur, ganz relaxed, mit ihrer alten Kultur, ihren sich entwickelnden Fähigkeiten, spülen sich so langsam den Abschaum des Kommunismus aus den Augen" – das behäbige Restaurant hörte Ivan nun mit konzentrierter Aufmerksamkeit zu – „und sie schauen übers Japanische Meer zu ihren uralten Feinden hinüber und rufen: ‚AUFGEPASST, IHR GOTTVERDAMMTEN SCHLITZAUGEN! WEG VOM FERNSEHER! WIR CHINESER WERDEN EUCH GEWALTIG IN DEN GOTTVERDAMMTEN ARSCH TRETEN!'"

Manche Leute hörten auf zu essen.

Ivan steckte sich ein großes Stück Steak in den Mund und lief plötzlich blau an. Joe schaute ihn lange an, ehe er den Farbwechsel bemerkte, so erleichtert war er über die Pause. Die Frau am Nebentisch starrte Ivan an.

„Ist alles in Ordnung?" fragte sie. „Er ist ganz blau."

An diesem Punkt kam Ivan schwankend auf die Beine, hielt sich den Hals und fing an, Laute wie eine Möwe auszustoßen. Joe begriff, daß ihm ein Stück Steak in der Kehle steckengeblieben war. Ivan begann, zwischen den Tischen entlangzutaumeln, ehe Joe ihn einholen konnte. Joe kannte sich mit dem sogenannten Heimlich-Griff aus und umfaßte Ivan von hinten unterhalb des Brustkorbs, wobei er mit seiner ganzen beträchtlichen Kraft zudrückte. Joe sah selbst von seinem Standpunkt aus, daß das Manöver erfolgreich gewesen war, als die alten Yaleabsolventen an ihren Tischen zur Seite hüpften. Der dicke Fleischbrocken, gefolgt von einer gelben Schliere von Erbrochenem, segelte über ein paar Tische hinweg, und das war's. Ein Dutzend Gäste waren aufgestanden und hielten ihre Servietten in den Händen.

„Alles paletti!" krähte Ivan und kam zum Tisch zurück. Aber Joe merkte, daß er zutiefst beschämt war. Plötzlich wirkte sein breiter Leib in den modischen Klamotten weniger kühn als traurig. Ivan spähte unter den Augenbrauen hervor zu den andern Tischen hinüber und sah, daß alles noch über ihn redete. Er saß schließlich schweigend da, kochend, musterte nun die andern Gäste direkt.

„Sowas kann einen umbringen, weißt du das? Vielleicht ist das diesen verdammten blaublütigen Saftsäcken hier nicht klar. Vielleicht weiß man das als lebenslänglicher Zinscouponschnippler nicht mehr", sagte er mit durchdringender Stimme. Er drehte sich zu Joe und sagte: „Noch einen Drink, und dann zahlen wir." Der Kellner tanzte beim ersten Zeichen an den Tisch. Er konnte die Rechnung nach einer kleinen Ergänzung sofort dalassen. Joe zeichnete sie ab und schob sie unter sein Wasserglas.

„Ivan, der Grund dafür, daß ich hergekommen bin, ist es,

daß ich dir persönlich sagen wollte – ich mach das Projekt nicht. Ich werde nicht mehr für dich arbeiten."

„Ich weiß, Joe."

„Oh."

„Du hast mir vor langer Zeit mal erzählt", sagte Ivan, „daß du die richtige Kunst sein läßt, damit du dich ebenso ersetzbar wie jeder andere fühlen kannst."

„Ja ...?"

„Und du hattest recht." Ivan stand auf. „Du bist ersetzbar. Ich wünsch dir alles Glück der Welt, Joe." Ivan war wohl noch am ehesten so etwas wie ein echter Freund gewesen. Diese Worte brannten. Ivan ging geradewegs aus dem Restaurant hinaus; mit jedem Schritt streifte er mehr von seinem Unbehagen ab. Joe stützte den Kopf in die Hände und starrte auf ein paar Quadratzentimeter Tischtuch. Als er den Kopf hob, war es ihm einen Augenblick lang schwindlig. Aber als sich sein Blick klärte, saß am Nebentisch die Frau.

„Wollen Sie etwas mit mir trinken?" sagte sie. Er sah sie genau an. Sie war schön.

„Es tut mir leid", sagte Joe, „aber ich fürchte, ich kenne Sie nicht."

Sie sah ihn an und lächelte. Sie sagte: „Was für ein Glück!"

16

Joe und Ellen saßen im Park, den Trinkbrunnen gegenüber, unter einer großen norwegischen Blaukiefer.

„Wo liegt das Problem?“ fragte Joe, die Stirn teilnahmsvoll gerunzelt wie ein staatlich subventionierter Psychologe mit automatisch einrastender Mimik. Ellen sah ihn kurz mit einer gewissen Skepsis an.

„Ich weiß es ehrlich auch nicht genau“, sagte sie. „Aber wir stehen jetzt echt vor einer Entscheidung. Billy hat größte Probleme. Als du weg warst, ist er bei den Marines eingetreten. Jetzt will er nur noch seine Ranch betreiben, Schluß, aus, hinten in den Bergen, seine eigene Sache durchziehen. Und bei mir – ich hab bestimmt so viel Mitgefühl für diese Vietnamgeschichte wie nur irgend jemand. Aber lustig ist es gerade nicht, so wie er immer und ständig davon anfängt. Und, wie gesagt, er war bei den Marines, und da hat es wohl alles angefangen. Als Schweine beschimpft und alles, wo sie noch halbe Jungen waren.“

„War er im richtigen Einsatz und so?“

„M-hm.“

„Siehst du ihn noch regelmäßig?“

„Wir beschränken das strikt auf die Angelegenheiten, die Clara betreffen. Ich mach ihm keine Hoffnungen. Ich hab mir jetzt endlich so ein kleines Guckloch in die Tür machen lassen. Das mußte ich wegen Billy. Vielleicht sollte ich mich nicht beklagen. Meine Mutter ist siebzig. Sie fährt den ganzen Weg von der Ranch her, um mich zu besuchen. Ich stehe da und schaue sie durch das kleine Guckloch an, wie sie wartet, und sie hat etwas im Arm, was sie für mich gebacken hat.“

„Und wenn du Clara sehen willst?“

„Willst du damit fragen, warum sie nicht bei mir im Apartment wohnt?“

„Nein, nein, überhaupt nicht“, sagte Joe. Er sah, wie sie zornig zu werden begann.

„Meinst du nicht, daß es ein bißchen zu klein ist? Meinst du nicht, daß ich hart genug arbeite?“

„Nein, ich –“

„Hast du schon mal was von Schlüsselkindern gehört?“

„Ja, und davon war überhaupt nicht die Rede“, sagte Joe. „Ich hab nur gedacht, daß das ein Ort wäre, wo ich sie sehen könnte. Die Ranch, mit Billy und so, ist nicht gerade ideal.“

„Du mußt einfach Geduld haben“, sagte Ellen; dann, nach einem Moment, fügte sie hinzu: „Ich hab noch ein Stunde Zeit.“

Sie warfen Ellens Bücher am Rückgabeschalter der Bibliothek ein und setzten ihren Spaziergang fort. Joe fühlte eine seltsame Spannung in der Magengrube, die Art Gefühl, die sich mitteilt. Sie gingen vielleicht eine Straße weit; daß er keinen Plan hatte, empfand er als enormen Druck.

„Gehen wir zu mir“, sagte Ellen leise. Es lähmte Joe beinahe. Ihr Haus war etwa drei Straßen weiter. Da er sich nicht zutraute, zu sprechen, versuchte er insgeheim, die Richtung seiner Schritte zu ändern. Er konnte Ellens glänzend kastanienbraunes Haar sehen, die braungebrannte, sommersprossige Haut über ihren Wangenknochen. Seine Agonie dauerte nur den halben Häuserblock lang, bis in der Tat feststand, daß sie zu Ellen gingen.

Ein nervenzerfetzender Cockerspaniel hüpfte ihnen auf vier steifen Beinen entgegen und versuchte, sich in einem Paroxysmus von Gebell von innen nach außen zu kehren. Sie ignorierten ihn, aber der Hund stahl sich von hinten heran und wollte beißen. Joe drehte sich um und trat nach dem Hund, und der Besitzer kam in einem weißen Unterhemd mit V-Ausschnitt in seinen Garten. „Soll ich die Polizei holen?“ schrie er. „Treten Sie den Hund, und ich hol die Polizei.“ Der Hund winselte seinen Herrn an, als wäre er verletzt. Joe ging weiter, obwohl er das Gefühl hatte, daß seine Haltung nicht die beste war. „Los doch“, brüllte das Herrchen, „tun Sie mir den Gefallen!“ Aber der nächste Häuserblock führte sie in eine ruhigere Gegend, wo Wäsche sich auf einer Leine blähte und Radios fröhlich auf Fensterbrettern dudelten.

Das Haus, in dem Ellen wohnte, war schon einen ganzen Block vorher über den Dächern der Nachbarschaft zu sehen. Als sie näherkamen, schien es aufzusteigen und größer zu werden.

„Komm, es ist nicht abgeschlossen“, sagte Ellen. Als sie vor ihm die Treppe hinaufging, bemerkte er mit Erleichterung einen lasziven Gedanken beim Anblick der eckigen Bewegung ihrer Hüften unter dem Kattunkleid. Und wenn mir jetzt kein lasziver Gedanke käme? fragte er sich. Wenn ich nur an dieses Weib denken müßte, das ich in Miami getroffen hab – diese Frau, die im Augenblick des Eindringens angefangen hat, mit dickem irischem Akzent loszulegen? Wie gut, daß ich nicht an sie denken muß! Das „Weib", an das er dachte, war vom eigenen irischen Erbteil fasziniert gewesen; während sie sich liebten, hatte diese Frau gerufen: „Joe, Junge, zeichs mir, komm!" Er war nie ganz darüber hinweggekommen.

Er konnte an nichts anderes mehr denken als an das Weib mit dem dicken irischen Akzent. Er umklammerte das Treppengeländer, als Ellen in ihrer Wohnungstür verschwand. O Gott. Wenn ich das hier vergeige, häng ich mich auf. Ich muß jetzt sofort zum wilden Lover werden oder ich bin verloren; primitives Fummeln ist das einzige, was mich jetzt retten kann.

„Joe, wo bleibst du?"

„Hab was im Schuh ..." Er setzte sich auf die Treppe und hielt seinen Schuh mit beiden Händen, um ihn wie verrückt zu schütteln. „Mach dich doch schon mal frei, und ich komm sofort nach", sagte er mit gebieterisch grober Stimme.

Ellen trat wieder auf den Treppenabsatz heraus. „Wie war das?" Joe war am Ende seiner Kraft. Er spürte, wie eine Woge sich formte.

Er rollte bäuchlings auf die Treppe und ließ das Gelächter aus sich herausplatzen. Verzweiflung überkam ihn, als es wie ein Lauffeuer durch sein Hirn fegte. Er spürte, wie sich Ellen neben ihn setzte.

„Weißt du was?" sagte sie bewundernd. „Das ist echt komisch, wirklich. Alles in Ordnung?" Ruhe senkte sich langsam über ihn, ergriff ihn. Sie waren sich einig. Es war komisch. Er war schweißüberströmt. Er kam taumelnd auf die Füße, kehrte aus einer enormen Entfernung in die Welt zurück. Er konnte ihre Hand ganz einfach ergreifen. Sie konnten sich einig sein, jetzt in ihre Wohnung zu gehen.

Jetzt fick ich sie, bis sie quiekt! kam ihm der Gedanke, und wieder lag er auf dem Bauch.

„Joe, die Nachbarn werden glauben, du drehst durch." Er lachte weiter. Ich würd ihn nur gern kurz mal wegstecken, war sein letzter Gedanke, gesprochen von der jahrzehntealten Stimme Slaters, als sie über seinen zusammengekrümmten Körper stieg und wieder zur Arbeit ging.

Er wollte lieber nicht über die Ursache dieser Hysterie nachdenken. Tief drinnen wußte er, daß es Astrid war. Sie verfolgte ihn von fern mit *santería*, diesem kubanischen Voodoozauber. Sie hatte ihre Fingerabdrücke in seinem Hirn hinterlassen, so leicht ließen die sich nicht entfernen. Er kam sich blöd vor. Eine Woche lang. Er versuchte nicht, sich mit irgend jemand zu treffen. Allzu sicher wollte er sich auch nicht sein, was die Ursache all dieses Versagens betraf. Dann, am Samstag, kam Ellen vorbei und nahm ihn im Auto mit. Sie fuhren ein paar Stunden, die Sonne im Rücken. Sie nahm dann die Sache mehr oder weniger in die Hand; sie mietete das Zimmer, und sie liebten sich sehr zufrieden. Sie erschien ihm nicht ausgehungert oder bedürftig, aber ein starker Appetit war durchaus deutlich. Er war eher die Finessen umständlicher Inszenierung gewohnt.

Sie fuhren zurück; die Stimmung war spürbar die des Danach. Joe bog auf den Highway; er gab dem Steuerrad mit der Handfläche einen eleganten Schubs.

„Ist das jetzt ein guter Zeitpunkt, über Clara zu reden?"

„Nein."

Das Wetter schwankte zwischen Regenwind und gelegentlichem Aufreißen des Himmels, daß sich eine höhere Welt zeigte. Am unteren Madison entlang standen die nach Südosten schauenden Berge gegen das aufziehende Unwetter, und die feuchten Wolken hingen über den tiefergelegenen Mesas und Hochflächen bei den Flußkanälen. Ein Zementlaster mühte sich die Nebenspur entlang.

Dann trat die Sonne hervor, und nach kurzer Zeit war keine Wolke mehr am Himmel. Die Straße war jedoch noch klatschnaß, das Auto füllte sich mit dem Geruch von Regen und Sommer.

„Ich kann ehrlich nicht begreifen, warum ich das jetzt getan habe“, sagte Ellen, „wo ich doch gerade wirklich eine Anstrengung machen wollte, meine Ehe zu retten.“

Sie fuhren eine Weile weiter. Joe schaltete das Radio an, aber das wirkte sofort aufdringlich, er machte es wieder aus. Am Südende der Crazy Mountains lag eine große lange Felsenbank, die wie eine halbgeöffnete Jakobsmuschel aussah. Man konnte das ganze Blau aus Dunst und Beifuß und abgebrannten Böschungen von hier sehen, und das winzige Glitzern der Bäche aus der Ferne, Wasser, das alles hinabtrug.

„Halt irgendwo an“, sagte Ellen, „ich will es noch einmal.“ Joe nahm die erste Ranchabzweigung und fuhr in Spiralen immer höher über die Autostraße hinauf, bis er meilenweit in alle Richtungen sehen konnte. Der Wind hatte das Gras flachgedrückt, eine Antilopenherde zog wie ein Wolkenschatten vorbei. Sie zogen einander aus, und Joe glitt unter dem Lenkrad hervor und zu ihr hinüber. Sie setzte sich auf ihn und zog ihn in sich hinein. „Jesus“, sagte sie, „ich kann einfach nicht aufhören.“ Er nahm ein entzückend groteskes Detail wahr, während ihr Leib rhythmisch auf seinen aufschlug. Er konnte sein Haar und seine Stirne im Rückspiegel sehen, wie sie von ihrer Bewegung erschüttert wurden. Er hob ab, es trug ihn empor. Er konnte den Blick nicht vom Himmel wenden, von der Ferne, aus seinen Erinnerungen. „Sieh mein Gesicht an“, sagte sie. Ihre Augen schienen sich zu schließen, zu versinken, als er mit ihr kam. Er fühlte, wie sich ein nasser Kreis aus Knochen und Sehnen über ihn streckte. Ihr Mund fuhr auf, und ein Stöhnen der Verzweiflung stieg aus ihrem tiefen Inneren empor.

Als sie wieder auf dem Highway waren, sagte sie mit erschöpfter Stimme: „Bitte nur fahren.“

Dies war genug, um Joe in eine Art Traum zu versetzen, wo sich die Einzelheiten der Straße, die stetig sich ausdehnenden unmittelbaren Erinnerungen, das Füllhorn schöner neuer Aussichten narkotisch vermengten. Joe stellte sich in einer äußerst verschwommenen Umgebung ein Leben mit Ellen und Clara vor. Das Straßenpflaster schien sich vom Highway zur Ausfahrt, von der Ausfahrt bis in Ellens Straße bequem fortzusetzen. Tatsächlich waren sie schon fast an ihrem Haus, als sie „Halt!" rief, mit so harter Stimme, daß Joe ruckartig bremste. „Es ist mein Mann", sagte sie. Joe rechnete mit einem mulmigen Gefühl, es kam aber keines. Tatsächlich fand er es aufregend, Billy wieder zu Gesicht zu bekommen.

Aber dann fuhr der Wagen vor Ellens Haus davon.

„Jetzt sind wir wohl sicher", sagte Joe. „Er fährt weg."

„Fahr ihm nach", sagte Ellen.

„Fahr ihm nach?"

„Du hast mich schon verstanden."

Der letzte Satz war so beiläufig gebieterisch, daß Joe dem Wagen, einem Plymouth Valiant, mit sehr gemischten Gefühlen hinterherfuhr. Es ging am Stadtpark entlang und dann zum Fluß. Sie ließen die älteren, steifen Häuser der Stadt hinter sich und kamen nun in ein moderneres Viertel: Split-Level-Bauten und rohes Holz, frisch eingelegte Rasen mit dunkelgrünen Nähten an der alten Grasnarbe. Billys Wagen hielt, und Joe hielt auch, vielleicht einen halben Häuserblock dahinter. Ellen hatte sich bis zur Höhe des Armaturenbretts nach unten rutschen lassen.

„Er geht wieder zu dieser Schlampe", zischte sie. „Und schau dir an, wie er angezogen ist!"

Billy Kelton schwenkte die Beine aus dem Wagen und stemmte sich heraus. Er war immer noch der gutaussehende, schlaksige Cowboy, an den sich Joe erinnerte, und er sah aus, als könnte er wie eh und je Joe kräftig verprügeln. Joe konnte an seiner Kleidung nichts Außergewöhnliches entdecken. Er ging mit breiten Reiterschritten zu dem Haus hinüber. Er kam nicht dazu, die Tür zu öffnen — ein schlanker Arm stieß sie auf, und er verschwand drinnen, ohne den Rhythmus seiner Schritte zu ändern. Ellen machte die Tür an Joes Wagen auf.

„Ich hab jetzt echt die Schnauze voll", sagte sie. „Vielen Dank auch."

Ellen stieg aus dem Auto, ging so zielstrebig wie eine Platzanweiserin auf das Haus zu und setzte sich in Billys Wagen. Sie ließ den Motor an und hupte. Billy kam sogleich aus dem Haus und ging mit niedergeschlagenen Augen zum Auto. Er nahm den Strohhut vom Kopf, wischte sich die Stirn mit dem Hemdsärmel und setzte den Hut wieder auf. Er stand neben dem Wagen. Er sprach, ohne aufzublicken. Er berührte die Seitenwand des Wagens mit den Fingerspitzen, sein Blick fing an, aufwärts zu wandern. Eine gewisse Erleichterung war zu sehen. Er bückte sich leicht und schaute ins Auto. Er lächelte plötzlich. Er lehnte sich ins Wageninnere, um Ellen zu küssen. Dann wurde es ein wenig chaotisch. Ellen hatte offensichtlich seinen Kopf mit der Automatik des Seitenfensters eingeklemmt. Der Wagen fuhr an, und Billy wurde ein paar Meter mitgezerrt. Dann hielt der Wagen an, es gab neue Verhandlungen. Er wurde noch ein Stück geschleift und dann freigelassen. Sich den Hals massierend und den Kopf hin und her drehend, kam er um den Wagen herum zur Beifahrerseite und stieg ein. Als die beiden zusammen fortfuhren, sah Joe dem Auto konzentriert nach: Er war sicher, es würde wieder anhalten, und Ellen stiege aus. Aber das passierte ganz einfach nicht. Zumindest hatte Billy ihn nicht entdeckt.

In der Nacht dachte Joe über all dies nach, während er den Miss-Universe-Wettbewerb verfolgte. Miss Chile gewann. Als die anderen Konkurrentinnen in ihrer entsetzlichen gespielten Freude über diesen Sieg Miss Chile mit Küssen überschütteten, was rote Stellen wie Wunden hinterließ, bekam ihre Tiara einen Stoß und saß schief. Die Kamera fing den kurzen Augenblick ein, in welchem Miss Chile wie ein Clown aussah, einen rasch und geschickt beendeten Moment, da Bob Barker die Tiara mit einem fröhlichen Achselzucken und Grinsen zurechtrückte, nonchalant wie jemand, der zehntausend Tiaras täglich richtig anordnet. Es war spät, und Joe war müde.

17 Ralph von Ralph's Reparaturwerkstatt war gestorben. Joe konnte sich an ihn nicht richtig erinnern, aber offenbar hatte er einst das eine oder andere für ihn repariert. Lureen rief an und sagte, daß sie und Smitty sich um ein Rechtsgeschäft in Billings kümmern müßten – würde Joe freundlicherweise den Rest der Familie bei der Trauerfeier vertreten? Ralph wurde eingeäschert, und ein altes Ehepaar in beinahe identischen hellblauen Anzügen war aus Yakima gekommen, um die Urne mitzunehmen. „Kennen Sie diese Leute?" fragte Mary Lynn Anderson, die Klavierlehrerin aus Rapelje. Mary Lynn war vor kurzem in Billings bei der Rimrockstiftung trockengelegt worden, und sie hatte diese irritierende Energie, einen Furor wie bei wiedergeborenen Anhängern protestantischer Sekten, ausschließlich darauf konzentriert, die verlorene Zeit wettzumachen. Sie trug ein kariertes hellgrünes Baumwollhemd, das ihre braunen Arme zur Geltung brachte. Als sie getrunken hatte, da hatte sie immer tiefreligiös ausgesehen, in mystischer Verzükkung, trockengelegt wirkte sie mannstoll.

„Wer sind diese Leute?" wiederholte sie die Frage noch präziser und sah die beiden Alten an.

„Irgend jemand, der mit Ralph in Beziehung stand", sagte Joe.

„Die Verwandten?"

„Keine Ahnung. Jemand hat mir am Eingang gesagt, sie sind's."

„Ich hab der Familie Blumen geschickt. Ich frage mich, ob die auch richtig angekommen sind."

„Ich weiß es nicht."

„Na, ich möchte sie jetzt nicht belästigen, aber ich würde schon gerne wissen, ob meine Blumen sie je erreicht haben. Mit einer Karte dabei."

Die Gedenkfeier fand in der kleinen Carnegiebibliothek statt. Joe war bei keiner mehr gewesen, seit sein Onkel Jerry von einem Uranlaster überfahren worden war. Es waren neun Leute anwesend; fünf davon schauten sich unter den Büchern in den Regalen um. Man hatte sich darauf geeinigt, daß ein konventioneller Gottesdienst Ralphs Andenken nicht angemessen gewesen wäre. Das Ergebnis war, daß gar nichts geschah. Tatsächlich versuchte Mildred Davis, sich den Bibliotheksausweis verlängern zu lassen, und ihr Gatte Charlie las *Field and Stream*. Charlie war berühmt dafür, daß er einmal mit den Fäusten auf seinen vierzehnjährigen Sohn los war, weil er ohne Cowboyhut in der Stadt war. Terry Smith hatte eine Bibel dabei, handhabte sie jedoch äußerst verstohlen. Billy Kelton kam in gelbem Ölzeug rein. Er starrte zu Joe hinüber und versuchte sich zu erinnern, wer das war; Joe half ihm nicht. Dann mußten Billy ihre Auseinandersetzungen in der Kindheit eingefallen sein, und er schaute verlegen weg. Joe kochte immer noch bei diesen Erinnerungen. Alle gingen ans Fenster, um den frischen Regen anzusehen. „Bei Gott, das können wir auch brauchen", sagte Alvie Skibstad, dessen glänzend weiße Stirn von seinem dunklen Gesicht abstach. „Sind die Heuschrecken nicht mehr so munter." Jim Carter kam ganz durchnäßt durch die Tür. Er war erst neunzehn, aber sein Vater hatte die Alzheimersche Krankheit, und Jim hatte die Ranch bewirtschaftet, seit er fünfzehn war; er trug die Art von Müdigkeit mit sich, die man sonst in diesem Alter selten sieht. „Schleuse droben ist gebrochen, alles die Main Street runter. Der Textilienladen ist vollgelaufen." Charlie Davis sah von *Field and Stream* auf und sagte: „Passiert jedes Jahr." – „Nee, stimmt nicht", sagte Jim, des Veteranengequatsches müde, müde ganz allgemein.

„Ich hoffe, es klingt nicht nach mangelnder Achtung", sagte Mildred Davis, „aber wir werden Ralph immer dann vermissen, wenn was kaputt ist." Der einzige Platz zum Sitzen, den sie gefunden hatte, war hinter dem Tisch, wo gewöhnlich die Bibliothekarin saß. Sie trug ein dunkelblaues Kleid und ein flaches, rundes Hütchen, von dem ein Stück gestärkte Spitze wegstand, wie eine subtile Anspielung auf das windige Wetter. Das alte Ehepaar aus Yakima blickte um sich wie eben an Land gegangene Einwanderer.

„Nein, nein", sagte Charlie. Er leckte die Spitzen der ersten beiden Finger seiner Rechten und fing dann an, wild durch das

Magazin zu blättern, als hätte er seinen Sozialversicherungsausweis irgendwo zwischen den Seiten vergessen. „Nach mangelnder Achtung klingt das nicht."

Sie saßen alle mit unklaren Gedanken willenlos herum; Köpfe nickten in seltsamen Winkeln. Nichts ist hier dringend, dachte Joe, und ich bin mir nicht sicher, ob das gut ist.

„Ob wir wohl etwas über Ralph sagen sollten?" fragte Joe. Billy starrte ihn nun an. Niemand sagte etwas. Ein paar Leute sahen so aus, als hätten sie gerne was gesagt, könnten aber nicht ganz den richtigen Satz finden. „Also", sagte Joe, „ich sage gern jetzt ein paar Worte. All die Jahre, wenn uns was kaputtgegangen ist, kleine Dinge, wichtige Dinge, Dinge, mit denen unser Leben weitergehen konnte, war Ralph da, um sie wieder anzuwerfen, daß sie wieder gingen, und mit ihnen schien auch unser Leben wieder in Ordnung, ob es nun ein Toaster war, ein Fernseher, ein Traktor oder ein Autoreifen."

„Du meinst Ralph's drüben Richtung Lewiston", sagte Billy Kelton.

„Ja? Wieso?"

„Klar, der hier hat nur Haushaltsgeräte gemacht."

„Nun, ich glaube, Haushaltsgeräte sind für unser Leben entscheidend geworden", sagte Joe.

„Vergiß es."

Man schwieg. Billy schaute sich um. Er fing den Blick der Hinterbliebenen aus Yakima auf und begann, zu ihnen zu reden. Seine Augen blitzten.

„Die Bibel verspricht uns, daß unsere Toten leben werden", erklärte er ihnen mit klarer, deutlicher Stimme. „Sie werden wieder aufstehen. ‚Die Gerechten werden das Erdreich besitzen und für immer wohnen darauf.' Ich weiß nicht genau, wie Sie zu Ralph gehören, aber vielleicht fühlen Sie die Klage König Davids über den Tod Absaloms. Und dann erinnern wir Sie daran, daß Gott ursprünglich nicht wollte, daß wir sterben. Aber wegen der Geschichte mit Adam und Eva mußte er uns alle wieder zu Staub werden lassen, sozusagen als Bezahlung für die Sünde. Aber wir hier würden damit rechnen, daß bei der Auferstehung Ralph eine sehr gute Chance hat, daß der Herr ihn zu sich ruft, und mehr kann man eigentlich nicht erwarten. Wir haben ihn ganz gut gekannt.“ Es wurde angenehm still, als alle darüber nachdachten.

Die Leute fingen an zu gehen. „Ich schließ dann ab“, sagte Mildred Davis. Joe ging hinaus. Aus irgendeinem Grund erinnerte ihn der Geruch der frisch umgegrabenen Gärten entlang der Straße an den Ozean, und es stiegen Eindrücke von Hitze und Regen in ihm auf, Docks, die nach einem Wolkenbruch dampften. Er dachte an Ralph's Reparaturen. Er konnte Ralph anscheinend nicht ganz genau einordnen. Das hatte er ja wohl unmißverständlich klargestellt. Fehlt mir hier eigentlich völlig der Durchblick? dachte Joe. Er konnte einfach nicht glauben, daß er den falschen gottverdammten Ralph erwischt hatte.

18

Lieber Joe,
es macht mir wirklich Spaß, unsere Beziehung durch die Post der Vereinigten Staaten fortzusetzen. Deine Briefe sind präzise. Es steckt in ihnen die Illusion von Entschiedenheit. Der Woolworth-Hamlet, als der Du so oft aufgetreten bist, ist nirgendwo in Sicht. Anstatt des hin- und hergerissenen und konfusen sogenannten Denkers habe ich nun das Bild eines Mannes vor mir, der um das Land seiner Familie kämpft und seine besten Kräfte in die Erschaffung weiter Rinderherden legt. Joe, auf diese Weise werden Dein Herz und Deine Seele in innige Verbindung mit jedem Hamburgerimbiß in Amerika treten! Und das brauchst Du, glaube ich. Ich glaube, es wird Dich menschlicher machen, wenn Du Dir bewußt bist, daß Dein Leben von der Laune des Konsummobs abhängt, denn Deine poetische Abgeklärtheit habe ich immer zum Kotzen gefunden. Vielleicht verschwindet sie auf diese Weise. Vielleicht wird Dich der Streit mit normalen Leuten, die etwas anderes mit Deinem Familienbesitz vorhaben, darauf bringen, daß es noch andere Kriterien in menschlichen Beziehungen gibt als die Frage, ob jemand mit Dir übereinstimmt oder nicht.

Wenn durch einen schwer vorstellbaren Zufall all dies dazu führt, daß Du Dich wieder der Menschheit anschließt, würde es mich glücklich machen, Dich wiederzusehen.
Liebe Grüße:

Astrid

Joe ließ das erst mal einziehen; dann, um es wieder anzuheizen, schrieb er ein paar Tage später zurück. Bei der Niederschrift des Briefes empfand er einen unerklärlichen, verrückten, kitzelnden Schmerz.

Liebe Astrid,
Dein Brief scheint sich auf den Standpunkt zu stellen, daß er eine Antwort auf einen Brief von mir darstellt. Ich habe Dir nicht geschrieben. Es ist trotzdem schön, von Dir zu hören. Hier ist es gar nicht so schlecht. Ich führe ein verwirrendes Leben, aber es paßt mir gut. Ich habe mich noch kaum darum ge-

kümmert, wie die Jagd diesen Herbst aussehen könnte, tatsächlich sind die ganzen kleinen Vergnügungen weggefallen, nicht, weil ich so beschäftigt wäre, sondern weil ich apathisch bin, da ich nicht ganz begreife, weshalb ich das alles mache. Ob Du Dich wohl noch an die große Zahl von Gebirgshippies erinnerst, die hier immer waren? Also, die haben jetzt lauter Steueroasen für Ökologieorganisationen eingerichtet, und ich will mich mit ein paar von ihnen treffen und mal sehen, ob wir nicht ein paar Dollar sparen und gleichzeitig meinen gierigen Verwandten den Spaß daran verleiden können, hier alles zugrundezurichten. Warum sind sie nicht weggezogen? Bei meiner Rückkehr habe ich entdeckt, daß man nicht mehr so angesehen wie früher ist, wenn man fortzieht, um sein Glück zu machen. Jetzt schauen sie einen bei der Rückkehr kalt an und fragen: „Für den Sommer wieder hier?" Das beweist mir, daß es die Ratten sind, die auf dem sinkenden Schiff *bleiben*. Natürlich nicht persönlich gemeint, Liebling. Ich habe zahlreiche Gelegenheiten gehabt, mich darin bestärken zu lassen, daß ich eigentlich niemandem traue. Was alles ein wenig verzerrt. Aber wir leben alle unter einer Art Linse, und keine wahre Form ist zu erkennen. Ich glaube, es reicht, wenn man jemandem sagen kann, was einem im Kopf herumgeht — auch wenn man es nur nervös und indirekt herausbringt. Deshalb dieser Brief, meine ideale Empfängerin. — Erotisch gesehn läuft noch immer nix. Wie steht's bei Dir?

Joe unterschrieb „Mit mißtrauischer Zuneigung", leckte die Gummierung des Briefumschlags an und warf den fertigen Brief auf das Küchenbuffet, für die nächste Fahrt in die Stadt. Aber ehe er noch dazu kam, ihn einzuwerfen, traf ein zweiter Brief von Astrid ein, ein kurzer. Er lautete: „Ich hasse Dich. Du hast meinen Wagen gestohlen. Jetzt hasse ich alle Männer." Er schoß noch einen zurück.

Liebe Astrid,
Gott hat die Frauen erschaffen, weil Schafe nicht kochen können.
Joe.

Er schickte das in schadenfroher Stimmung ab, beinahe den Atem anhaltend, was sich in dem enormen Porto für die Übernachtbeförderung ausdrückte. Er hatte wohl gewußt, daß das eine starke Wirkung haben würde. Dieses Stücklein explosiver Infantilität mußte er ohne jede Unschuld geplant haben. Denn nach genau vier Tagen kam Astrid mit einer riesigen Sonnenbrille durch die Haustür, wobei sie mehr Gepäck hinter sich herzerrte, als sie dem Anschein nach überhaupt tragen konnte, und sie sagte: „Nimm das zurück, Arschloch."

Er war so glücklich! Er liebte sie von ganzem Herzen. Und dann traten ihm Tränen in die Augen.

„Jemand Nettes hier draußen kennengelernt?" fragte Astrid.

„Eine. Aber die hab ich schon gekannt."

„Und, gelandet?"

„Ich könnte schon bei der."

„Aber?"

„Ich fang immer am falschen Punkt an zu lachen."

„Ich *verstehe*."

Er konnte sie nicht ergründen. Es war wie Jackie O. bei Onassis' Begräbnis. Man hatte den Verdacht, daß hinter der Sonnenbrille fröhlich blinzelnde Augen lagen. Wenn Astrid ihm etwas Wichtiges sagen wollte, dann packte sie ihn am Arm, wie es Kinder gegenseitig bei den gruseligen Stellen im Kino tun. Das machte sie jetzt. „Versuch doch, dich an die Woche zu erinnern, die wir zusammen hatten", sagte sie. „All die komischen Sachen, die nicht komisch waren."

„Was war denn da nicht komisch?"

„Im Takt der Musik furzen."

„Und noch?"

„Mich um drei Uhr morgens als Betrunkene zu beschimpfen und zu schreien: ‚Kein Lösegeld zahlen, ich bin entkommen!' Joe, du warst entsetzlich!"

Man einigte sich ohne Diskussion auf gewisse Formalitäten. Astrid würde ihr eigenes Zimmer bekommen. Wie es sich traf, lagen die beiden Schlafzimmer zu beiden Seiten der Küche, so daß das Gefühl einer symmetrischen Aufteilung stark war. Joes

Plan war es, Ellen dieses Arrangement so rasch wie möglich klarzumachen. Er glaubte nicht, daß das absolut zwingend war, und tatsächlich beschloß er sicherzugehen, daß sich in seiner Erklärung nicht irgendeine tiefere Verantwortlichkeit für Ellen ausdrückte, nicht mehr als notwendig. Er wollte die Sache einfach klarstellen. Astrid richtete sich gleich ein, ohne näher anzudeuten, ob sie vorhatte, einen Tag oder ein Jahr zu bleiben. Joe würde bestimmt nicht fragen. Seine Tochter erwähnte er nicht, weil er sicher sein wollte, daß ein einigermaßen plausibler Plan, das Kind zu besuchen, feststand, ehe er die Details besprach.

Astrids Stadtmanieren faszinierten ihn sofort; zuvor waren sie ihm überhaupt nicht aufgefallen. Sie faltete ihre Sachen für die Wäschekommode zusammen und hängte die Blusen sorgfältig in den Schrank. Sie holte ein Wasserglas aus dem Küchenschrank für das Badezimmerschränkchen, und sie stellte eine Flasche französisches Parfüm oben auf die Kommode, in welcher die Büstenhalter lagen, ein Körbchen ins andere gefaltet. Sie band die Gardinen in der Mitte zusammen, damit mehr Licht hereinkam, zog den Überwurf auf dem Bett straff und legte neben das Bett ein von der Reise zerzaustes Taschentuch. Joe bemerkte all dies so beiläufig wie möglich, aber da er keine festen Gewohnheiten in diesem Haus hatte, nirgendwo eigentlich, fiel es ihm schwer, auch nur eine einzige natürliche Bewegung zu machen, während er Astrid beobachtete. Er spürte bloß, wie ihre Gegenwart im ganzen Haus anschwoll und überall einsickerte, und fühlte sich weniger und weniger in der Lage, auch nur so zu tun, als könnte er sie ignorieren.

Als sie auf dem schmalen Korridor aneinander vorbeigingen, streckte er die Hand nach ihrem Arm aus und berührte sie. Sie blieb in genau der momentanen Entfernung stehen und sagte: „Ja?“

„Hallo“, sagte er, lächelte und kam sich schockierend blöd vor.

Sie sagte: „Hallo.“

Sie gingen aneinander vorbei, in verschiedenen Richtungen. Joe dachte sich: Wenn er verhindern wollte, daß das Ganze hier sehr rasch zu einem Desaster wurde, mußte er irgend etwas anderes tun, als nur Astrids Wirkung aufzufangen.

Er drehte sich unter der Tür zum Wohnzimmer um, streckte die Arme quer im Türrahmen aus und sprach den Korridor hinunter in die Richtung von Astrids Zimmer. „Ich fahr mal rein und hol noch ein paar Sachen, eh die Läden schließen."

„Tschüs", rief sie zurück, „vergiß den Sicherheitsgurt nicht."

Er raste zu Ellen und strahlte irgendeine eigenartige Kraft aus, denn sie ließ ihn einfach ins Haus und in ihr Bett, wo sie ihm das Becken entgegenstemmte, während sie diese wahnwitzige, ejakulierende Person genau betrachtete. Joe fühlte sich unter ihrem erstaunt starrenden Blick zusammenschrumpfen. Er zog sich danach so rasch an, daß er sich in seine Unterhosen förmlich hineinquetschen mußte. „Ich muß mit dir sprechen", sagte er und versuchte, sein exzentrisches Benehmen auszugleichen, indem er sie mit einem harten, beschwörenden Blick fixierte. „Du weißt, worum es geht. Ich habe das Gefühl, ich werde immer weiter vertröstet."

Ellen sagte: „Du hast ja Nerven, nach dem, was wir gerade gemacht haben."

„Ich meine, soll das so bleiben? Diese Heimlichtuerei?"

„Es kommt darauf an", sagte Ellen.

„Kommt darauf an? Worauf?"

„Darauf, wie ich empfinde. Mein Gott, Joe, du hast dich nicht verändert! Kannst du nicht erst mal von einem Tag zum nächsten leben?"

„Nein", sagte Joe so laut, daß es beinahe ein Schrei war. *„Ich will meine Tochter sehen!"*

Er ging in den IGA-Supermarkt und schmiß wahllos Sachen in seinen Einkaufswagen. In der Schlange an der einzigen geöffneten Kasse mußte er lange warten. Eine kleine, schwere Frau vor ihm, in deren Wagen ein Kleinkind mit schmutzigem Gesicht hockte, lud kleine Gegenstände aus, die so hoch wie ihr Kopf im Wagen aufgestapelt lagen. Er starrte die Schlagzeile des *Star* an: BABY MIT KANINCHENGESICHT HAT 10

ZOLL LANGE OHREN, und las soviel von der Geschichte, wie er konnte, ehe er durch die Kasse mußte: die werdende Mutter machte eine Diät und hatte sich während der letzten drei Monate mit Karotten vollgestopft.

Als er die Lebensmittel in der Küche auspackte, glitt Astrid an ihm vorbei und sagte: „Ich rieche, wo du warst."

Er drehte sich langsam in ihre Richtung, in den Augen den brennenden Blick tiefer Überzeugung; er war etwas zu langsam – sie war schon in ihrem Zimmer.

„Wann bringst du den Mietwagen zurück?" fragte er laut.

„Sobald ich es zum Flughafen schaffe", sagte sie. „Du kannst hinterherfahren."

„Warum soll ich dir hinterherfahren?"

„Damit, gottverdammt, du mir mein Auto zurückgeben kannst!"

Joe war einmal mit einem Mädchen ausgegangen, das gerade mit seinem Freund Schluß machte, der in derselben Wohnung gelebt hatte. Er hatte sich in die Frau ziemlich verknallt und hatte schon angefangen, sich Sorgen wegen seiner starken Gefühle zu machen. Der Freund war vor kurzem ausgezogen, kam aber von Zeit zu Zeit zurück, um sich mit der Frau über die Besitzverhältnisse bei der Stereoanlage oder die richtige Pflege der Bambuspflanze zu streiten, welche er, wie er behauptete, zu ihrer augenblicklichen Größe emporgezüchtet hatte, und um höhnisch über die saubere Wohnung zu lachen, welche die Ex-Freundin augenblicklich führte. Als Joe das Fortschreiten dieser kleinen giftigen Begegnungen beobachtete, kam ihm der Verdacht, daß er hier eine Vorschau auf sein eigenes Leben sah. Aber es hatte sich beruhigt. Jetzt, Jahre später, setzte er ähnliche Hoffnungen in das rosa Auto. Ein wenig Geschimpfe, der Austausch von Quittungen und Bestätigungen, etwas angemessene Körpersprache, Aufbruch, auf dem Absatz herumdrehen oder laute Schritte auf den Holzfußböden der Ranch, und die Ketten konnten dem Sklaven vorsichtig abgenommen werden.

19 Ein paar Tage später baute er in der Küche sein Zeichengerät auf, da, wo das Licht gut und der Kaffee in der Nähe war. Aber er wußte, daß es gelogen war, und räumte alles wieder weg. Es war, als baute er das Material für ein Stilleben auf. Astrid kam herein; mit der einen Hand hatte sie ihren Morgenmantel eng um sich gerafft, in der anderen trug sie eine Tasse. Sie ging zur Spüle und sah aus dem Fenster. Joe spürte, daß etwas bevorstand: ihr Mund, ihre Stille, irgend etwas sagte es ihm. Es gelang ihm, sie zu beobachten, ohne aufdringlich zu sein. Als sie durch das Küchenfenster schaute, begann ihr Ausdruck sich auszufüllen, aufzublühen, und er wußte: Ein Gefühl erreichte seinen Höhepunkt, ein Ausruf stand bevor.

„Schau dir diesen widerlichen Hund an!“ kreischte sie. Joe fuhr zusammen.

„Ist er da draußen?“ Joe stand auf und kam ans Fenster. Der Hund, dessen Umriß das nachgewachsene Fell schon ein wenig verwischte, schlich über den Rasen, sah zum Haus, der Korkenzieherschwanz bewegte sich wie ein Metronom über seinem Rücken.

„So einen hab ich nun noch nie gesehen“, sagte Astrid.

„Ich kann's gar nicht glauben, daß er einfach da draußen rumläuft.“

„Wie etwas aus den Tiefen des Weltraums“, sagte sie. „Den muß ich mir mal ansehen.“

„Der verschwindet sofort unter dem Haus, wenn er dich kommen sieht.“

Joe beobachtete die beiden aus dem Küchenfenster. Er sah, wie der Hund auf die Bewegung der inneren Küchentür reagierte. Sein Schwanz senkte sich in die Horizontale. Sein Unterkiefer fiel ein wenig herunter, und seine Ohren verschränkten sich zu einem mißtrauischen Knoten. Dann erschien Astrid im Bild. Sie sagte etwas zu dem Hund. Sie schlug sich einladend auf die Knie. Der Kopf des Hundes glättete sich, die Ohren senkten sich reizend. Er hüpfte vor- und rückwärts, dann sprang er zu Astrid und leckte ihr das Gesicht. Sie suchte sich ein Stöckchen, mit dem er spielen konnte, doch als sie den Arm hob und sich aufrichtete, um es zu werfen, jaulte er auf und rannte unters Haus. Astrid ging hin und legte sich auf den Bauch, um dem Hund gut zuzureden. Joe öffnete das Küchenfenster, kroch halb über die Spüle und die Wasserhähne und war nun in der Lage, direkt auf die untere Hälfte von Astrids Thorax hinab zu blicken; der Rest von ihr war unter dem Haus. Sie hatte den Morgenrock wegrutschen lassen, so daß der harte Umriß ihrer Hinterbacken bis zu dem Punkt sichtbar war, wo die Schindelwand sie abschnitt. „Ach komm", sagte sie, „wie sieht's aus? Hm?" Joes Gesicht war nur ein paar Fuß entfernt von ihren bloßen Lenden, und er konnte spüren, wie er sich abrupt gegen die Spüle versteifte. Astrid fing an, wieder unter dem Haus hervorzukriechen. Der Gedanke, sie könne ihn entdecken, wie er aus dem Küchenfenster hing, versetzte ihn in Panik, und er strampelte zurück, wobei er in der Eile an einen Wasserhahn stieß und sich die Hose vorne durchnäßte. Als er schließlich plattfüßig wieder auf dem Küchenboden stand, kam Astrid herein, starrte auf seine nasse, sich wölbende Hose und sagte: „Was treibst denn du da", mit desinteressiert tonloser Stimme. Es war keine Frage. Sie seufzte schwer und ging in ihr Zimmer.

„Schauen wir doch, ob wir den Mietwagen nicht einfach in der Stadt irgendwo abgeben können", sagte er durch ihre Zimmertür.

„Sag ihr viele Grüße von mir", sagte Astrid mit süß trällernder Stimme.

„Du kannst mich bei Tante und Onkel erreichen", rief er zurück. „Die Nummer liegt am Telephon!" Er blieb unter der Tür stehen, lautlos, falls irgend etwas aus ihrer Richtung zu hören sein sollte, irgendeine Kleinigkeit. Aber es war ruhig.

Er fegte zum Haus von Smitty und Lureen. Er wollte eigentlich nicht vorbeischauen, hatte nicht die Absicht gehabt. Sobald er dort war, rief er die Ranch an. „Es ist mir eingefallen", sagte er zu Astrid, „daß die Nummer vielleicht *doch* nicht dort –"

„Sie ist es."

„Okay", rief er fröhlich. „Das war schon alles."

„Also dann."

Smitty war allein. Lureen war zu irgendeinem Liebesdienst ins Pfarrhaus gegangen. Smitty saß am Küchentisch, die Hände auf der Tischplatte gefaltet. Er trug die vertraute Anzughose, und sein Hemd war bis zum Hals hinauf geknöpft. Er schien vor einem endgültigen und unsichtbaren Inquisitionstribunal zu stehen, als er heulte: „Hier lebe ich von Geflügelsalatresten und gebackenen Bohnen! Und Lureen staubt bei diesem doppelkinnigen Prediger ab!"

Es mochte seine augenblickliche Stimmung sein oder die Erinnerung an seine vorsichtige erste Nacht hier – jedenfalls sagte Joe: „Warum kriegst du dann nicht mal selbst den Hintern hoch und kochst dir was?"

Nach einem langen Augenblick sagte Smitty: „Ich habe beschlossen, daß ich das nicht gehört habe. Noch immer hast du gnadenhalber in diesem Haus einen makellosen Ruf."

„Ich wollte nur mal vorbeischauen, ob du und Lureen gut zurechtkommen."

„Das tun wir, wenn du meinst. Wir beklagen uns nicht. Die Overstreets sind nicht sehr glücklich darüber, daß du die Rinder auf die Weide gebracht hast. Ich weiß nicht, wovon wir, oder doch zumindest Lureen, leben sollen."

„Ich glaube, euch wird es nicht schlecht gehn", sagte Joe und ging hinaus.

„Du hast deinen Wortschatz vergessen!" rief ihm Smitty von der Vordertreppe aus nach.

„Ich komm wieder vorbei!" Wie er vor der blauen Fläche des zweistöckigen Schindelhauses stand, unter der präzise in der Mitte angeordneten Tür, erinnerte Smitty Joe an eine Kuckucksuhr. Smitty war früher ständig in der Stadt zugange gewesen, aber nun erschien er nur noch an zwei Öffnungen des Gebäudes: an der Haustür und an seinem Schlafzimmerfenster.

Joe fuhr die Benteen Street hinunter und bog auf die Fifth ab, fuhr ein paar Blocks durch ein altes Viertel, wo die Telephondrähte durch dichtes Laub tief über die Straße hingen. Plastikdreiräder waren auf dem Gehsteig geparkt. Eine rauchende Frau sah ernst ihrem Dackel zu, wie er auf dem Streifen Gras zwischen Gehsteig und Straße entlangging. Eine andere Frau stand auf der Straße und winkte ihren Mann weiter, der seinen alten Buick langsam rückwärts aus der Garage fuhr. An einem gewissen Punkt hielt sie ihm die erhobenen Handflächen entgegen, das Auto hielt an, sie stieg ein und beide fuhren davon. Ein Schild trug die Aufschrift: Limonade für 5 Cents! Aber ein Limonadenstand war nicht da. Endlich parkte Joe mit einer eleganten Kurve Astrids Mietwagen in Ellens Einfahrt. Sobald er zum Stehen gekommen war – der Motor lief noch –, öffnete sich die Beifahrertür, und Billy Kelton stieg ein.

„Hallo, Billy."

„Fahren wir irgendwo hin", sagte er.

Joe legte den Rückwärtsgang ein. „Besondere Wünsche?"

„Such dir's aus."

Joe durchquerte das Viertel auf demselben Weg, den er gekommen war. Er ließ es sich angelegen sein, die Leute mit einem kurzen gutnachbarlichen Winken zu grüßen. Die meisten erwiderten den Gruß wie nach langer Bekanntschaft bis auf die Dame mit dem Dackel, die über genügend Selbstbeherrschung verfügte, um die Zigarette aus dem Mund zu nehmen und ihm irritiert mit zusammengekniffenen Augen nachzuschauen. Billy stellte müßige athletische Anmut zur Schau. Er war jetzt eher konventionell angezogen: Wranglers und ein blaues Arbeitshemd. Er hatte ein hartes, schmallippiges, recht hübsches Gesicht und eine rauhe Stimme.

„Ich weiß nicht, was ich machen soll, weil du dich mit Ellen getroffen hast..."

Joe sah auf die Straße, die ihm entgegenkam. Er legte den Kopf etwas zur Seite, als würde er gleich etwas sagen. Dann kam nichts.

„Ich hab für ein Land gekämpft, in dem ich jetzt nicht mehr unbedingt leben möchte, ich bin mir nicht mehr sicher. Aber solang ich hier bin, kann ich was dafür tun, daß es meins ist. Wenn du mir folgen kannst."

„Nicht ganz. Und ich dachte, deine Ehe ist schon gelaufen.

Warst du nicht erst neulich bei einer anderen? Aber abgesehen davon, ja, Billy, ich hab den Krieg in Vietnam verpaßt."

„Also, da haben wir's. So sieht's doch aus."

Joe konnte die Glut seines Blickes beinahe spüren. Sie fuhren an den Wollrampen neben den Eisenbahngeleisen vorüber und dann in weiter Kurve auf das Gericht zu.

„Ich will hier nicht überdeutlich werden, Partner, aber hier haben wir mein eigenes kleines Land, wo ich die Gesetze schreibe. Glaubst du mir das?"

Joe hielt vor den Glastüren, die zum Büro des Sheriffs führten. Sie konnten durch die Windschutzscheibe und die Tür hindurch Polizisten sehen. Es wäre einfach, jetzt zu hupen. Joe berührte die Hupe ganz kurz; zwei Polizisten sahen herüber, und er winkte ihnen abwehrend zu: Bin nur aus Versehen drangekommen.

„Warum sollte ich dir das nicht glauben?" sagte Joe bitter. „Wenn du zugibst, daß du in diesem Krieg warst, hast du nichts mehr zu verbergen. Willst du jetzt aussteigen oder soll ich? Mir ist's egal, das ist so oder so ein Mietwagen."

„Ich gehe, danke. Aber nimm das besser ernst, was ich hier sage. Es ist wichtig. Ellen und ich haben's noch nicht aufgegeben. Und wir haben ein wunderbares kleines Mädchen, das jedes Opfer wert ist."

20 „Und Punkt B“, sagte Astrid, „ist, daß dein Gehirn endlich mal stubenrein wird. Vor allem in Bezug auf mich und auf das, was ich tue.“

Er wagte nicht zu fragen, was Punkt A war. Sie trank, und sie *hatte* getrunken. Trotzdem sah sie durchaus attraktiv aus, ihr schwarzes Haar war noch naß von der Dusche und durchnäßte ihr an den Schultern das hellblaue Kleid. Es war sehr selten, daß Astrid zuviel trank. Das war faszinierend! Alles, was sie tat, faszinierte Joe.

„Ich weiß nicht viel darüber, was du tust“, sagte Joe kühl.

„Hast du deine kleine Chiquita besucht?“ fragte Astrid. Joe begriff nicht, warum heutzutage von Eifersucht gepeinigte Frauen immer mit diesen entsetzlichen Diminutiven voneinander sprachen. Die Chiquita, das Schätzchen, das kleine Frauchen, das Weibi.

„Tatsächlich hab ich sie verpaßt. Ist das nicht ein Jammer?“

„Ich glaube, es ist ein Jammer“, schrie Astrid wimmernd, „daß du nicht in jeder Minute jedes einzelnen Tages genau das kriegst, was du willst! Du hast einmal dein ganzes Künstlergesülze eingesetzt, um mich glauben zu machen, daß ich in dir etwas erfülle.“

„Man sieht mehr mit der Zeit.“

„Du vielleicht. Ich nicht.“

„Vorsicht. Wir wollen doch beim Trinken die Tour mit dem großen Selbstmitleid auslassen.“

Sie zeigte ihm den aufgestellten Zeigefinger und führte mit der anderen Hand ihr Glas an die Lippen. „Joe Jedermann“, sagte sie mit einem Lächeln. „Der neue Mann! Noch alles dran?“

„Mein Gott! Wir werfen nichts weg! Man weiß nie, wann man's plötzlich brauchen kann!“

„Die Runde geht an mich, Dummchen. Mach was zu essen. Mein Magen glaubt schon, man hat mir die Gurgel durchgeschnitten — oder was immer ihr hier Originelles sagt.“

Zuerst dachte er, er würde nichts kochen, weil sie es vorgeschlagen hatte. Dann entschied er, daß das in sich Mangel an

Unabhängigkeit zeigte, und ging in die Küche. Während er kochte, schaute er hinüber, ob sie sich noch einen Drink mixte. Sie tat's nicht. Sie schaute die Nachrichten an (Aufregung wegen Mittelstreckenraketen). Sie schaute in die Welt hinaus. Er schaute ins Spülbecken. Es ging alles so langsam. Diese entsetzliche Langsamkeit hatte ihn überkommen. Er hob das Gesicht zur Tür, und da saß sie, pfiff sich mit dem Fernsehen weltweite Neuigkeiten mit Höchstgeschwindigkeit in den Schädel. Daß sie betrunken war, schien nichts auszumachen; das würde keinen echten Unterschied abgeben. Es würde keine Langstreckenraketen aus Mittelstreckenraketen machen. Es würde sie nicht ernüchtern, falls nicht der reale Fernseher ihr ins reale Gesicht explodieren würde.

„Was machst du?" rief sie.

„Paar Omeletts. Ist nicht sehr viel im Kühlschrank."

„Kein Rattengift bitte."

Er hackte ein paar Paprika, Kürbisgurken und Schalotten klein. Er schnitt alles erstaunlich gleichmäßig. Während er die Eier schlug, kam Astrid in die Küche und füllte ihr Glas auf. Sie sah zu, wie er kochte. Als er die Pfanne auf den Herd setzte, sagte sie: „Nein, mit mir schlafen willst du jetzt nicht! Du warst ja zu sehr damit beschäftigt, dir einen runterzuholen, während ich mich mit deinem Hund anfreunden wollte." Sie ging wieder ins Wohnzimmer und fiel auf ihren Stuhl. Joe überwand seine Lethargie und machte das Essen fertig. Er hatte endlich alles auf dem Küchentisch stehen und rief Astrid. Sie kam und setzte sich hin. „Ich habe soeben etwas Hochinteressantes im Fernsehen gesehen", sagte sie und aß gierig ihr Omelett. „Das bringt's wirklich."

„Was hast du gesehen?"

„Einen Bericht über Angriffe von Grizzlybären auf Menschen. Es ist so aufregend hier in Montana! Die Opfer sind häufig Frauen, die ihre Periode haben!"

„Das ist nicht so unbegreiflich."

„Hahaha. Und so verriet er sich unwillkürlich."

„Ich meine das nicht als Witz."

Er konnte nichts essen. Sein Omelett war ein zusammengeklappter gelber Greuel. Seine Hände schwitzten. Die Küchenfenster reflektierten das Licht so blendend hell, daß man nicht unbedingt merken würde, wenn jemand von draußen hereinsah. Ein glänzender Wassertropfen hing am Hahn, ohne zu fallen.

„Das wäre mein Abgang", sagte sie tragisch. „Ich kriege meine Tage. Ich breche zu einer Wanderung in den Glacier-Nationalpark auf."

„Hoffen wir, daß es dazu nicht kommt."

Sie begann, schroff und laut zu lachen. Sie hielt inne. Ihr Kinn fiel auf die Brust. Ein aufzuckendes Lachen prustete durch ihre Nase. Sie hielt sich die Hand vor den Mund und drehte den Kopf auf die Seite. „Es tut mir leid –" Sie erbrach sich auf den Küchenboden.

„Das reicht mir", sagte Joe und stand auf.

„Fahr nicht noch mehr Meilen mit dem Mietwagen!" rief sie, als er aus der Tür ging. Gleich darauf hörte er sie weinen.

„Wozu der Alkohol uns bringt", dachte er, als er über den Hof ging. „Hauptsächlicher Grund für Pflegefälle, hauptsächlicher Grund für Gefängnisstrafen" – er fing an, nach diesem Takt zu marschieren – „hauptsächlicher Grund für Familienzerrüttung, hauptsächlicher Grund für Arbeitsausfall, hauptsächlicher Grund für Halbmastbeflaggung, hauptsächlicher Grund für Faszination durch tabuisierte Körperöffnungen, hauptsächlicher Grund für Zahnverfall, hauptsächlicher Grund für Kommunismus, hauptsächlicher Grund für christlichen Fundamentalismus, hauptsächlicher Grund für Schuppenbildung, hauptsächlicher Grund für vertrocknete Lenden, hauptsächlicher Grund für Geschwüre an Hühnern, hauptsächlicher Grund für Styropor. Ach, Leute, Leute", er keuchte, außer Atem, „Zeit zum Aufstehen. Zeit, paar Heuballen auf die Schultern zu nehmen." Mondlicht fiel über ihn. Er ging in die Prärie hinaus, deren Summen bei Sonnenuntergang erstorben war. Es hatte gefroren, und die Grasbüschel waren mit Eis bestirnt. Im Glänzen von Hundeaugen fing sich das Mondlicht.

21

Joe verbrachte den nächsten Tag mit dem staatlichen Brandzeicheninspektor und versuchte, seine ganzen Viehlieferscheine auf die Reihe zu kriegen. Als er nach Hause kam, lag Astrid im Bett. Sie hatte hohes Fieber und war in den verdrießlich-witzigen Zustand kranker Konfusion versunken. Sie sah so hilflos aus, so abhängig von der Pflege anderer, so ganz und gar nicht wie das, was er je an Astrid gesehen hatte, daß er eine überströmende Zärtlichkeit in sich fühlte. Es tat ihm leid, daß es so unangemessen schien, von seinen zunehmenden wirtschaftlichen Schwierigkeiten zu erzählen. Er stand unter einem momentanen Bann von Liebenswürdigkeit. Wenn man seine ganze Kraft hatte, konnte man seinen Ekel besser instandhalten und diese vagen, von Gefühlen angeschwellten Zustände vermeiden.

„Mein Liebling", sagte er.

„Weißt du, wer ganz reizend war?" fragte sie und stützte sich im Bett auf. Sie sah aus wie eine hübsche Nonne, ohne Make-up und mit dem nach hinten gebundenen Haar.

„Wer?"

„Smitty."

„Smitty? Woher kennst du Smitty?"

„Er war da. Und ich sage dir: reizend."

„Das ist recht merkwürdig."

„Er zeigt soviel Anteilnahme! Er nimmt an allem Anteil. Er richtet seine anteilnehmende Aufmerksamkeit auf alles! Was dieser Mann für Anteil nimmt!"

„Was ist mit Lureen? War die auch hier?"

„Sie war auch hier. Also die ist sich nicht sicher, was sie von mir halten soll. Aber Smitty ist so lieb. Er meinte, er könnte mir vielleicht eine Versicherung verschaffen."

„Du bist doch darauf nicht eingegangen, oder?"

„Nein, aber ich hab ihm fünfzig Dollar für so eine Aktenführungsgebühr gegeben."

„Die Aktenführungsgebühr kenne ich. Sie heißt Old Mr. Boston Dry Gin."

„Das entzieht sich meiner Kenntnis. Ich fand seine Geschichte überzeugend. Sie hat mich verzaubert. Ich langweile mich bereits. Ich wünschte, ich wäre in Florida, würde ficken und Drogen nehmen. In einer Situation wie hier wird man leicht nostalgisch."

„Ach Liebling, sei still", sagte er und ärgerte sich über seine eigene Reaktion. Er dachte an die energische, robuste Ellen, das Ranchgirl, wie sie die nächste Generation mit ihrem Unterricht kräftigte. Schwierig, sich vorzustellen, daß sie mitten in der Liebe – wie Astrid einmal – sagen würde: „Und jetzt will ich's in den Arsch." Er hatte Ausflüchte gemacht, erinnerte er sich, sich schließlich düster gefragt, ob er nochmal eine Chance bekommen würde.

„Weißt du, es ist ganz komisch", sagte Joe, der sich wunderte, daß er Astrid nicht mehr zu schätzen wußte, „ich war so hinter dieser Lehrerin her."

„Muß ich das unbedingt hören?"

„Ich versuche dich ein wenig zu unterhalten. Wir sind doch über alle kleinlichen Gefühle in dieser Hinsicht längst hinaus, oder? Außerdem, wenn ich dir das jetzt schön ironisch erzähle und es alles ganz banal sein lasse, kann ich endlich ENDE unter diesen Scheiß schreiben." Es war nicht wahr. Er wollte sie verletzen. Er legte Vorräte von Selbsthaß an.

„Zieh deine Nummer ab. Mir ist's im Grunde gleich."

Joe glaubte ihr. Er setzte die Geschichte nun mit Bosheit fort. Es ging momentan über seine Möglichkeiten, zu bedenken, wie ernst die Situation war. Es war ein schrecklicher Augenblick.

„Also, ihre Unschuld hat mich angezogen, ob es die nun gibt oder nicht. Vielleicht gibt es sie nicht. Aber ich bin von der Arbeitshypothese ausgegangen, daß die Unschuld real war."

„Hast du ihn reingesteckt?"

„Ich fürchte: ja."

„Ganz so unschuldig kann sie nicht sein."

„Aber wir hatten viel Spaß zusammen. Ich kannte sie schon früher. Wir haben zusammen Golfbälle geschlagen. Wir haben über die Ranch und ihr Leben geredet."

„Du hast ihn reingesteckt."

„Wir haben ihn reingesteckt. Wir sind zusammen Essen gegangen, in einer Atmosphäre, in der sich Lustigkeit und romantisches Liebeswerben unvergleichlich verbunden haben. Wir haben lange Fahrten gemacht zusammen."

„Da möchte man ja am liebsten kotzen", sagte Astrid.

„Aber Astrid. Da war etwas ganz Zartes. Ein Bild hatte sich zu formen begonnen." Joe fühlte sich wie ein Vampir.

„Das Bild seh ich vor mir."

„Warte. Ich hatte beschlossen, sie zu heiraten. Wir würden zusammen in dem Bild leben, das sich zu formen begonnen hatte. Ich bin nach New York geflogen und bei Ivan ausgestiegen. Ich war erschöpft. Als ich wieder heimflog, öffnete sich die weite Landschaft unter den Tragflächen, und es kam mir — dieses Lächeln gefällt mir nicht, Astrid —, daß ich diese wundervolle Frau heiraten würde. Und ich muß sagen, das ist ein wirklich gemeines Lächeln."

„Ich sollte eigentlich nicht lachen", sagte Astrid. „Ich befinde mich in der elenden Lage, wo Niesen, Lachen, Husten, nach dem Hund rufen oder mehrstimmig singen alle gleich unbequeme Folgen haben. Also jedenfalls, was dann passiert ist, ist, daß du es dir überlegt hast und nach langem Nachdenken, nach sorgfältigster Abwägung —"

„Nein. Diesmal nicht. Ich bin zu ihr, und ehe ich noch die Möglichkeit hatte, meinen Antrag vorzubringen, ist ihr Mann mit mir weggefahren und hat mir gesagt, sie würden ihre Ehe wieder auf die Beine bringen."

„Es gibt einen Mann?"

„Und einen äußerst merkwürdigen dazu. Er hat mich als Kind verhauen, wie einen Punchingball."

„Na, wenn du irgendwie davon überzeugt gewesen wärst, hättest du dich mit ihm gestritten. Wenn du die Überzeugung gehabt hättest, die du brauchen würdest, um wieder zu malen, hättest du diesem Männe gesagt, wo's langgeht. Und was hast du jetzt? Eine unanständig daherredende Kubanerin, die dich nicht zu schätzen weiß."

„Ach, Liebling", sagte Joe mit ausdrucksloser, desinteressierter Stimme, „mach dich doch nicht so schlecht."

Astrids Weinen war echt. Joe konnte sie kaum tadeln deswegen; sie hatte jedes Recht dazu. Er spürte, wie seine Position zerbröckelte, und konnte gar nichts mehr sagen. Statt dessen sah er durch das Fenster, ohne etwas wahrzunehmen, und begriff, wie wunderbar vieles auf der Welt scheinen konnte.

Sie nahm sich zusammen und sagte: „Was soll ich also tun?"

„Ich tauge in solchen Situationen zu nichts", sagte Joe.

Astrid versuchte ihr Gewicht etwas zu verschieben. Sie seufzte. „So verzweifelt wie ich bin, könntest du da vielleicht die Zeit finden, mir etwas Unanständiges ins Ohr zu flüstern?"

„Astrid."

„Etwas über deine Lehrerin vielleicht. Irgend etwas. Vorher war eine Fliege hier im Zimmer. Du kannst dir nicht vorstellen, mit welcher Konzentration ich ihren konfusen Rundflug durch mein Zimmer beobachtet habe."

„Ich hoffe, du kämpfst gegen solche Gedanken an."

„Gegen welche Gedanken hast du denn je angekämpft?"

„Ich hasse dich."

„Ich hasse dich auch."

Die plötzliche Bitterkeit dieser Bemerkungen war betäubend. Sie waren buchstäblich beide betäubt von dem, was sie gesagt hatten. Sie hatten es nicht zum erstenmal gehört, und immer noch war es von betäubender Wucht, es zu hören, wie es zu sagen.

Er stand auf, um zu gehen.

„Das meinen wir nicht im Ernst."

„Nein?" sagte Astrid. Sie sah erschöpft aus. Es tat ihm entsetzlich leid, daß er diesen Augenblick nicht verhindert, abgedrängt hatte. Aber sie waren schon so lange in dieser straff gespannten Schlinge gefangen. Es war schwierig, die Dinge daran zu hindern, ihren Lauf zu gehen.

22 Am nächsten Morgen war Lureen um sieben am Telephon. „Joe, ich weiß nicht, ob du Bescheid weißt, aber Smitty hat jetzt immer Meeresfrüchte im Kühllaster aus Texas hergebracht. Ich meine, er verkauft sie weiter, er fährt nicht selber, und jetzt hat sich eine Schwierigkeit ergeben."

„Und die wäre?" fragte Joe, der nun wußte, daß er soeben erfahren hatte, wo das Pachtgeld geblieben war, ein Teil wenigstens.

„Ich kann dein Mißtrauen schon hören. Also, ich möchte, daß du dir das unvoreingenommen anhörst."

„Also los, Lureen."

„Nun, eine große Ladung ist verdorben."

„Schlimm. Tut mir leid, das zu hören."

„Aber sie war versichert."

„Wann ist das passiert?"

„Vor drei Wochen."

„Wie hoch war die Versicherung?"

„Dreißigtausend."

„Mein lieber Mann, das ist ein hübscher Berg Krabben. Und hat er kassiert?"

„Noch nicht. Aber ich bin sicher, er kriegt das Geld."

„Wo ist dann das Problem?"

„Das Problem ist, daß die Versicherungsgesellschaft eine Untersuchung eingeleitet hat. Sie wollen die verdorbenen Krabben wirklich *sehen*. Smitty sagt: Das ist jetzt ein wenig spät, die hab ich schon vergraben. Und die Prüfer sagen: Wir wollen die Stelle sehen. Also ist Smitty freundlicherweise mit ihnen hinausgefahren —"

„Moment. Wohin?"

„*Dort*hin. Du warst in New York. Und droben bei der Brandgrube hat er ihnen die leeren Kisten gezeigt, aber sie wollten die Krabben sehen. Smitty traute seinen Ohren nicht. Die was? hat er gefragt. Und der Anführer von diesen Prüfern sagt, so richtig unhöflich: *Die Krabben, die Krabben, die Krabben!* Das ist drei Wochen her! sagt Smitty. Die sind verwest. Verstehen Sie? Aber — und das ist ein großes Aber — dieser entsetzliche Mensch, dieser Prüfer hat gesagt: Nein, da wären noch Schalen da. Ich weiß nicht, wo das alles hinführen soll, aber, Joe, nur damit ich beruhigt bin, ich weiß, du hast viel Zeit in Florida verbracht –"

„Richtig, Lureen, ich hab jede Menge Krabben gesehen."

„Gäbe es denn nach all diesen Wochen noch irgendein Indiz – ich will nicht sagen, einen Beweis! –, daß da vorher Krabben waren?"

„Ja. Die Schalen. Zehntausende, so, wie sich das anhört."

„Joe, wir haben uns so bemüht, nett zu dir zu sein und dafür zu sorgen, daß du dich wie zu Hause fühlst..."

Es war zu spät. Wegen der Rinder hatte sie schon unterschrieben. Joe legte den Hörer langsam und sorgfältig auf. Zuerst war er zerknirscht: Er hätte etwas Beruhigenderes sagen können. Aber was? Er hatte nur die Möglichkeit, die Verwesungsgeschwindigkeit von Krabbenschalen stark zu übertreiben. Wie konnte man sich sonst Lureens Aggressivität erklären? Sie war doch sicher nicht vollständig von Smitty hinters Licht geführt worden, dem Gauner. Sie mußte doch wissen, daß er sich die Ranch schnappen wollte.

Joe sah Smitty zufällig vorfahren. Smitty hatte keine hohe Geschwindigkeit drauf, als er die Auffahrt entlangkam, aber er haute die Bremsen rein, daß der blau-weiße Ford auf dem Kies ein Stückchen rutschte. Er warf sich irgendwie aus dem Wagen und schlug die Tür hinter sich zu. Zuerst schien er es eilig zu haben, aber als er schließlich an der Tür angekommen war, hatte er sich verlangsamt.

„Smitty!" sagte Joe, als er ihm öffnete. Er streckte die Hand aus. Smitty warf einen Blick darauf, ehe er sie schüttelte.

„Hast du einen Augenblick Zeit?"

„Aber klar, Smitty. Tasse Kaffee?"

„Nein, vielen Dank. Wo können wir uns hinsetzen?"

Sie gingen ins Wohnzimmer. Smitty schaute sich um: die Bücher, die Familienbilder, das geflochtene Lasso, das an einem Haken neben der Tür hing, die Collegediplome, die ins Holz eingebrannten Brandzeichen, die Quarzbrocken, die der alte Siedler in den Kamin eingemauert hatte. Sie setzten sich.

„Was soll das Ganze eigentlich bedeuten, Joe?"

„Wie bitte?"

„Was das alles soll. Was machst du wieder hier?"

„Ich wollte einfach zurückkommen."

„Tatsächlich."

„Und ich hab mir dann schließlich gedacht, wir könnten eigentlich mehr mit dem Land anstellen. Flockenkraut und Wolfsmilch übernehmen hier bald die Herrschaft. Salzkraut. Die Pächter kümmern sich nicht um die alte Ranch. Zäune verfallen, Quellen versiegen."

„Pachtgeld ist noch das einzige, was hierzulande übriggeblieben ist."

„Pachtgeld? Was für Geld? Soweit ich sehe, kommt die Weidepacht nicht mal mehr bei Lureen an."

„Wir führen das als Außenstände. Wir hatten Schwierigkeiten, das Geld einzutreiben. Wenn wir es nicht kriegen, können wir es abschreiben. Abschreibungen können wir alle brauchen."

„Zum Abschreiben mußt du den Mann verklagen, der's dir schuldet. Darauf besteht die Regierung."

„Wie auch immer."

„Vielleicht müßte man sich den Rancher, mit dem ihr das Geschäft gemacht habt, mal genauer ansehen."

„Er ist über einundzwanzig. Was kann ich sonst dazu sagen?"

Smitty steckte sich eine Zigarette in die exakte Mitte des Mundes und stützte, ein Streichholzbriefchen in den Händen, die Ellbogen auf die Knie. So blickte er in die Ferne und dachte nach. „Joe", sagte er und zündete sich die Zigarette an, „warum leckst du mich nicht am Arsch?"

„Weil ich mir meine Möglichkeiten offengehalten habe, Smitty. Eine davon ist es, dich im Auge zu behalten." Dann fügte er hinzu: „Ich weiß, im Krabbengeschäft bist du nicht besonders gut weggekommen. Du stehst wohl ziemlich unter Druck." Smittys Augen huschten über die Wand.

Na, dachte Joe, es ist ein Anfang, nach und nach werden wir den alten Smitty in die richtige Position manövrieren und dann die Sache in Ordnung bringen. Er beobachtete Smitty und versuchte, dieser Mischung aus Hilflosigkeit und Schläue auf den Grund zu gehen, ohne viel Erfolg. Die Signale, die bei einem alten Säufer wie Smitty von der zähen Zerfallsmasse des Hirns ausgesandt wurden, waren nur selten instruktiv.

Das Glühen von Astrids Zigarette im Dämmer ihres Zimmers schien Joe so behaglich wie ein Pfadfinderlagerfeuer, als er damit fertig geworden war, ihr die ganze Geschichte zu erzählen. Er beugte sich auf seinem Metallstuhl vor und zog ihr die Zigarette aus den Lippen. Er hatte seit fast einem Monat keine mehr geraucht. Er war in Versuchung, einen Zug zu nehmen, und sagte es Astrid. „Tu's nicht", sagte sie. „Es ist so schwer, aufzuhören." Er konnte ihren sorglos leichten Gedanken spüren. „Mein Gott", sagte sie, „das ist eine wundervolle Geschichte. Aber deine Gefühle bei all dem müssen doch sehr kompliziert sein."

„Ich arbeite dran."

Astrid fing zu lachen an. Sie lachte eigentlich zu laut. Er beugte sich über sie und faßte sie an den Schultern, um sie zu stützen. Das Gelächter machte ihn nervös, und er nahm ihre Zigarette. Er mußte sie sich möglichst weit außen in den Mundwinkel stecken, damit ihm der Rauch nicht in die Augen stieg. Dann begann ihr Gesicht vor Tränen zu glänzen. Jedenfalls lachte sie nicht mehr. Joe saß wieder beiseite und hielt ihr die Zigarette.

„Bald", sagte er, „wird es kalt werden. Und dieser schöne weiße Schnee wird herunterschweben."

Joe kaufte einen alten eisernen Heizofen von einem Rancher droben in Richtung Musselshell River. Die Anzeige hatte in einer der Viehzüchterzeitschriften gestanden, und er bekam ihn sehr billig, aber er mußte ihn selbst abholen. Er nahm sich den Laster und fuhr durch eine weite Landschaft bläulicher beifußbestandener Hügel. Er kam durch zwei abgelegene Weiler, wo die Schneepflüge und Heuschlitten ineinandergekeilt in der Hitze herumstanden. Ein kleines Städtchen hatte eine Bar von der Größe einer Garage für einen Wagen und als Postamt eine Blockhütte, die neben dem Flaggenmast mit der flatternden Fahne ganz klein aussah. Er fuhr bis zum Rand eines Kiefernwäldchens, das an eine große Büffelgraswiese grenzte. Jemand brannte Grabenböschungen ab, und hoch über der Rauchsäule schwebte ein blauer Reiher mit seinen langen Beinen und hielt Ausschau nach den vertrauten Tälern. Alte schwarze Autoreifen hingen an den Zaunpfählen, bemalt mit der Aufschrift KEIN ZUTRITT, wenn man sich einem kleinen Blockhaus näherte. Es stand niedrig und trotzig hinter einem Feld voll abgewrackter Maschinen: alte Eisenräder, hölzerne Speichen und die Jagdbeute des letzten Winters lagen verstreut in der Unordnung – Häute über Skeletten, verwesende Kälber.

Ein alter Mann kam an die Tür, ein Glas Whisky in der Hand; sein Bauch hing ihm über den Hosenbund, und Kautabaksaft sickerte aus seinen Mundwinkeln. Er hatte haarige Nasenlöcher und kleine, in einem Netz von Fältchen liegende Augen. „Wegen dem Ofen?“

„Ja, deshalb bin ich da.“ Joe zog das Geld aus seinem Hemd und hielt es ihm hin.

„Schönen Dank“, sagte der alte Mann. „Da drüben ist ein Flaschenzug. Laden Sie das Ding selber auf?“

„Na klar.“

Der alte Mann stellte sich breiter in die Tür. Er betrachtete Joe prüfend. „Sonny Starling ist nicht zufällig Ihr Daddy, oder?“

„Ja, Sir, das war er“, sagte Joe. Der alte Mann nickte und dachte nach.

„War ein guter Mann, hatte eine gute Hand fürs Land.“

„So hab ich’s auch gehört“, sagte Joe.

„Aber die Bank hat dann das Gute aus Ihrem Vater rausgetrieben.“

„Ja, Sir.“

„Sechsundfünfzig ist er gekommen und hat mich kaputtgemacht. Hab sie nie wiedergekriegt. Diese Bank, die hat den Sonny einfach genommen und einen ganz anderen Mann aus ihm gemacht."

Joe hatte solche Geschichten schon öfter gehört.

„Na, dann will ich mal aufladen, daß ich ihn raufkriege", sagte er.

„Das ist schon eine elende Art, im Leben weiterzukommen."

„Vielleicht", sagte Joe, „aber so oder so, er ist tot."

„Gut", sagte der alte Mann.

Joe mühte sich energisch mit dem Aufladen des Ofens ab. Er ließ ihn mit dem Flaschenzug auf den Laster runter und sicherte ihn mit einer Kette, die er für diesen Zweck mitgebracht hatte. Der alte Mann brauchte ihn offenbar nicht mehr. Er hatte einen besseren oder war zu Strom oder Gas übergegangen. Joe machte sich auf den Rückweg. Als er fast schon zu Hause war, sah er, wie ein Transporter neben dem Highway am Stacheldraht parkte. Ein Mann stand dicht neben einem Pferd, dessen Kopf fast bis auf den Boden hing. Der Mann sah völlig hilflos aus, und Joe spürte, daß das Pferd nicht mehr konnte. Es war in diesem Augenblick, daß sich seine Augen schließlich mit Tränen füllten.

23

Joe fuhr am Dienstag nach Billings, um dort den Anwalt der Continental Divide-Versicherungsgesellschaft zu treffen. Er zog ein Jackett und eine Krawatte an und parkte den alten Laster weit genug vom Büro. Er war früh dran.

Um die paar Minuten auszufüllen und seine Gedanken etwas zu sammeln, ging er ins Hart-Albin-Kaufhaus. Er schlenderte durch die Kosmetikabteilung, bewunderte die schönen jungen Frauen, die Parfüms und Intimseifen verkauften und sich mit den zierlichen Parfümfläschchen gegenseitig besprühten. Er probierte selbst ein Toilettenwasser. In den Glasvitrinen enthüllte sich eine Welt arabischen Wohllebens. Er sprühte sich noch etwas Kölnisch an. Er dachte sich Biographien für die Verkäuferinnen aus. Auf Schweinefarmen oder in Familien von Eisenbahnwärtern aufgewachsen, begrüßte jede von ihnen ihre Entdeckung durch den Leiter der Parfümabteilung mit entzücktem Aufblühen. Elegant erprobte er ein letztes Toilettenwasser mit einem verschwitzten Druck auf den Sprühballon. Eine ferne, moschusduftende Wolke umschloß ihn, von überraschender Kraft.

Zeit für den Anwalt. Er überquerte die Straße, marschierte einen halben Block Richtung Norden und betrat das Büro. Er meldete sich bei der Sekretärin, und sogleich erschien der Anwalt, Gene Bowen, in seiner Tür und winkte Joe mit einer Handvoll Papiere herein. Bowen war ein magerer, gehetzt wirkender Mann, ganz offenbar klug und unter Zeitdruck.

Bowen setzte sich hinter seinen Schreibtisch. Joe nahm in einem bequemen Stuhl davor Platz. Bowen stützte das Kinn in die Hände und ließ Joe anfangen. „Mein Onkel Smitty, Smith Starling —“

„Ja!“ sagte Bowen entschieden und rümpfte plötzlich die Nase. Joe war verblüfft über die Reaktion des Anwalts bei der Erwähnung von Smittys Namen. „Sind Sie das? Was ist das?“ Dann begriff Joe Bowens Reaktion.

„*Canoe.*“

„Wie meinen Sie?“

„*Canoe*. Ein Toilettenwasser. Und noch ein paar andere. Eins war Moschus.“

„Nun gut. Fahren Sie fort. Ich wollte Sie nicht unterbrechen.“

„Mein Onkel Smitty –“

„Würde es Ihnen etwas ausmachen, wenn ich ein Fenster öffne?“

„Aber nein.“

Bowen stand auf und zerrte an dem Fenster hinter seinem Schreibtisch, ohne daß es ihm gelang, es zu öffnen. „Ich hol mir hier noch einen Bruch, gottverdammt –“

„Moment, ich helfe Ihnen.“

Sie stellten sich zu beiden Seiten des Fensters auf und zogen, so fest sie konnten. Bowen wandte sein Gesicht zur Seite und rümpfte wild die Nase. „Es ist ja nicht so, als ob das irgendwelche Pferdeäpfel oder was wären“, sagte Joe.

Die untere Hälfte des Fensters riß sich los; Holzsplitter und trockener Kitt flogen über Bowens Schreibtisch. Sein Finger blutete. Er ging zur Tür und machte sie auf. „Lassen wir's mal durchlüften, solang ich mir ein Pflaster hole.“

Die Sekretärin streckte den Kopf herein. „Was ist denn los da drin?“

„Wir hatten ein kleines Problem mit dem Fenster.“

„Ich ruf am besten mal den Wartungsdienst an.“ Sie wandte sich zu Joe und sagte: „Darf ich fragen, was Sie da genommen haben?“

Joe wurde langsam wütend. „Ich habe ein paar Toilettenwasser durcheinander ausprobiert. Aber was den gesellschaftlichen Erfolg angeht, ging's mir besser, als ich einfach in die Hosen geschissen habe.“

Bowen kam zurück und ging direkt zu seinem Schreibtisch. „Lassen Sie hier offen, Mildred“, sagte er zu der Sekretärin und deutete auf die Tür. „Versuchen wir, uns zu konzentrieren und das so schnell wie möglich zu klären. Okay, Smitty ist Ihr Onkel. Smitty hat sich den Arsch eingeklemmt. Sie wollen Smitty helfen. Warum?“

„Ich habe eine Tante, die ich sehr mag. Sie ist von ihm abhängig. Die beiden sind wie ein kleines altes Ehepaar.“

„Tatsache.“

„Ja."
„Und was macht sie?"
„Sie ist eine pensionierte Schullehrerin."
„Ach ja, sie hat eine Pension?"
„Eine kleine, und ein kleines Einkommen von der Familienranch."
„Die wem gehört?"
„Tja – Lureen. Meiner Tante."
„Und Mister Smitty hat sich sein Kapital fürs Krabbengeschäft mit welchen Mitteln verschafft?"
„Mit Hypotheken auf die Ranch."
Bowen nagte nachdenklich an einer Büroklammer.
„Es geht mich nichts an, Mr. Starling – aber warum lassen Sie diesen Prachtskerl nicht einfach ins Gefängnis gehen?"
„Ich versuche, so gut ich kann, im Interesse meiner Tante zu handeln, soweit ich's begreife."
„Okay", sagte Bowen und ließ seine Hände entschlossen auf den Schreibtisch fallen. „Ich habe das Gefühl, daß wir ganz offen miteinander reden können."
„Das Gefühl habe ich auch", sagte Joe eifrig.
„Darf ich ganz ohne Umstände etwas zu Ihnen sagen?"
„Bitte!"
„Joe, Ihr Rasierwasser stinkt zum Himmel."
„Dagegen kann ich im Augenblick wirklich nichts tun."
„Was Mister Smitty angeht, ja, ich glaube, wir können die Anzeige zurückziehen. Ja, ich sehe das als eine Möglichkeit, über die man reden könnte. In diesem Szenario sieht Smitty seine dreißigtausend nicht wieder. *Und zusätzlich* entstehen der Versicherungsgesellschaft noch Kosten in Höhe, ich würde sagen, von weiteren dreißigtausend, Honorare und in Anrechnung zu bringende Fixkosten."
„Was für Fixkosten?"
„Die haben zwölf Stockwerke in Denver."
„Verstehe. Also, hören Sie, schauen wir uns an, was es kostet, die Anzeige fallenzulassen. Rechnen Sie mir's genauer aus, und ich versuche, meinen Onkel zu überzeugen."

„Aber denken Sie daran, er muß sich nicht überzeugen lassen“, sagte Bowen. „Er kann jederzeit ins Gefängnis.“

„Ich gebe zu, es klingt verführerisch“, sagte Joe.

„Wenn er sich da unter der Dusche das erste Mal nach der Seife bückt, macht er die Bekanntschaft von ein paar sehr netten Indianern.“

„Wie gesagt“, sagte Joe, „verführerisch.“

24 Es war eine lange Fahrt zurück. Er hörte eine Weile dem lokalen Radioprogramm zu und konzentrierte sich ganz auf die Gemeindenachrichten. Man sammelte Geld für den Ankauf von Lätzchen für Senioren. Ein Pfadfinder sagte brutal entschlossen: „Diese Woche haben wir entschieden, was wir für Abzeichen machen. Die beiden wichtigsten sind Kinderhüten und Junge Wissenschaft. Und wir bringen einen Beitrag von fünfundzwanzig Cent, auch wenn wir krank sind." Danach erklärte ein Mitglied des Lions Club die Probleme, die beim Bau eines Kiosks für das Baseballfeld der Kinderliga aufgetreten waren. Man mußte herausfinden, ob es Einwände von Seiten der Nachbarn gab. Die Bauordnung verlangte, daß er sich in einer bestimmten Entfernung von der Straße befand. Das hieß, daß man das Netz versetzen mußte. Man mußte um eine Bauerlaubnis einkommen. Um die Bauvorschriften für ein Wohngebiet der Klasse A einzuhalten, müßte man den Kiosk zwischen das Werfmal und das Erste Mal stellen — die Planungsbehörde erteilte eine Sondererlaubnis. Jetzt waren sie nach fünf Jahren soweit, den Kiosk zu bauen. Schließlich sagte der Feuerwehrhauptmann noch, ehe Joe das Radio ausmachte, daß sie es satt hätten, immer die von der Eisenbahn verursachten Präriebrände zu löschen.

Ach, es ist schon ein eigenartiges Leben, dachte er, als er in die Straße einbog, wo Smitty und Lureen wohnten. Breite Strahlen des Sonnenlichts fielen zwischen die alten Bäume, die den arg gesprungenen Gehsteig säumten. Ein Zeitungsjunge hüpfte auf seinem Rad über den Bordstein, und ein Mann im Rollstuhl, einen Schlapphut auf dem Kopf und eine Zigarre rauchend, fuhr heiter den leicht geneigten Gehweg hinunter; die Speichen seiner Räder glitzerten in der Nachmittagssonne. Zwei junge Zimmerleute mit einem langen Brett auf den Schultern bogen weit ausholend um die Ecke und verschwanden. Tauben quollen aus der verlassenen Methodistenkirche wie Rauch und stiegen zum Himmel empor; es waren die reinkarnierten Seelen von Bergleuten, Eisenbahnarbeitern und Knechten. Alles schien Joe so richtig: Er konnte sich in die rollende Woge einhüllen. Widersprüchlichkeit lag nun in sicherer Entfernung, es war nicht notwendig, zu irgend etwas eine Meinung zu haben.

Lureen führte Joe ins Wohnzimmer. Sie deckte den Teetisch. Er ließ den Blick über die Andenken und die düsteren Vorhänge schweifen, welche dies zu einer inneren Welt erklärten. Er hatte das Gefühl, an sein Ziel gekommen zu sein.

„Ich war beim Anwalt von der Versicherungsgesellschaft."

„Oh", sagte Lureen. „Ob das so gut war?"

„Ich glaube schon. Wir haben darüber geredet, daß die Anzeige möglicherweise fallengelassen wird."

„Sollen sie ihn anzeigen! Er ist unschuldig. Sie können vor Gericht gehen. Es wäre mir beinahe lieber. Es gehen ohnehin alle möglichen Gerüchte. Es wäre vielleicht das beste, Smittys Ruf öffentlich wiederherzustellen."

„Bist du sicher, daß es das ist, was du möchtest?"

„Am liebsten möchte ich, daß es nicht geschehen wäre. Aber da es geschehen ist, geht es um seinen guten Namen. Weißt du, ich mache eigentlich meine Mutter für all das verantwortlich. Sie hat mich gehätschelt, ich bin dankbar dafür. Aber bis zu ihrem Tod ist sie durch die Stadt gegangen: ‚Meine Tochter ist ein Engel, aber meine beiden Jungen' – Smitty und dein Vater – ‚sind ganz gewöhnliche Gauner!' Solche Worte einer Mutter hängen in einer Kleinstadt jahrelang in der Luft."

Wie er nun Lureen betrachtete, während sie Tee einschenkte, und an all die Erst- und Zweitkläßler dachte, die, gestärkt durch ihre sorgliche Aufmerksamkeit, aus ihrem kahlen Klassenzimmer hervorgegangen waren, konnte er nicht umhin, zu denken, daß seine Großmutter teilweise – und vielleicht auch ganz – recht gehabt hatte.

Er mochte Lureen so sehr, daß er wider Willen sagte: „Wenn du es dir anders überlegst und ich dir helfen kann, sag mir's."

Lureen schaute beiseite und dachte einen Moment lang nach. „Als kleiner Junge hast du am Daumen gelutscht, bis du sieben warst. Und der Zahnarzt hat gesagt, daß du deshalb einen massiven Überbiß hättest, und wenn du nicht sofort aufhören würdest, müßte man es durch einen chirurgischen Eingriff korrigieren. Weißt du noch? Es war im August, und du warst ein so verzweifelter kleiner Junge. Aber Smitty ist nachts bei dir gesessen, wenn du geweint hast, und hat eine Socke über deine Hand gestreift, und ist Nacht für Nacht aufgeblieben – eine Woche lang! –, bis du es geschafft hattest. Nacht für Nacht! Er hat keinen Tropfen getrunken, bis du durch warst. Die Leute, die ihn ins Gefängnis stecken wollen, wissen nichts von dieser Seite an Smitty."

Er fuhr dahin; über seine Gefühle für Tante und Onkel konnte er sich nicht klar werden, und so dachte er an seine frühen Tage mit Astrid – die Begeisterung, den Flirt, die explosiven Hormone, welche ihre Drüsen in die Körper pumpten, gefolgt an einem Mittag von Astrids Ankündigung, sie überlege es sich, Selbstmord zu begehen.

Später lehnte sie es wieder ab und sagte: „Selbstmord ist für mich viel zu eigentümlich. Das ist etwas, was Physikstudenten oder Mormonen machen sollten. Leute sollten das machen, über die wir wenig wissen, Schiffsmakler oder Risikoversicherer."

Sie waren beide so vergnügt gewesen, eingebettet in die Zeit. Joe konnte mit verbundenen Augen malen. Sie bewegten sich so rasch in Richtung ihrer Absichten wie Figuren in Zeichentrickfilmen. Er erinnerte sich, daß er gedacht hatte: das war prächtig, über alles Maß. Aber irgendwie war dann der Lack ab. Irgendwie wurde das Ganze irritierend. Astrid sprach nie wieder vom Selbstmord. Sie langweilte sich viel zu sehr, um Selbstmord zu begehen. Und sie beide hatten irgendeine Grenze überschritten, etwas lag hinter ihnen. Er konnte es nicht erwarten, Astrid zu sehen und zu versuchen, zu spüren, ob es stimmte, daß sie beide schon alles hinter sich hatten.

Er ging zu ihr hin, er hielt ihr Gesicht zwischen den Händen, beugte sich hinab und küßte sie sanft. „Ich habe nie aufgehört, dich zu lieben", sagte er.

„Ist ja toll", sagte Astrid. Joe spürte den Schmerz von aufsteigenden Tränen.

25 Ein Mann von der Bodenschutzbehörde kam morgens auf die Ranch, und Joe ging mit ihm auf den Berg, um ihm zu zeigen, wo er ein paar Sammelbecken und Rinnen für seine Bewässerung einbetonieren wollte. Der Mann stopfte sich ständig Kautabak hinter die Unterlippe und starrte in die Ferne, wo die Beifußprärie an das leuchtende Grün des Alfalfa grenzte. Er war vor kurzem geschieden worden, erklärte er, und war noch ziemlich neben der Mütze. Joe hielt es nicht aus. Er zählte doch darauf, daß dieser Mann eben jetzt für ihn die Wirklichkeit darstellte.

„Wir müssen die Gräben neu vermessen, weil es auf diesen ganzen Hügelkuppen dort das Gras wegsengt", sagte Joe. „Ich glaube, sie sind nie richtig gelaufen."

„Sie hat mich bis aufs Hemd ausgezogen", sagte der Mann vom Bodenschutz und schob sich den Mützenrand mit einem steif ausgestreckten Zeigefinger nach oben. „Sie hat mir einen roten Kombi und ein sauberes Paar Jeans gelassen, aus, dein treuer Vater. Den ganzen Tag mit einem Joint vor den Quizshows in der Glotze, und jetzt sagt dieser glatzköpfige alte Richter, sie kriegt die ganze Kiste."

„Verstehe, verstehe", sagte Joe abwesend und versuchte dann, auf sein Thema zurückzukommen: ein alterndes Alfalfafeld und einen Graben, der wegen des ganzen Gerölls leckte. „Die Sache ist die, ich muß da einiges ausbaggern und betonieren, das wird ziemlich teuer."

Ehe er hier ausführlicher werden konnte, sagte der Mann von der Regierung: „Wir übernehmen siebzig Prozent bei allen Bewässerungsprojekten, ob Sie nun purzeln, wargeln oder gegen die Decke scheißen, aber Sie müssen in die Stadt kommen und Formulare ausfüllen."

Joe hatte, was er wollte. Also übte er sich jetzt noch ein bißchen im Handauflegen, murmelte geläufig etwas über den, der im Leben Amerikas immer der Dumme ist. Der Beamte erklärte ihm, daß der kleine Mann, der seine Arbeit tat, keine Chance hatte. Sie gingen durch den Alfalfa hinunter, die weißen Blüten waren gerade aufgegangen, die Schatten bogen sich über die

Hochfläche. Ein Falke flog in gerader Horizontale durch den Raum auf einen Einzelbaum zu; kurz bevor er dort anlangte, stieß seine Flugbahn tief nach unten, und er stürzte auf seine Beute nieder.

Joes Vieh war eine so jämmerlich gemischte Herde mit so vielen verschiedenen Brandzeichen, daß es unerläßlich war, sie zusammenzutreiben und jedes einzelne Tier neu zu brandmarken. Der Brandzeichenkontrolleur gab ihm mehr oder weniger den Befehl. „Sie halten besser mal ein großes Brandzeichenfest", hatte er zu Joe gesagt, als er die Lieferquittungen durchgesehen hatte.

Joe brannte hundertunddreizehn Jährlingen am Sonntag sein Brandzeichen ein. Astrid war am frühen Morgen zu einer Tour durch den Yellowstone-Park aufgebrochen. Sie hatte vom Brandmarken gehört, und sie war entschlossen, sagte sie, sich so etwas im ganzen Leben nicht anzusehen. Zwei starke Jungen aus der Nachbarschaft, Ellens Neffen, kamen vorbei, um die Rinder festzuhalten. Joe arbeitete die ganze Zeit von seinem Wallach aus mit dem Lasso und genoß es, wie sauber Bill Smithwick das Pferd gezähmt hatte. Der alte Overstreet, den Plaidmantel über der Brust mit Sicherheitsnadeln zugesteckt, half Joe zum Zeichen wiederhergestellten nachbarlichen Einverständnisses, die gefangenen Rinder während des Markierens im Pferch festzuhalten. Aber Joe dachte daran, daß der alte Herr über Clara Bescheid wußte. Es machte Joe ein wenig beklommen.

Joe dachte: Ich war zu lange weg. Mir tun die Tiere leid. Ein großgewachsener Sechzehnjähriger mit einem roten Hemd, das zwischen den Schulterblättern ganz zerschlissen war, folgte den Kühen, die Joes Pferd wegschleifte, und nahm einen Vorderlauf, damit sie sich zügiger schleppen ließen. Der andere stützte ein Knie auf den Kopf des Rinds und bog ein Vorderbein weg. Der Sechzehnjährige saß auf dem Boden, umklammerte ein Bein und hielt das andere mit dem Fuß fest. Immerhin, sie kriegten einige Tritte ab. Der alte Overstreet setzte die Eisen an,

J-S, das Brandzeichen von Joes Vater. Wenn das qualmende Metall sich in das Fleisch der Rinder grub, streckten sie die Hälse lang und öffneten die Mäuler; ihre grauen Zungen fielen heraus, und sie brüllten. Joe konnte es kaum ertragen, wenn er auch keine Miene verzog. Der Sechzehnjährige löste Joes Lasso, und seine Mutter, eine stumme, grobknochige Frau von fünfzig, legte das Eisen an und gab den Rindern mit verrotteten Hufen oder entzündeten Augen eine Spritze. Es ging alles sehr glatt, in einer dichter werdenden Qualmwolke. Als alle Rinder in einem Pferch standen, ging der alte Overstreet — er sah mit seinem langen ausgefransten Mantel wie ein Leichenbestatter aus — mit seinem für diese Arbeit ausgebildeten Pferd rein und ordnete die ganze Herde.

Joe dankte seinen Helfern und ging zur Ranch zurück, um den Formularkram für das Bodenschutzamt zu erledigen, den Kostenbeteiligungsantrag. Über dem Tal hingen schwarze Gewitterwolken, gelegentlich funkte ein Blitz auf. Der Tag konnte rasch enden. Er machte ein Bier auf und trat auf die Veranda, um nach dem Wetter zu sehen. Das ist vielleicht heutzutage das beste, dachte er, was man noch mit einer Rinderranch anfangen kann: Man kann dort nach dem Wetter sehen. Er verfiel in einen Tagtraum. Die kalte Bierdose in der Hand, erinnerte er sich an eine alte Radiowerbung, die er vor Jahren in irgendeiner Stadt gehört hatte, eine Werbung, deren Text mit lautem, flockigem Geschrei kam: „*Jet Malt Liquor! Acts much quicker! It leaves you flying at thirty thousand feet!*" Mehr kann man von einem Bier kaum verlangen. Und jetzt kamen die Schmetterlinge von den Obstbäumen herübergeschwebt, Perlmutterfalter, Weißlinge. Kleine Botschaften von oben. Ein leichtes Leben, gemischte Gefühle. Es schien unerträglich, daß Astrid dies hier nicht genießen konnte. Ein Auto schoß weit hinter den Feldern auf dem Highway vorbei, eine große amerikanische Fahne flatterte an der Antenne.

26 Es hatte drunten im Süden Tage gegeben, erstaunlich lange und verläßliche Tage, die Tage, da Joe und Astrid ihre Wachsamkeit vergaßen – Tage, die um ganz Gewöhnliches kreisten. Die wundervollen Besuche in der Obst- und Gemüseabteilung des Supermarkts, wo man fürs Abendessen einkaufte – immer sprühte dieselbe fröhliche schwarze Frau einen Wassernebel über die Gemüseangebote, und es war wie auf einer angenehmen Gärtnereiplantage. Oder sie segelten zu den sumpfigen unbewohnten Inseln hinaus, trieben an den mit Vogelschwärmen bekrönten Mangroven vorbei, in deren kleinen weißen Blüten die Honigbienen schwärmten. Sie beobachteten die Touristen, welche Pelikane photographierten. Sie sahen den weißen internationalen Meereswolken zu, die auf südlichen Winden aus Mittelamerika ankamen.

Manchmal hatten sie spätabends, sich gegenseitig stützend, eine Bar verlassen, wo im hungrigen Nachtleben eine stumpfe, reflexhafte Kriminalität sich auftat. Keinen Plan zu haben, im gelassenen Dunkel, zwischen papiergleichen Blumen, die sich bei Sonnenuntergang öffneten, schien alles, was man begehren konnte. Er hatte gewollt, daß Astrid ihn verstünde. Der Gedanke, daß er sie vielleicht nicht haßte, machte ihm Angst. Dieser Schmerz schien ganz körperlich. Er hatte begonnen, sich Astrid bei Tag und Nacht vorzustellen. Er hatte begonnen, sich furchtbare Sorgen um ihr Wohlergehen zu machen. Es war schrecklich. Er fing wieder zu rauchen an.

Aber es kam die Zeit, wo das alles ungesund schien. Sie zogen sich nach Green Turtle Cay zurück. Da trafen sie einen Landvermesser aus Ohio mit einem geliehenen Boot, der vom Sturm an den Strand geworfen worden war. Sie schickten die handgemalten Postkarten, die es zu kaufen gab, an alle, die sie kannten. Sie gingen zu jeder Tageszeit den Strand entlang, und sonntags standen sie vor den Kirchen, um die Gemeinde singen zu hören. Von der Anhöhe mit dem Telegraphenamt konnten sie die Jachten an der Küste von Great Abaco entlangfahren sehen, sahen das regelmäßige Hin und Her der Fähre und das periodische Anlegen des Tomatenfrachters. Mittwochs konnte man dem fabelhaft bizarren Tauchunterricht hinter dem Urlauberhotel zusehen. Bei Kokosnußpalmen oder Obstbäumen, die sich als zuverlässig erwiesen hatten, waren Sprossen an die Stämme genagelt. Jeden Tag wurde das Schwimmen wichtiger. Joe wollte zum Sex im Bungalow bleiben, aber Astrid wollte ein paar Meter hinauspaddeln, um mit der großen Tiefe Verbindung aufzunehmen. Schließlich drohte es ihnen den Urlaub zu verderben, und sie fuhren zurück.

Joe machte es sich zur Angewohnheit, einmal am Tag seine Jährlinge durchzusehen. Sie standen ziemlich verstreut, und er brauchte immer den ganzen Morgen. Aber es machte ihm Spaß, sein Pferd im Dunkeln zu satteln und dann bei Tagesanbruch schon unterwegs zu sein, um die Rinder zu zählen und zu kontrollieren. Dahinter stand die Einsicht, daß er sich Verluste durch Todesfälle wirklich nicht leisten konnte. Das Land hatte einige trockene Jahre hinter sich, die Anzahl der Rinder hatte im ganzen Staat abgenommen, und im Mittleren Westen hieß es, Heu und Futter seien teuer wie noch überhaupt nie. Falls nicht irgend jemand herumspielte und die Warentermincracks alles bis zur Unkenntlichkeit ummanipulierten, würden, dachte sich Joe, seine Rinder im Herbst recht wertvoll sein.

Das große Vergnügen war das Gras, wenn er hindurchritt: die Bewegung des Windes auf seiner Fläche, der blendende Sonnenaufgang über seinen Ozeanwölbungen. Wenn die volle Tageswärme da war, nahm das Land mit seinen Kühen, Grashalmen und Falken eine summende Vitalität an, und Antilopen verschwanden wie Schatten aus dem Augenwinkel. Joe ritt jedesmal in mindestens einen Schwarm Rebhühner, die um sein Pferd brausend aufflatterten. Nach dem ersten Schrecken warfen sich die kleinen ziegelrot-grauen Hühnchen wieder auf eine Hügelflanke und fraßen fort. Joes Pferd beobachtete sie genau, dann lief es weiter. Anstatt irgendwo zu sitzen und auf den Luftzug durchs Fenster zu warten, war Joe dorthin gegangen, wo der Luftzug herkam.

Als er eines Tages auf der Suche nach dem Ursprung einer

kleinen Quelle in eine Senke schritt, spürte er etwas in dem brusthohen Gras und Speierlinggestrüpp. Er hielt inne, um zu lauschen. Er blickte direkt nach oben in die Helle der Nachmittagssonne, als sich etwas regte. Plötzlich sprangen zwei Zimtbärenjungen auf in das gleißende Licht und versuchten mit hin- und herschwankenden Köpfen seine Witterung aufzunehmen. Als Joe begann, zurückzugehen, wie er gekommen war, hob sich die Bärenmutter auf ihre Keulen und schwang die Schnauze im Halbkreis. Die Sonne hinter ihr entzündete den Umriß ihres Fells zu einem silbernen Schleier. Die Jungen eilten an die Seite ihrer Mutter, und die drei gingen zur Quelle hinauf und verschwanden im Gesträuch. Joe war außer Atem. Er konnte sein Glück nicht glauben; solch ein Geschenk.

Die Jährlinge nahmen sichtbar zu. Joe isolierte die Rinder mit chronischem Rotauge oder rottenden Hufen, bis er sie geheilt hatte und wieder zur Herde ließ. Es gab alles in dieser bunten Mischung von billigem Vieh: schwarze Rinder, gefleckte, Herefords, Charolais, ein paar Simmental-Kreuzungen. Machte nichts. Er und Lureen hatten die Kosten niedrig gehalten, und wenn die Bremsen und Viehfliegen die Jährlinge später nicht in die Zäune trieben, sollte alles in Ordnung gehen.

Die meisten der Rinder standen in den nach Norden gehenden Bachbetten, wo der Schnee bis tief ins Frühjahr noch liegengeblieben war. Noch eine Meile Richtung Yellowstone, und das Land endete und wildes Gelände mit kurzem Gras begann, von jahreszeitlich austrocknenden Wasserläufen und Pappelständen durchzogen. Hier fand Joe bei drei verschiedenen Gelegenheiten sein Tor offen – ausgehängt und zu Boden geworfen. Er hatte so ein Gefühl, daß Billy Kelton vorbeigekommen war. Glücklicherweise fanden die Rinder das Loch nie.

Astrid bekam Magenschmerzen, und ihre Erkrankung dauerte immer weiter an. Beide wurden langsam nervös, und schließlich schlug Joe vor, daß sie in die Stadt fahren und einen Arzt im Krankenhaus konsultieren sollte. Sie war seit ihrer Ankunft nicht besonders gut beisammen gewesen. Es hatte gerade niemand Dienst, und schließlich blieb sie über Nacht im Krankenhaus.

Joe schlief schlecht und malte sich das Schlimmste aus. Er holte sie gleich früh am Morgen ab. Sie winkte anderen Patienten, mit denen sie bekannt geworden war, durch die Zimmertüren zu. In einem Raum tanzte ein alter Mann wild umher, ein Lächeln auf den Lippen. „High ohne Drogen", sagte Astrid, als sie an seinem Zimmer vorbeigingen. Eine andere Patientin, eine Frau über achtzig, war in einem Rollstuhl neben dem öffentlichen Telephon abgestellt und stehengelassen worden. Sie starrte auf einen fixen Punkt vor sich, und ihre Augen bewegten sich nie, wenn Leute vorüberkamen. Man konnte nicht erkennen, ob sie noch am Leben war. „Diese Frau fällt keine Urteile", sagte Astrid, als sie entschlossen auf das Sonnenlicht zumarschierte. Joe hielt ihren Ellbogen mit einer Hand und geleitete sie den Bürgersteig hinunter, vorbei an den kleinen, hier und dort hingetupften Fingerkrautbeeten in der kühlen gelben Sonne. „Ich kann's dir gar nicht sagen", sagte sie. Joe fühlte die befreite Erleichterung in ihrem zitternden Seufzen. „Wär das nicht was, wenn wir jetzt direkt zum Ozean gingen? Für viele von den Leuten war das Endstation. Ich hab's gespürt. Ich hab die Zeit gespürt, die wir vergeuden."

Joe mußte den Lastwagen konzentriert steuern. Die Sonne schien durch die Windschutzscheibe und ließ es heiß werden im Führerhaus; die Lüftung zischte über den Klängen des Country-and-Western-Senders.

„Hast du mit jemand geredet?" fragte Joe. Auf der Rechnung, die er im Krankenhaus beglichen hatte, hatten eine Menge Telephongespräche gestanden.

„Ich hab gestern abend ein paar Leute angerufen. Dann hab ich aufgehört. Die wollten hierher hirschen und mir die Hand auflegen."

„Gibt's was Neues?"

„Patti und G. J. haben sie mit Hasch geschnappt."

„Nicht überraschend", sagte Joe.

„Mark Perkins hat einen Sportfischer bei der Drogenbootauktion des FBI gekauft. Soll ein Schnäppchen sein."

„Was hat der Doktor denn nun gesagt?"

„Er sagt, ich hab eine Kolitis. Er sagt, das kommt vom Streß. Es gibt da so ein Kortisonzeug, aber ich hab gesagt: Vergessen wir's, ich will versuchen, an die Ursachen ranzukommen. Leicht gesagt. Joe, ich hab hier nichts verloren."

Joe starrte reglos auf den Punkt über der Straße, wo alles blau wurde.

„Du wirst bald sehen, was das alles hier soll."

„Deshalb bin ich gekommen."

„Bist du okay?"

„Ich weiß nicht."

Am Ende der Straßen, die zu den kleinen Ranchen führten, standen die Leute an ihren Briefkästen und sahen die Post durch. Als Joe und Astrid beinahe zu Hause waren, stießen sie auf eine Schafherde, die auf der Straße umherrannte. Ein alter Mann mit langem weißem Bart folgte den Schafen auf einem alten Pferd; seine Hunde liefen hin und her und hielten die Herde zusammen. Ein jüngerer Mann, der am Rand der Schafherde ging, sah Joe und kam herbeigerannt. Er schwenkte den Arm, daß Joe ihm folgen sollte, und ging zu dem Meer von Schafen hinüber, wo sein Weitergehen einen Kanal, so breit wie die Straße, durch die Wollsee entstehen ließ. Joe schaffte es gerade, hindurchzufahren, ehe die Schafe sich wieder hinter ihm schlossen, und eine Minute später war er hinter der Herde und fuhr mit normaler Geschwindigkeit weiter. Astrid sah lächelnd zu. Man konnte nie wissen, was Astrid gefallen würde.

Sie fuhren auf den Hof der Ranch. Der Hund zog sich zu einem Wacholderbusch zurück und starrte gleichgültig her. Joe sprang aus dem Laster, ging vor die Kühlerhaube und schaute Astrid durch die Windschutzscheibe an. Joe hatte das Gefühl, daß sie jahrelang weggewesen war.

Er breitete die Arme aus: Willkommen. Ein unglaubliches Lächeln verzog ihm das Gesicht. Astrid zündete sich eine Zigarette an und schob die Lüftungsklappe auf, während sie Joe beobachtete.

„Baby, wir sind zu Hause!“ rief er.

Er meinte, das Schmerzgefühl seiner Liebe zu Astrid sei mehr, als er ertragen könnte.

27 Joe verabredete sich mit Smitty im Restaurant des Bellwood-Hotels und besorgte einen separaten Tisch. Vom Foyer aus hatte er Smitty in einem Cadillac vorfahren sehen. Der Wagen war so erstaunlich und hatte eine solche Macht, jedwedes folgende Gespräch zu unterminieren, daß Joe eilig ins Restaurant zurückging, damit Smitty nicht wissen konnte, daß er ihn gesehen hatte. In dieser Kleinstadt war ein neuer Cadillac ein Gegenstand von beinahe übertriebener Pracht und Bedeutsamkeit und hatte die Wirkung eines Kreuzfahrtschiffes auf entlegene Eingeborenendörfer. Joe befürchtete, daß Smitty seinem neuen Vehikel nicht ganz gerecht werden könnte und unter Joes Blick mutlos aus seinem Inneren hervorschleichen würde.

Aber Joe täuschte sich. Smitty erschien in der Tür zum Restaurant, faßte die Kellnerin kokett ans Kinn und schwenkte den ledernen Schlüsselhalter in Joes Richtung. „Na, Joe, mein Junge", rief er, während er auf ihn zusegelte. „Bin ich zu spät dran?"

„O nein, Smitty, du bist nicht zu spät dran. Du bist pünktlich."

Smitty hängte sein Jackett über die Stuhllehne und setzte sich energisch hin. „Nun, wen muß man hier ficken, daß man einen Drink kriegt?" erkundigte er sich und ließ seinen Blick zu dem massiven Elchhaupt über dem Eingang zur Küche wandern. Eine Kellnerin kam vorbei, und Smitty hielt sie mit einem Grinsen an. „Mein Neffe und ich möchten zweimal Sarsaparilla." Die Kellnerin nahm die Bestellungen auf, und als sie weg war, sagte Smitty: „Es gibt etwas am Trinken, ich gebe zu, es ist nicht viel, was ich wirklich genieße. Ist das nicht erstaunlich? Nach all den Jahren? Etwas an dieser Krankheit, was ich nicht geändert sehen möchte." Dieser Augenblick nahm Joe beinahe allen Wind aus den Segeln. Als die Drinks kamen, hielt Smitty sein Glas Sour Mash gegen das Licht und sagte: „Du kannst dir nicht vorstellen, was ich hier vor mir sehe. Ich sehe kein Folterinstrument. Ich sehe etwas, goldener als der Schmuck in thebanischen Gräbern. Ich weiß, daß es mich am Ende umbringen wird, aber ich sehe das reinste, unbezahlbarste Ambra der arktischen Wale, das Kronjuwel, den Topf Gold am Ende des Regenbogens. Macht es mir Sorgen, daß ich in jämmerlichem Elend sterben werde, zu Tode geschüttelt vom Delirium? Ehrlich gesagt: *Im Augenblick nicht.* Es ist die Schwäche eines starken Mannes."

„Ich war bei der Versicherung", sagte Joe. „Wir müssen uns mit denen einigen."

„Warum?"

„Weil du ins Gefängnis kommst, wenn sie bei ihrer Anzeige bleiben. Die Versicherungsgesellschaft zahlt auf keinen Fall. Lureen wäre unglücklich ohne dich. Und es ist nicht üblich, daß im Gefängnis Cocktails serviert werden."

„Was glaubst du, Joe?"

„Ich glaube, daß du schuldig bist. Lureen ist deine Trumpfkarte."

„Deine auch, Joe."

„Wohl doch nicht."

„Nein? Wem gehört die Ranch?"

„Mir."

„Tatsächlich?" sagte Smitty. „Hör mal, ich hab deinen Vater gut gekannt, und ich bin da ganz und gar nicht überzeugt davon. Er hat dich nicht besonders leiden können, mein Freund." Smittys unglaublich faltenreiches, fast orientalisches Gesicht riß in lautem Gelächter auf, Joe dachte an das Wort „Dynamit", wie es vor ein paar Jahren verwendet worden war. Smittys Gelächter war Dynamit, aber andererseits hatte es auf Joe die Wirkung, daß er gerne Smitty eine Ladung Dynamit untergeschoben hätte. Er war es müde, Smitty begreifen zu wollen. Im Fernsehen hatte er vor kurzem eine Selbsthilfegruppe von Kindesmißhandlern gesehen. Es war anscheinend so, daß die Gesellschaft ihr Bedürfnis, Kinder zu schlagen, nicht begriff. Es wurde immer schwieriger, für etwas Verständnis zu haben. Es war schon immer schwierig gewesen, aber jetzt war das Problem fast unlösbar weit fort. Smitty war zu liebevollen Handlungen fähig, wie er gehört hatte; aber der große Wunsch, der Smitty umtrieb, war es, seine Schäfchen ins Trockene zu bringen. Es war schwierig, Smitty ganz zu verstehen und nicht die Hoffnung zu haben, daß das Dynamit seines Gelächters ihm ins eigene Gesicht explodierte.

„Ich möchte dich mal was fragen, Smitty. Hast du das Geld für die Krabben mit der Ranch als Sicherheit geliehen?"

„Das hab ich", sagte er schlau.

„Und ist noch was da?"

„Nicht viel!"

„Verstehe." Es mußte ein großes Jahr für den Viehzüchter werden. Ein Jahrhundertjahr.

„Und ich nehme an, es macht dir nichts aus, einzuräumen, daß die Versicherungsgesellschaft gewisse Gründe zur Unzufriedenheit hat."

„Kein Problem."

Natürlich, dachte Joe, seien wir ehrlich: Smitty hatte Joes Anspruch auf die Ranch bestritten. Joe wußte nicht genau, ob ihm das etwas ausmachte oder nicht, aber er wußte, daß es das sollte. Und verdammt noch mal, es war nicht Smittys Entscheidung. Andererseits sackte Smitty, als der Alkohol nun einschlug und honigsüß durch seinen Kreislauf jagte, zu leerem Brüten zusammen und befand sich in weiter, satter Ferne, wo er zu nichts mehr eine Meinung hatte. Joe hatte sein ganzes Leben Alkoholiker um sich gehabt, aber er hatte den Alkoholismus nie begriffen. Für ihn war das Trinken etwas Angenehmes, ohne Dringlichkeit; er hätte sich nie gegen die Prohibition zur Wehr gesetzt. Es kam ihm einfach nicht darauf an, im Gegensatz zu seinen Eltern oder zu Smitty, jetzt auf dem Weg ins Elysium.

Als Smitty wieder zu sprechen begann, setzte er gewählt seine wohlklingenden Worte. „Ich wußte beim Verlust der Pacht", sagte er, „daß etwas geschehen mußte. Und du warst derjenige, der es tun mußte. Ich wußte ebenfalls, daß es rein technisch gesehen nicht notwendig war, daß Lureen und du euch mit mir abstimmt —"

„Du warst sehr beschäftigt mit dem Krabbengeschäft —"

„– aber ich gehöre zur Familie und würde gern über diese Dinge unterrichtet sein."

„Du wirst es."

„Unsere vitalen Interessen sind nun miteinander verbunden, zumindest gefühlsmäßig, und wenn ihr Rinder kauft mit der Ranch als Sicherheit, sollte ich das erfahren."

„In Zukunft wird das so sein."

„Und wenn ihr diese Rinder verkauft –"

„Ja."

„Dann sagt es mir."

„Das werden wir."

„Ich würde gerne diese Rinder zur Auktion begleiten."

„Du kannst den Verkauf selbst abwickeln", sagte Joe voll Mitgefühl beim Anblick von Smittys zuckendem Gesicht, den wäßrigen blauen Augen, die um einen Hinrichtungsaufschub zu flehen schienen. „Wenn wir diese Rinder von der Weide runtergetrieben haben, dann hab ich alles getan, was ich konnte."

Smitty hatte den Nagel seines rechten Zeigefingers auf den Rand des Glases gelegt. „Wann etwa?" Erst jetzt ahnte Joe Smittys Absichten genauer.

„Fünfzehnter Oktober", sagte Joe. Es war jetzt niemand mehr sonst im Restaurant; die beiden saßen in seiner hellen Leere wie in einem großen Bahnhof am Rand einer einsamen Gegend. „Lureen und ich", sagte Smitty versonnen, „ich weiß auch nicht. Unsere Mutter war eine Heilige, eine ungekrönte Heilige. Und unser Vater. Hm. Ein Mann, der rasch die Geduld verlor, mit einem weißen Pünktchen im Auge. Irgendwie blind war er auf dem. Er hat deinen Vater verdroschen, bis er grün und blau war. Sollte einen Mann aus ihm machen. Was soll das eigentlich heißen?" Joe wußte es nicht. Er dachte im Grunde nicht über die Frage nach. Er hatte soeben die Vorahnung einer Katastrophe gehabt.

28

Als Joe heimfuhr, wanderten seine Gedanken ein Jahr oder so zurück, und wie zum ersten Mal sah er Astrid vor sich, ihre große, echte Schönheit, die eigenartige Eleganz jeder ihrer Bewegungen, das Geheimnisvolle, das sie einem genetischen Reservoir jenseits des Golfstroms verdankte, des traurigsten aller Flüsse, wo einige der interessantesten Rassen des Planeten zusammen in den Zuckerkessel gefallen waren. Als er die kleinen Viehtransporter überholte, fragte er sich, ob er sich da richtig erinnerte, an Astrids Aura, wenn es das war, ihre Faszinationskraft, ihre Gegenwart, und ob das noch da war, nach dem inzwischen Geschehenen.

Als er auf den Hof fuhr, schlug Astrid mit einem Stecken Äpfel vom Baum. Sie hörte auf und lehnte sich auf den Stecken, um zuzusehen, wie er ausstieg. Er sah sie an. Es war noch da.

Astrid fühlte sich anscheinend nicht schlecht. Joe mußte sich auf den Standpunkt stellen, daß Streß und Kolitis weg waren und daß sie sich wohler fühlte. Sie unternahm sofort den Versuch, das Haus ganz zu bewohnen, es neu zu ordnen und zu dem ihren zu machen. Dies versetzte Joe in eine angenehme Stimmung, und er war es zufrieden, nach ihren Anweisungen Möbel hin und her zu tragen und sogar Tische und Schränke abzustauben, und die Lamellen der Jalousien. Astrid war in einem konventionellen Haushalt von kubanischen Emigranten in Florida großgeworden und hatte, wie üblich, ihre *quince* in einem jener nuttenhaften Netzstrumpfkostüme gefeiert, bei denen man meint, die Eltern würden nun die Töchter auf den freien Markt geben. Ihr Leben hatte bis dahin nichts als ein normales Ehefrauchen in spe aus ihr gemacht, aber eine amerikanische High School und vier Jahre Gainesville hatten sie in die Zukunft geschleudert. Ihre Latina-Herkunft war ein romantischer Zug ihrer Karriere vom Hippie-Kamikaze zu einer Göttin der Nächte Floridas. Angelsächsische Mädchen schienen sich in ihrer Gegenwart immer sehr hygienisch und anästhetisiert vorzukommen. Astrid gefiel das. Sie nannte sie „weiße Frauen“. Jetzt saß sie hier in der Prärie und versuchte, über ein gebrochenes Herz hinwegzukommen. In Kürze würden beide auf Rente sein und mit wackelnden Gebissen Maiskolben benagen. Wenn es die Reinkarnation gibt, dachte Joe, möchte ich als kleine Stechmücke wiederkommen.

Sie setzten sich gleich nach Sonnenuntergang zum Abendessen. Kojoten kamen nahe an den Hof und heulten sich an. Astrid stellte die Schüsseln auf den Tisch: schwarze Bohnen, gelben Reis, Huhn. Joe zündete die Kerzen an. „Das sind wohl deine Kojoten?“ fragte Astrid, als der jüngste Aufruhr vor den Fenstern verklang. Joe nickte. „Weißt du“, sagte sie, „irgendwie fange ich an, das hier nicht schlecht zu finden.“ Sie schaute weg. „Irgendwie.“

„Gut“, sagte Joe und schaute hingerissen auf das tropische Essen.

„Aber dieses Land, das ist die große Liebe deines Lebens, was?“

„Könnte man sagen.“

„Die Berge?“

„So besonders mag ich die Berge nicht“, sagte Joe.

„Du magst das ganze andere Zeug. Das Zeug, das nach gar nichts aussieht. Die Prärie.“

„So isses.“

„Und warum? Weil du dich dabei so groß fühlst oder weil du dich dabei so klein fühlst?“

„Mensch, Astrid, wie soll ich das wissen? Man mag die Dinge doch nicht unbedingt im Hinblick darauf, wie groß oder klein man sich dabei vorkommt.“

„Nun gut“, sagte Astrid. Joe schaute ihr blendendes und übermütiges Lächeln an. Er fühlte seinen schnellen Puls.

„Was für ein Essen!“ sagte Joe. „Als wären wir gar nicht fort.“

„Du bist fort“, sagte Astrid.

„Wohl.“

„Ich bin dir gefolgt.“

„Das war sehr lieb von dir.“

„Weil du meinen Wagen gestohlen hast.“

„Ja …“

„Und weil du mich gehaßt hast“, sagte Astrid.

„Du bist mir gefolgt, weil ich dich gehaßt habe?“

„Mich genug gehaßt, um mir etwas zu stehlen.“

„Ach, da wollen wir nun doch nicht übertreiben. Ich mußte nach Hause, und einfach den Greyhoundbus zu nehmen, das war nicht mein Stil. Könnten wir nicht dieses schöne Essen beenden, ehe wir mit diesem Thema weitermachen?“

„Kannst du nicht gleichzeitig hassen und essen?“ fragte Astrid.

„Ich kann's, wenn ich muß.“

Sie waren fast fertig. Die üppigen Speisen ließen einen schönen Glanz auf den Tellern zurück.

„Ich frage mich, ob Sex irgendwie im Bereich des Möglichen läge“, sagte Astrid. Joe fühlte eine plötzliche Anspannung in der Magengrube.

„Das hängt eigentlich von dir ab, ich –“

„Mein Gott, Joe, du bist schon steif!“

„Nicht sehr lange, Liebling.“

Astrid bedeckte ihr Gesicht mit den Händen und stieß ein kubanisch-kojotisches Gelächter höchster Heiterkeit aus. Als sie still war, ließ sie ihren Blick wieder zu ihm hingehen.

„Immer noch da.“

„Astrid.“

„Die legendäre ungehörige Ausbuchtung“, sagte Astrid. „Wir werden ganz vorsichtig sein.“

„Schau her!“ rief Joe, als er aufstand und auf seine Hose deutete. „Jetzt ist es weg!“

Joe begann den Tisch abzuräumen. All diese Scherze gefielen ihm nicht. Er spülte das Geschirr ab und dachte, wie ungern er sich in die Haushaltsarbeit teilte. Und er hatte schon lange entschieden, daß es einfacher war, zum Essen auszugehen, als Dankbarkeit für ein Mahl zu Hause zu zeigen. Er würde es lieber alles selbst machen, oder jemand anders alles allein machen lassen, während er etwas völlig Verschiedenes, aber Ergänzendes und Nützliches tat. Es würde ihm nichts ausmachen, sich um Astrid zu kümmern, aber er zog es dann vor, alles zu machen.

Ganz allgemein entsetzten ihn Zweierteams: Butch Cassidy and the Sundance Kid, Bonnie und Clyde, die Reagans! Er sah sich um, und überall gab es nur diese Duos. Es war, als bräuchte man eine neue Lesebrille – die Welt war ganz verwirrt durch diese Duos und durch Leute, die versuchten, nebeneinander zu kochen.

Als Joe Astrid ins Schlafzimmer folgte, hatte sie sich schon ausgezogen und war auf der Bettdecke ausgestreckt. In einer Ecke stand eine kleine Lampe mit Wüstenlandschaften auf dem Schirm, die nur wenig Licht gab. Er zog sich aus und legte sich neben sie. Er legte seine Hand auf sie, und sie schloß die Augen. Das Licht schien zu flackern, als er die Nässe um seine Finger zu spüren begann. Sie schlug die Beine auseinander. Er hörte, wie die Kojoten wieder loslegten. Er glitt hinab zwischen ihre Beine und schob seine Zunge in sie hinein. Als er sich wieder hinaufbewegte, sagte sie: „Sie dürfen jetzt hereinkommen", und er tat es. Sie drückte sich empor und erschauerte; er dachte manchmal, daß sich die Lateinamerikanerin in Astrid durch die Empörung in ihrem Orgasmus offenbarte. Dann kam es ihm, und es war plötzlich beinahe unmöglich, sein lastendes Gewicht nicht auf sie pressen zu lassen, das Gefühl einer äußerlichen Kraft, die ihn benutzte und dann verließ.

„Ich hab wieder Hunger", sagte Joe nach einer Weile.

„Richtigen Hunger?"

„Auf was Kleines."

„Mach Toast. Im Fridge stehen Marmeladen."

„Ich liebe das Wort ‚Fridge'. Frigidaire."

„Mach mir auch einen."

„*Like a fridge over troubled waters*", sang Joe.

„Wie kannst du so glücklich sein mit jemand, den du haßt?"

Joe betrachtete den Toaster mit seiner erstaunlichen Automobilform und den geheimnisvollen schwarzen Schlitzen, aus denen nun ganz zarter Rauch von den Toastscheiben drinnen aufstieg. Er schaute die glitzernden Reflexe auf dem Toaster an und fand kleine, gekrümmte Einzelheiten seines Hauses. Als der Toast hochsprang, bestrich er ihn mit Butter und Erdbeermarmelade. Er ging ins Schlafzimmer zurück. Alle anderen Frauen, die er kannte, langweilten ihn jetzt.

„Du solltest eine Hose anziehen", sagte Astrid, „wenn du was zu essen servierst."

„Allen kann man es nicht recht machen."

„Er wackelt hin und her."

„Es kann keine Rede davon sein, daß er ‚hin und her wakkelt'."

Er ging zum Fenster, um den Vollmond anzuschauen. Alles war so klar, daß es schien, als stünde er draußen mit dem Mond. Die Sterne waren in großen leuchtenden Flecken zu sehen, wie die Gischt einer stürzenden Welle. Darunter lagen die Wölbungen der Prärie. Joe aß seinen Marmeladentoast am Fenster und schaute hinaus. Er fand nicht, daß es den Menschen klein erscheinen ließ, wenn man die Weite der Natur sah. Ich stehe jetzt einfach da, dachte er, vom Samen entleert, mein Hirn in den Sternbildern.

„Ich weiß nicht, ob ich dir das je erzählt habe, Astrid", sagte Joe und drehte sich wieder zum Bett hin. „Aber ich war damals ein verdammt guter Golfjunge. Ich hab sie mit sechzehn alle unter mir gehabt, die ganzen Caddies. Die großen alten Golfschlägertaschen aus Leder, rechts und links. Fast alle von den Golfern haben mich die Schläger aussuchen lassen. Selbst hab ich nie gespielt. Ich hab fürs College gespart. Mein Vater konnte es sich zwar leisten, mich aufs College zu schicken, aber mit seiner Trinkerei war er so unberechenbar geworden, daß ich nicht wußte, ob er's beieinander haben würde, wenn ich dann dran war. Und tatsächlich hat's ihn dann mit einer Erschließungsgesellschaft auf die Schnauze gehauen, und ich war froh an meinem Caddygeld. Einmal hab ich versucht, ihm zu helfen. Er war so ein guter Mann, wenn er nüchtern war, daß ich dachte, er könnte keine Ahnung haben, wie er sich aufführte, wenn er trank. Also hab ich ein Tonband gekauft und den Abend mit ihm verbracht. Er ist noch mehr durchgedreht als sonst. Am anderen Tag, er hatte noch seinen Kater, da hab ich das Tonband in sein Schlafzimmer getragen, hab's auf die Kommode gestellt und voll aufgedreht. Es hätte eigentlich funktionieren müssen, die Theorie war durchaus diskutabel. Aber tatsächlich den Klang seines eigenen Geschreis und Gemaches zu hören, war zuviel für ihn. Er brüllte. Er schmiß das Gerät kaputt. Er warf mich aus dem Haus. Nicht lange danach hat er sich zu Tode getrunken. Möglicherweise war das auch seine Absicht. Manchmal denke ich: Ich habe meinen Vater mit seiner eigenen Stimme umgebracht."

„Wie sind wir auf dieses Thema gekommen?"

„Ich hab die Sterne gesehen und mich gefragt, ob meine Leute da draußen sind."

„Verstehe."

„Und alle Sorgen los."

Joe kroch unter die Decke zu Astrid. Er drehte das Radio neben dem Bett an. Ein Mann beschrieb seinen Besuch in der großen Einkaufspassage in Edmonton, Alberta. Joe lag neben Astrid und dachte in ihrer gemeinsamen Wärme über dieses Einkaufszentrum nach. Der Mann fand sich nicht in der Lage, die Größe dieser Ladenpassage seinen Hörern begreiflich zu machen. Er hatte sich in einem Herrenmodengeschäft ein Hemd ausgesucht, das ihm gefiel. Er ging dann aus dem Laden, um sicherzugehen, daß es nicht noch ein anderes Hemd in einem anderen Laden in einem anderen Teil der Passage gab, das ihm vielleicht noch besser gefallen könnte. Er kam zu dem Schluß, daß es das ursprüngliche Hemd war, ein blaues Hemd im Westernschnitt mit Druckknöpfen, welches er doch den anderen vorzog (viele andere sehr hübsche Hemden — über Geschmack läßt sich nicht streiten!), die er gesehen hatte. Aber die große Einkaufspassage in Edmonton, Alberta, ist so groß, so labyrinthisch, daß er den Laden, der das von ihm bevorzugte Hemd verkaufte, nie mehr wiederfand! Frage an unsere Zuhörer: Kann denn ein Einkaufszentrum irgendwie *zu* wundervoll und *zu* groß sein? Insbesondere: übertrifft die große Einkaufspassage von Edmonton, Alberta, alle unsere Erwartungen in solchem Maße, daß wir nicht mehr damit zufrieden sind? Gleich machen wir weiter im Programm.

Joe und Astrid schliefen.

29

Joe fragte sich, woher wohl diese ruhigen Phasen kamen. Viele hatte es nicht gegeben davon. Einmal hatte er eine gehabt, die den ganzen Winter lang im Hotel Dixie in New York gedauert hatte. Er hatte gemalt, hatte eine hübsche Zimmerpflanze gehabt, Freundinnen, keine Laster, Kunden, Eintrittskarten zu Boxkämpfen und Musicals, überraschende Bekanntschaften. Dann schlug das Heimweh zu. Die Pflanze, die so freundlich gewirkt hatte, verwandelte sich über Nacht in widerliche Treibhausscheiße. Plötzlich war er täglich bekifft. Die Freundinnen waren Reptilien! Wenn sie sich liebten, bemerkte er nur noch ihre furchterregenden Schatten an der Decke, welche die Straßenlampe vor dem Fenster warf. Die Boxkämpfe, Musicals und Bekannten waren zum Verrücktwerden gleichförmig. Ein Teil seiner Arbeit schien sinnlos, gleich, wie erfolgreich sie war. Er versuchte sogar, die weißen Berge wieder einzufangen. Die Phase der Ruhe löste sich auf, und seine Wanderungen begannen von neuem. Er hoffte, daß sein gegenwärtiger Zustand nicht auf dieselbe Weise verschwinden würde.

Die Rinder sahen so gut aus, im Gras verstreut, und die Quellen flossen so reichlich, daß Joe aus reinem Stolz einmal mit Lureen herumfuhr, im Lastwagen über die Weiden, wo man die Atmosphäre eines erneuten Wohlstandes spüren konnte. Sie sah verhärmt zur Ranch hinüber, das Gesicht ganz unten im Fenster des Lastwagens.

„Wieviel werden wir für sie bekommen?" wollte Lureen wissen.

„Wir werden's sehen, wenn wir auf den Markt kommen."

„Aber sie haben es mir doch immer schon vorher gesagt. Ich könnte einfach diesen netten Mr. Overstreet anrufen, er würde es mir sagen."

„Das war während der Pacht, Lureen. Die Rinder haben uns nicht gehört. Und Mr. Overstreet ist nicht so, wie du meinst."

„Ich weiß auch nicht", sagte sie. Sie fuhren weiter, an dem Schafhirtendenkmal vorüber zu den niedrigen Felsen, die zu den Crazies hinschauten. Ein paar Stück Vieh hatten sich in der

Mittagshitze im Gestrüpp verlaufen, und ein Kojote bewegte sich von ihnen weg, alle paar Meter innehaltend, um zurückzusehen. Der Lastwagen mühte sich im ersten Gang, und Lureen hielt sich mit beiden Händen am Sitz fest. Zwei Kurzohreulen strichen auf der Suche nach Mäusen über den Beifuß, und auf einem fernen Hügel stand auf der Kuppe eine Reihe Antilopen gegen den Himmel gezackt. Was will ich damit sagen, fragte sich Joe. Daß es mir gehört? Die Eulen schwenkten auf den Lastwagen zu, die blassen flachen Gesichter zu Boden gewandt. Ihre Flügel schlugen stetig, und sie bewegten sich mit der Geschwindigkeit eines Fußgängers voran.

„Ich hätte drauf verzichten können", sagte Lureen. „Dein Vater hat mich drangekriegt, als er es mir in die Hände gegeben hat. Im Grunde hab ich's nie haben wollen. Ich hab mein ganzes Leben gearbeitet. Ich wollte mich nicht noch zu etwas drängen lassen. Dann hatte Smitty so viel Pech. Der Krieg hat ihm weh getan. Der Krieg hat Smitty beinahe umgebracht. Und ich mußte ihm helfen, mehr, als ich ohne das Land hätte können."

„Weiß Smitty, daß der Krieg vorbei ist?"

„Ich kann's wirklich nicht sagen."

„Was will er, Tante Lureen?"

Sie dachte nach. Sie schaute durch die Windschutzscheibe auf das Land, das Joe so gut gefiel. Das Land schien unter ihrem Blick einzutrocknen, die Quellen zu versiegen, der gleichmäßige Wind schien aus allem das Leben davonzutragen.

„Ich glaube, Smitty wäre lieber irgendwo, wo ihm wärmer wäre. Er denkt oft daran, wie man auf dem Eis stürzen kann."

Das wär's doch eigentlich, dachte Joe.

„Siehst du, wie fett die Jährlinge dort sind?" fragte er.

Sie saß mit leerem Gesicht da. Fettes Vieh war hier in der Gegend die Religion der Bevölkerung. Es war die Glorie, der Maßstab. Wenn einem nichts an fettem Vieh gelegen war, war man hier fehl am Platz. Er hätte es eigentlich gar nicht in Worte fassen müssen. Es war ärgerlich, wenn man den Glorienschein eines bestimmten Landstrichs jemandem mit einem leeren Gesicht verständlich zu machen versuchte.

Lureen schaute angestrengt aus dem Fenster und versuchte, Interesse zu zeigen. Sie legte den Finger an die Wange, als sie an ein paar Jährlingen am Straßenrand vorüberkamen, und sagte: „Mmmm!“ wie jemand, der in einem Werbespot in einen Schokoriegel beißt.

Als er Lureen wieder heimgebracht hatte und mit einer Ladung Stahlpfählen und Stacheldraht hinten auf dem Laster zurückkam, stand Astrid drunten am Bach und schaute an einer tiefen Stelle ins Wasser. „Ich kann die Fische sehen!“ rief sie. Joe stellte den Wagen ab und ging zu ihr. Sie setzten sich auf einen sonnengewärmten Felsblock. „Sehr hübsch“, sagte Astrid. „Die Vögel schießen hin und her über den Bach. Es ist, als wären es zwei Vogelländer, und sie besuchten einander. Einer, der marschiert das Ufer hinunter und verschwindet unter Wasser. Ist das eine Halluzination von mir?“

„Ein sogenannter Lappentaucher.“

„Also, niemand lebt so eigenartig wie der Lappentaucher. Umarm mich.“

Joe drückte sie an sich. Sie glitt von dem Felsen und stand vor ihm, ihn umarmend, das Gesicht an seiner Brust zur Seite gekehrt. Sie hielt ihn so einen Augenblick fest, dann zog sie ihr Kleid über die Hüften hoch und preßte sich an ihn. „Hier?“ fragte er.

„Ich glaube“, sagte sie. Als sie sich liebten, spürte er mit seinen Fingerspitzen, wo der warme Granit sich gegen ihr Fleisch drückte. Dann zogen sie sich wieder an und folgten dem Fluß ein paar Meilen weit. In den stilleren Wassern schwammen Enten, und sie sahen einen jungen Nerz in den Pappelwurzeln hin und her huschen, die am Ufer aus der Erde hervorragten. Joe sagte Astrid, was das für ein Tier war, und Astrid wollte wissen, wieviele man für einen Mantel brauchte.

„Ist dir etwas aufgefallen?“ fragte Astrid.

„Was?“

„Ich bin noch da.“

„Ja, das ist mir aufgefallen!“

Bei den Butterfields, drunten an der Straße zu den Overstreets, ging das Staubemphysem durch die Kälber, und alles half beim Verarzten der Tiere mit. Joe trieb das Vieh zur Rampe. Später verbrachte er noch ein paar Stunden damit, Pfeilspitzen zu suchen. Joe erinnerte sich daran, wie er einmal in ein Loch gefallen war, sich den Kopf angeschlagen hatte und dann träumte, daß er ein Indianer sei und sein eigenes Haus angriffe. Wenn er nach Pfeilspitzen suchte, hatte er das unbehagliche Gefühl, daß er auf der Suche nach einem Teil seines früheren Lebens war. Er hielt an dem kleinen Haus des achtzigjährigen Alvie Butterfield an, um ihn um die Erlaubnis zu bitten, in seinem frisch umgegrabenen Garten zu suchen. Alvies Garten war zufällig ein altes Indianerlager, wo von Pfeilspitzen der Folsomzeit bis zu Winchesterpatronen aus der viktorianischen Ära Projektilfunde eine mehrtausendjährige Besiedlung bewiesen. Für Alvie war es einfach ein Garten, er machte sich langsam bereit, jenen Kriegern zu folgen, die, wie die Indianer sagten, „im Lager auf der anderen Seite" wohnten. Dünn, mit seiner Baseballmütze auf dem Kopf dastehend, wartete Alvie Butterfield auf das Ende.

„Ich hab sie alle für dich liegenlassen", sagte Alvie.

„Hervorragend."

„Hast du nen Fernseher?"

„Ja, hab ich", sagte Joe.

„Was soll's denn geben?"

„Regen bis Mittwoch."

„Gut."

„Brauchst du irgendwas, Alvie?"

„Nein, eigentlich nicht."

Joe ging in Alvies Garten hinaus. Da lagen die gejäteten, mit dem Spaten gezogenen Beete. Die Erde wölbte sich so, wie die Schaufel das alte Lager geformt hatte. Kunstreiche Linien. Die junge Sonne sog die Feuchtigkeit aus dem Erdreich um die bedeutsamen Feuersteinwaffen. Joe begann, die Beete wie ein Arbeiter auf einer Salatfarm gebückt abzuschreiten. Jedes gab langsam seine Einzelheiten unter seinem Blick preis – die annähernd geraden Linien von Alvies Schaufel verwandelten sich in erstaunliche Canyons, er sah die Tonschichten im Lehm, die vielen Steine. Joe hatte von Steinen nie viel gehalten. Sie waren einfach der immer größer werdende Umriß dessen, was der Mensch nicht geschaffen hatte. Zuviel Steine waren ärgerlich. Joe war pflichtbewußt mit einem Mineralogieführer umhergezogen, aber es hatte nichts genützt. Die Felsen, die Erde, das war einfach das alte Land, Erhalt bestätigt. Sein Bewußtsein füllte sich mit den durcheinandergeworfenen Formen, als er langsam die Beete hinauf und hinunter marschierte und sich gelegentlich bei zufällig zersplitterten Steinen Hoffnungen auf einen Fund machte. Ein warmer Kreis wuchs zwischen seinen Schultern. In der Ferne spielte Alvies Radio. Ein Schwarm Vögel zog durch die Luft wie eine Schrotschußwolke. Er sah Stellen, wo Alvie sich müde auf die Schaufel gelehnt hatte, deren Blatt tief eingedrungen war und sich lange nicht gehoben hatte. Lange Zeit fühlte sich Joe wie an einem Ort in der Erde, wo noch nie jemand gelebt hatte; ein paar winzige Splitter eines helleren, schätzbaren Steins fingen plötzlich wie ein dünner Pulsschlag an, im Erdreich aufzuscheinen, und plötzlich, wie eine belebende Welle: *eine Pfeilspitze.* Joe hob sie auf und blies die Schmutzteilchen ab – eine Vogelspitze, gekerbt, geformt, ein kleines Gewicht auf der Handfläche, etwas, worum er die Hand schließen wollte, um das Leben darin zu spüren. Er war so besitzstolz wie der Mann, der sie verloren hatte. Es war nur ein Augenblick: als könnten sie einander durch den Stein fühlen.

Dann brachen einige von Joes Rindern durch den Zaun und zogen ein paar Meilen weit in ein breites trockenes Bachbett hinunter, wo sie sich in den Ruinen eines alten Siedlerhauses herumtrieben. Joe versuchte sie zurückzuholen, aber am Ende mußte er Freddy Mathias und einen von den High-School-Jungen der Lovells zu Hilfe holen. Das war dann ein schöner Tag im Sattel – mit lauten Rufen durch die rauhe Gegend zu reiten, vor ihnen die Jährlinge, die mit vor Schreck steil hochgestreckten Schwänzen konfus daherrannten. Die Raubvögel hatten begonnen, nach Süden zu ziehen, und auf den krummen Zedernholzpfählen saß eine enzyklopädische Versammlung von Falken und Bussarden. Ein Goldadler hing hoch über der Ranch, glitt von Luftstrom zu Luftstrom, bis er durch das Himmelsdach flog. Der Junge stürzte im Galopp kopfüber vom Pferd, in einer Staubwolke; der zähe junge Bursche rappelte sich auf, lief seinem Pferd nach und stieg wieder auf. Freddy überholte Joe in konservativem Trab, und als er den Jungen sein Pferd am Zügel wieder einfangen sah, sagte er: „Ach, nochmal jung sein!"

Als sie die Jährlinge durch die Lücke im Zaun wieder auf Joes Land drängten, hörten die Rinder auf, so angestrengt fortzurennen und schienen einzugestehen, daß sie wußten: jetzt waren sie wieder, wo sie hingehörten. Joe sah sich um. Sie standen nur ein paar tausend Fuß über dem alten Siedlerhaus, aber es schien wie das Dach der Welt. Er konnte in nicht gar so großer Entfernung die Granitvertikalen, den ewigen Schnee sehen. Die Welt sah hier aus wie ein wirklicher Planet und nicht nur wie die materielle Kulisse der Zivilisation.

Als der Junge heranritt, fragte Joe: „Was gebrochen?"

„Nee."

„Was war denn?"

„Der Bursche ist mir in nen Ameisenhaufen getreten."

Joe dankte ihnen, und sie trennten sich; sie ritten auf dem kürzesten Weg nach Hause, und die drei Pferde verschwanden rasch in verschiedenen Richtungen im Hinterland. Joe ritt zurück, um das Loch im Zaun zu flicken, und brach dann zur Ranch auf. Der Geruch der abgebrannten Grabenböschungen lag in der Luft, wie in Kleinstädten im Herbst der nach verbranntem zusammengerechtem Laub. Das Land schien, angenehm, einfach hinter den Hufen des Pferdes wegzufallen. Joe nahm für die letzten anderthalb Meilen die alte Karrenspur und trabte zu den Gebäuden der Ranch hinunter, wo er gerade in dem Moment ankam, als die Nachtfalken in die Dämmerung aufschwärmten.

Auf Lureens Bitte hin suchte er sie in dem blauen Haus auf, das um so mehr von seiner spukhaften Erinnerungskraft verlor, je länger er zu Hause war. Die Geister von Keller und Dachboden traten hinter die notwendigen Reparaturen zurück, und der übergroße Küchenofen machte nur Lureens geringe Kochkünste deutlicher. Als er vorfuhr, sah er Smittys Gesicht kurz am Fenster. Er klopfte, und Lureen kam an die Tür.

Als Joe sich nach Smitty erkundigte, sagte Lureen, er sei in Wolf Point und würde Sioux- und Assiniboine-Mitglieder seines Veteranenbundes besuchen. Sie setzten sich zum Tee. Lureen sagte nicht viel, doch sie wirkte verängstigt. Auf einem Tisch neben der Eßzimmertür lag ein umfangreicher Stapel neuer Kleider, Herren- und Damenkleidung, merkwürdig insofern, als es alles Kleidungsstücke für tropische Verhältnisse waren. „Für den Basar", sagte Lureen, die Joes Blick gesehen hatte. Er hatte solche Farben nie in diesem Haus gesehen. Es war, als seien die Kokosnüsse des Raumfahrtprogramms zurückgekehrt und verfolgten ihn.

„Ich habe etwas für dich", sagte Lureen und ging aus dem Zimmer. Joe versuchte während ihrer Abwesenheit zu raten, welches grauenhafte Familienandenken nun in seinen Besitz übergehen würde. Er trank den Tee, der ihm nie geschmeckt hatte. Er sah Wände an, die als erste für ihn einen Innenraum umrissen und ihn dann mit lebenslanger Klaustrophobie erfüllt hatten. Er schaute durch die hohen Fenster neben der Küchentür in den blauen Himmel und hatte aufs neue das Gefühl, daß die Freiheit möglicherweise ganz nahe lag.

Lureen kam wieder ins Zimmer und legte einen Aktendeckel auf den Tisch. Er wußte plötzlich, was es war. Es war die Besitzurkunde. Auf ihre Art ließ Lureen nichts aus: Sie wußte, daß Smitty den Scheck für die Jährlinge an sich nehmen würde. Joe war voll nervöser Erregung. Smitty und Lureen würden mit dem Scheck nach Hawaii reisen. Damit und mit dem Verlust bei Smittys Meeresfrüchteexperiment würde die Ranch bankrott sein. Und er hatte die Besitzurkunde in Händen. „Die Überschreibung ist da drin, und es ist alles notarisiert."

„Wie kann ich dir danken?“ sagte er. Lureens Augen glitten weg, ein Zucken ging über ihr Gesicht, und der liederliche Neffe bekam das alte Land, in seiner ganzen Leere, nahm es mit Händen entgegen, welche, hoffte er, ebensoviel Aufrichtigkeit ausdrückten wie die betenden Hände auf Weihnachtskarten. Alles sozusagen die letzten zitternden Atemzüge eines Familienlebens. Joe sah auf das leere Dokument hinunter, er dachte: Es mochte ein Gran an Bedeutung oder Wirklichkeit oder Möglichkeit enthalten, indem es einen Ort auf der Welt beim Namen nannte oder festhielt, und plötzlich fühlte er eine absurde Hochstimmung. Er schaute Lureen an, der Ranch nun ledig, und er sah in ihren Augen einen Traum, leichter und luftiger als Hawaii selbst. Es war, als könnte man in diesem Zimmer, wo soeben die Hoffnungen von Generationen zusammengebrochen waren, das Tosen warmer Brandung hören. Er konnte sein verrücktes Grinsen nicht unterdrücken, das doofe und irgendwie festliche Grinsen auf seinem Gesicht, das Lureen voll Erstaunen anschaute.

30

Es fing jetzt gerade an, kalt zu werden. Die lokalen Wettervorhersagen wurden zweimal am Tag revidiert, und die Meteorologen von drei verschiedenen Sendern wetteiferten darin, die Rorschachflecken von Sturmtiefs im Golf von Alaska zu interpretieren. Joe verfolgte gebannt das Schicksal dieser Stürme, die sich gegen die Berge von Washington und Idaho warfen und vergingen. Bald würden sie einmal durch Alberta hindurchschlüpfen, die östliche Seite der Rocky Mountains erwischen und in Joes Welt das Unterste zuoberst kehren.

Er verwendete diese Zeit, um Feuerholz zu sägen, und verbrachte ganze Tage damit, aus den Pappelbeständen die toten Bäume auszuschlagen und das Holz auf einen Stapel neben dem Haus zu fahren. Das Wachsen dieses Stapels faszinierte ihn. Er hatte das Gefühl, daß es in seiner Macht läge, einen Stapel größer als das Haus aufzuhäufen. Er ging den Bach ab und zersägte die Bäume, welche die Biber gefällt hatten. Während der Arbeit konnte er sehen, wie die Forellen wirbelnd einander nachschwammen oder Nestsenken in den Kies des Bachbetts fächelten. Die Adler waren vom Norden heruntergeflogen und saßen hoch in den kahlen Bäumen am Fluß aufgebaumt. Ihre raublüsternen, weißschwänzigen, mönchisch schwarzen Gestalten waren auf eine Viertelmeile zu sehen.

Er setzte sich im Herbstwald hin, ein alter Holzfäller mit seiner heißgelaufenen orangeroten Kettensäge. Ich posiere für die Ewigkeit, dachte er. Er war verzweifelt. Er war verzweifelt, weil die ständige Gesellschaft unbeantworteter Fragen ihm stark auf die Nerven ging und weil es nachgerade so schien, als wäre dies die absolut endgültige Grundbedingung des täglichen Lebens. Er war nicht länger an einer Stelle im Raumfahrtprogramm interessiert.

Das Wasser in den Bewässerungsgräben versiegte, und die Quellen gaben gerade noch das absolute Minimum. Er setzte die Jährlinge alle paar Tage um, eine Tätigkeit, die ihn im Sattel auf entlegene Weiden führte. Er genoß es, wie sicher sein Pferd lief. Er konnte sich auf atemberaubenden Bergabhängen, die man kaum auf den eigenen Füßen bewältigen konnte, mit einer Art luftwandlerischer Sicherheit voranbewegen, während das Vieh ihm in Scharen voranfloh. In dieser Bewegung und Weite konnte er dauernd an das Leben, an Anfang und Ende denken, gleichmütig und vergnügt. Joe dachte, daß er auf eine Art doch größer war als alles, was er sah, und daß es deshalb tragisch wäre, daß alle Nationen in Tränen ausbrechen müßten, falls ihm etwas passieren sollte. Aber hier in den Bergen würde er die schönsten Vögel nähren. Wie von allen Religionen versprochen würde er in den Himmel aufsteigen, wo seine Leute waren.

Joe spürte Liebe und Reue zurückkehren, wie eine Gasblase durch den Ölsatz im Kurbelgehäuse nach oben steigt. Die Langsamkeit, mit der die Blase hochschwamm, schien das ungeheure Volumen seines Begehrens auszudrücken, und auch das Bedauern, das er empfand, das seine Sehnsucht ziemlich üppig würzte und diesem Gefühl seine besondere Katerstimmung verlieh.

„Ich glaube, wir versäumen irgend etwas“, sagte er.

Nach einem Moment des Schweigens sagte Astrid: „Ich weiß, was du meinst.“

Sie knabberte nachdenklich an ihrem Daumennagel und schaute weg. Joe betrachtete ein Stück des Teppichs. Die weißen Berge, der zergehende Traum, die bevorstehende Abreise nach Hawaii beleuchteten die Schwierigkeit nur schärfer. Er hatte nichts von Ellen gehört und hatte nun das Gefühl, sie wolle nicht, daß er Clara sah. Wenn man jung ist und glaubt, daß man ewig lebt, ist es leicht, zu glauben, daß das Leben keinen Sinn hat.

Astrid stand auf und reckte sich, hielt dann bewegungslos inne, um Joe anzulächeln. Sie ging zur Tür und machte sie auf, womit sie den klaren, balsamischen Atem der Hügel einließ, Beifuß und Wacholder und Präriegras. Sie stellte sich auf die Zehenspitzen, um sich zu strecken und Atem zu holen.

„Joe“, sagte sie mit Bedacht, „das ist nichts für mich.“

Joe hörte sie nicht. Er machte das Radio an. Zuerst erwischte er einen semiintellektuellen Hinterwäldler auf FM und dann einen wunderbaren Song aus dem Jahre 1944 – wie mochte das gewesen sein! – über einen Cowboy, der nach Osten fährt, um die Frau aufzusuchen, die er am meisten liebt. „*Graceful faceful*", hieß der Refrain, „*such lovely hair! Oh, little choo-choo, please get me there!*" Gesungen mit der Art von Stimme, mit welcher man einen Hund im Dunkeln ruft, wenn man im Grunde nicht damit rechnet, daß er kommt. Es beunruhigte Joe, weil es anzudeuten schien, daß die Amerikaner der jüngsten Vergangenheit wahnsinnige Ausländer waren. Dann ein Werbespot eines lokalen Gebrauchtwagenhändlers voller lebender Gegenstände: „Das kalte Wetter kommt, und Ihr Auto kriegt Angst! Sie brauchen ein neues, aber Ihre Brieftasche sagt: ‚Nein!'" Joe dachte: Hört dem irgend jemand zu? Astrid stand immer noch unter der Tür. Was hatte sie gesagt?

Es war kein besonderes Problem, die Anzeige gegen Smitty fallenzulassen. Nachdem Joe einmal die Versicherung dahingehend beruhigt hatte, daß keine Schadensersatzansprüche erhoben werden würden, nachdem diese Zusage einmal ordentlich dokumentiert war, erlosch das gesellschaftliche Vergeltungsbedürfnis in einem Saal des kleinen Gerichtsgebäudes der Stadt. Immerhin mußten noch ein paar Routinehandlungen abgewickelt werden. Joe fuhr Smitty zu der Anhörung, als wäre er sein Kind, das irgendeine Dummheit gemacht hatte. Es waren nur der Richter anwesend, der das karierte Wollhemd trug, in dem er sein Laub zusammengerecht hatte, und seine Sekretärin. Smitty trat in Uniform auf und stand während der ganzen Befragung in Habachtstellung. So groß war das Mitleid des Richters für diesen törichten Menschen, daß er die Untersuchung mit der Frage beschloß: „Kann ich mich darauf verlassen, daß Sie sowas in Zukunft vermeiden werden, Lieutenant?"

„Das können Sie! Das können Sie, Sir!"

Der Richter schaute mit einem melancholischen Lächeln auf

Smitty hinunter. „Smitty, Smitty, Smitty“, sagte er. „Sie sind irgendwie so harmlos wie ein Fuchs, was?“

„Möglicherweise, ja, Sir.“

„Danken Sie Ihrem Schutzengel, Smitty, daß Sie in einer Kleinstadt wohnen, wo wir wissen, wer Sie sind. Sitzung beendet.“

Während er zu seiner Besprechung in der Bank fuhr, erinnerte sich Joe an seine glücklichste Zeit als Maler. Einen Sommer lang war er unterwegs gewesen, um die kleinen Baseballspieler der Kinderliga zu porträtieren. Er hatte in ganz Montana seinen Tisch bei den Spielen aufgestellt und das Schwellen und Reifen des großen Gebirgssommers von hundert kleinstädtischen Spielfeldern aus verfolgt. Joe malte fröhliche Bilder von Kindern im Baseballdress. Es war eine opulente Zeit, an die Joe jetzt gequält zurückdachte.

Darryl Burke, Joes Bankier, lehnte sich zurück und verschränkte die Hände hinter dem Kopf. Er trug ein weites, blauweißes Nadelstreifenhemd. „Wie lebt's sich auf der Geisterranch?“

„Für mein Teil hervorragend. Bin doch selbst ein Geist.“

„Bankiers glauben nicht an Geister. Bankiers glauben an die Vollstreckbarkeit von Verträgen.“

Joe hielt es nicht für den richtigen Zeitpunkt, um seinen Traum zu schildern, daß man alles an die Indianer zurückfallen lassen könnte, um jahrhundertelanges Unrecht zu sühnen; noch schien es angemessen, in Familienangelegenheiten seiner Misogynie freien Lauf zu lassen.

Darryl hatte seinen Stuhl auf die beiden hinteren Füße balanciert; er ließ sich vorwärts fallen auf vier. „Weißt du, weshalb Lureen die Pacht von Overstreet verloren hat?“

„Eigentlich nicht. Ich dachte, daß sie eben selbst genügend Gras hatten.“

„Sie haben die Pacht verloren, weil Overstreet gehört hat, daß du zurückkommst.“

„Ich komm nicht ganz mit. Was hat das damit zu tun?“

„Tja, der alte Smitty hatte da einen Deal mit Overstreet laufen. Als der deinem Dad die Ranch nicht abschwatzen konnte, hat er versucht, sie von Lureen zu kriegen. Smitty wollte schon gern mit ihm abschließen, aber alles, wo er dran drehen konnte, war die Pacht. Solang du nicht da warst. Ein Pachtvertrag für Smitty und einer für Lureen. Seiner war größer."

Joe dachte einen langen Augenblick nach, ehe er sagte: „Schlimm. Ich meine, ich weiß, daß es schlimm ist, aber wenn du und ich uns die Sache genauer ansehen würden, dann würde sich herausstellen, daß Lureen einfach ein Auge zugedrückt hat und glücklich war, daß Smitty eine Beschäftigung hatte. Trotzdem, sowas hört man nicht gern."

„Natürlich nicht. Und hier ist die Rede von Grundbesitz, Mensch. Wann treibst du das Vieh zusammen?"

„Bald. Aber irgendwie zögere ich noch."

„Zögern? Jetzt ist der Zeitpunkt! So gut wie jetzt steht der Markt nie wieder."

„Ich glaube, sie wollen mit dem Geld durchgehen."

„Wer?"

„Smitty und Lureen."

„Nein, Joe, das glaubst du nicht. Du glaubst bloß, daß du das glaubst. Da wird's kriminell."

„Sie haben schon Kleider für Hawaii. Ich hab sie gesehen."

„Jetzt komm. Du meinst, da wollen sie hin?"

Joe hielt die Hände dicht vor die Brust und mimte das Spielen einer Ukulele. „Willkommen am Strand", sagte er grimmig. Darryl stand auf und zog die Jalousie ein Stück beiseite, daß er zu den Drive-Up-Bankschaltern hinuntersehen konnte.

„An Ideen wird's Smitty nie fehlen", sagte er. „Ein Furz in der Tüte. Aber das ist doch eine Nummer zu groß. Ich seh's einfach nicht."

„Er macht sich Sorgen, daß er auf dem Eis ausrutscht. Er will's gerne warm haben."

„Aber", sagte Darryl, „wenn man's mal genauer bedenkt, wenn sie das machen wollen, können sie's auch. Sie können es. Es ist vielleicht das Ende der Ranch. Aber sie können es bringen. Wenn es das ist, was sie wollen. Wir haben uns abgesichert, als wir das Geld verliehen haben für das Vieh. Wenn Lureen diese Jährlinge und das Geld, das sie für Smittys Meeresfrüchtegeschäft geliehen hat, gegen die Ranch tauschen will, dann kann sie's. Schau mich nicht so an, schau deinen Vater an. Ich führ nur Buch."

Plötzlich begriff Joe. „Es ist nicht fair!" sagte er. Er entschied, daß er nichts davon sagen würde, daß die Besitzurkunde, mit allen Dokumenten zu Pfandrechten, Belastungen und Pertinenzien, dick wie ein Wochenstapel Postwurfsendungen, in seiner Tasche steckte. In einem trüben Winkel von Joes Innerem krümmte sich der Wurm. Grundeigentum!

„Ich muß dann mal weiter", sagte er. „Danke, daß du dich da mit mir zusammengesetzt hast."

„Gern geschehen, Joe. Die Sache liegt so oder so ziemlich klar."

„Komm doch mal raus zu uns, ehe es anfängt zu schneien."

„Was ist aus dem Sommer geworden? Kaum zu glauben, daß es schon schneien könnte."

„Kriegst du so was tatsächlich mit von hier drinnen?" fragte Joe. Darryl starrte ihn an.

„Ich komm gelegentlich auch mal raus", sagte er.

31

Im Traum war es Sommer, und als er erwachte, erinnerte er sich an das gemütliche Geräusch eines kleinen Flugzeugs und an den Anblick eines kleinen Mädchens, zu weit weg, als daß man es klar hätte erkennen können, das am Abhang der Schlucht Apfelbeeren pflückte. Die Prärie breitete sich in die Ferne, und ihre große Leere war nicht schön. Sie weckte ihn mit einer scharfen, vagen Traurigkeit. Er drehte seine Armbanduhr, die auf dem Nachttisch lag, daß er das Zifferblatt im schwachen Licht vom Fenster sehen konnte. Es war noch nicht ganz fünf. Er legte sich zurück und spürte Astrids Wärme neben sich. Er wußte, er müßte Clara sehen. Er konnte nicht warten. Er hatte geglaubt, die Sache mit Ellen würde sich irgendwie von selber regeln, und es würde zu einer angemessen vorbereiteten Begegnung kommen. Aber nun sah es aus, als ob das nie der Fall sein würde. Er konnte nicht länger warten.

Er würde sich ans Ende der Straße stellen, wo die Keltons ihr Haus hatten, und zusehen, wie Clara in den Schulbus stieg. Er stand langsam auf und begann sich anzuziehen. Seine Vorsicht weckte Astrid. „Was ist, Schatz?“

„Ich muß die Scheine für diese Rinder abholen. Ich treff den Inspektor am Waaghaus.“

„Wann bist du wieder da?“

„Vor dem Mittagessen.“ Die Täuschung stach ihn ein wenig.

Joe ließ den Laster fast zwei Meilen von der Straße der Keltons entfernt stehen, gerade als die Sonne aufging. Er eilte die ölverschmierte Landstraße entlang, direkt auf das limonengelborangefarbene Leuchten zu, das in einigen Minuten zum neuen Tag geworden sein würde. Als die Sonne schließlich heraufkam, war Joe sicher im Gebüsch gegenüber Ellens und Billys Briefkasten versteckt. Er hatte ein Gefühl, das sich ihm entzog. Wie er nun auf sein kleines Mädchen wartete, das gleich in den Schulbus einsteigen würde, war er einem Gefühl von Ganzheit näher, als er sich je erinnern konnte. Es dauerte einige selige Augenblicke, bis die Absurdität seiner Lage, sein Versteck, seine unsicheren Erwartungen das Wohlbefinden vergehen ließen. Die Morgenkälte kroch heran. Schließlich erschien der gelbe

Schulbus oben an der Straße und fuhr, ohne anzuhalten, durch, als würde er hier nie einen Halt einlegen. Hatte Ellen Clara erfunden? Das war Joes erster Gedanke.

Er überquerte die Landstraße und ging die Auffahrt zur Ranch entlang, so leise er konnte, damit er hörte, wenn jemand sich näherte. Als er dahinging und dem Haus näher rückte, verstärkte sich seine Nervosität, und er malte sich Bilder aus, wie ihn wachsame Hunde ansprangen, wie eine Familie aus der Vordertür herausbrach, um einen Eindringling zu stellen.

Als das Haus schließlich in Sicht kam, ein bescheidenes weißes Holzhaus, sauber gepflegt, ein paar Meter von den Scheunen und Schuppen entfernt, konnte Joe in einem kleinen Hain von wilden Apfelbäumen ein perfektes Versteck sehen. Ein Hahn krähte. Und zwischen den Bäumen war er so ideal verborgen, daß er seinen Sweater gegen einen Baumstamm packte und sich anschickte, so lange wie nötig jedes menschliche Wesen zu beobachten, das in diesem Haus lebte, die Vordertür benützte, im Hof umherging, die Arbeiten tat.

Der Hahn krähte wieder, und in naher Entfernung brüllte rhythmisch ein Stier. Hinter dem Haus war ein kleiner Corral. Ein einziges geschecktes Pferd rollte sich im Staub, daß eine Wolke aufstieg, stand dann auf und schüttelte sich. Am Himmel über dem Haus, eben gerade vom Sonnenlicht entzündet, standen Wolken, die in der reglosen Luft dort die ganze Nacht hindurch gehangen haben mußten. Joe fühlte sich in diese Heiterkeit hineingleiten, als sei er nicht nur verborgen, sondern körperlos und frei wie ein Geist.

Die Tür ging auf, und ein kleines Mädchen rannte heraus, von Billy verfolgt. Er holte sie ein, drehte sie herum und knöpfte ihr den Tuchmantel richtig zu. Er zog ihr den Strohhut fest auf den Kopf, und sie schob ihn rasch wieder nach oben. Er zog ihn wieder nach unten, sie schob ihn zurück. Er zog sie hinauf in seine Arme und hielt sie, die Arme von sich gestreckt; sie baumelte da wie eine Puppe, mit breitem Lächeln. Sie benahm sich bei Billy fast wie ein Baby, obwohl sie viel zu alt war dafür. Vor allem aber glich sie ihrem Vater, Billy Kelton. Joe hatte kaum Zeit, seinem Erstaunen auf die Spur zu kommen. Es war genug, daß da Billys olivdunkle Haut war, die charakteristischen, tiefliegenden braunen Augen. In dem Moment, als Clara sprach, als sie Billy bat, ein paar Hühner herauszulassen, erkannte Joe an ihrer Singsangstimme, daß das Kind schwachsinnig war. Billy stellte sie hin, wo sie gestanden hatte, und ging in einen niedrigen Schuppen. Innen erhob sich sofort lautes Gegacker, und dann rannten vier, fünf Hennen in den Hof. Clara lief ihnen nach. Billy kam heraus und fing geschickt eine kleine, gefleckte Henne. Clara nahm sie in die Arme. Billy nahm ihr den Hut ab, küßte ihr den Kopf und setzte ihr den Hut wieder auf. Er ging in den Schuppen zurück, während Clara dastand, die Henne drückte und ihre Wange an dem Tier rieb. Das kleine Huhn barg den Kopf zwischen den Flügelschultern. Billy kam zurück und hielt einige Eier mit der Hand gegen den Bauch fest.

„Komm, Kind, essen wir was. Stell deine Freundin wieder hin."

„Will meine Henne mitnehmen", gurrte Clara.

„Das erlaubt uns Mama nicht, Liebes", sagte Billy, mitfühlend den Mund verziehend.

„Meine Freundin!" bat sie.

„Okay, nimm sie mit ins Haus", sagte Billy sanft. „Was glaubst du, daß Mama da sagt? Ich will dir sagen, was Mama da sagt. Mama wird sagen: Tu das Huhn da raus."

Clara zuckte die Achseln und folgte Billy ins Haus, trotzig die Henne tragend. Billy ging hinein, und Clara zögerte kurz. Als sie allein draußen stand, setzte sie das Huhn zu Boden nieder und betrat dann in stolzer Pose das Haus. Das gefleckte Huhn fegte im Zickzack in den Stall zurück. Joe regte sich nicht. Er spürte, wie ihn tiefes Mitgefühl überwältigte, nicht für Clara, die er nicht kannte, sondern für Billy mit seiner ganzen einsamen, gewalttätigen Ignoranz. Das war es, worauf Joe gewartet hatte: etwas, das wie ein Wetterumschlag durch sein Bewußtsein gehen und eine verwandelte Atmosphäre zurücklassen würde.

32 Die Sonne konnte den blaßgrauen Wolkenhimmel nicht ganz durchdringen. Es sah aus, als wollte es regnen; falls der Regen kam, würde er kalt sein, dem Schneefall nahe. Alles an diesem Morgen zeigte an, daß die Jahreszeit sich rasch änderte. Als Joe erwachte, spürte er eine fast alberne Leichtigkeit, beinahe Lustigkeit. Sie schien so sinnlos, daß er sich dachte, er müsse sie sogleich ausnützen.

Er ging ans Telephon und fing an, mit Transportunternehmern zu verhandeln, was es kosten würde, die Jährlinge zur Auktion zu fahren. Man einigte sich auf die Rate per Meile und Stück und auf eine Freiquote. Er vereinbarte Aufbruch am frühen Morgen. Nichts würde diesen Viehtrieb jetzt noch zurückhalten außer der Geschwindigkeitsbegrenzung.

Den nächsten Tag verbrachte er im Sattel. Overstreets Neffen kamen wie beim Brennen von ihrer Ranch herüber und halfen ihm, die Weiden abzulesen. Eine kleine Herde bildete sich und wuchs, als er weiterzog, die Hügel hinunter, zu den Pferchen. Die Pferde genossen den Lauf und warfen die Köpfe hoch, zerrten an den Zügeln, stürmten voran und waren allgemein mit Feuereifer dabei, das ganze Rindfleisch vom Land zu treiben. Immer einmal wieder gab ein Einzelgänger den Männern Anlaß, in einem wilden Ritt den Jährling in die Masse des anderen Viehs zurückzutreiben. Als es Abend wurde, waren die staubbedeckten Neffen (mit dem dünnen, krummen Mund ihres Großvaters) auf schaumbedeckten Pferden nach Hause aufgebrochen, und die Rinder standen still in den Pferchen. Overstreet selbst war da, um die Jährlinge zu zählen, er formte die Zahlen umständlich mit dem Mund und ließ alle zehn Häupter den Arm entschlossen herabsausen. Als er die Rücken und Köpfe der zusammengedrängten Rinder sah, die unzähligen Mäuler und Ohren, die immer wieder aufwallende Energie der Tiere, dachte Joe an den Ozean bei stürmischem Wetter. Er dachte, er wisse, warum Overstreet so hilfsbereit war.

Joe stellte sein erhitztes Pferd windgeschützt in einen Stall und gab ihm eine tüchtige Portion Hafer, die aus dem Eimer in den mit Blech ausgeschlagenen Trog rauschte. Der kleine Wallach sah beim Fressen immer aus, als ob er einschliefe, und Joe sah ihm einen Moment zu, bevor er hinausging, um die Tore zu kontrollieren.

Joe war so ausschließlich damit beschäftigt gewesen, das Vieh zum Abtransport zusammenzuholen, daß er mit Astrid kaum ein Wort mehr gewechselt hatte. Sie schien etwas zu spüren, und beide gingen sich ziemlich höflich aus dem Wege.

Sie luden das Vieh am Morgen im Scheinwerferlicht des Hofes auf. Die metallene Laderampe schwankte und klirrte unter dem Gewicht der rennenden Tiere. Joe stieg in den Anhänger, um zu helfen, die Trennwände hinter den dichtgedrängten Tieren zu schließen. Das Brüllen war ohrenbetäubend. Nach jeder Ladung ließ der Flaschenzug den Strick los, und die vertikal laufende Aluminiumtür schoß nach unten und schlug geräuschlos im Kot auf.

Der erste Wagen fuhr beiseite, als der zweite einlud. Drei Stiere hatten sich die Füße erfroren und ließen sich nur schwierig treiben. Sie gingen als letzte die Rampe empor, und die beiden Lastwagen fuhren los; die Motoren mühten sich in niedrigem Gang, als das Riesenvolumen lebenden Fleisches in brüllender Verwirrung die Ranchzufahrt hinunterrollte. Unter den tiefsten Latten der Seitenwände floß der grünliche Beweis ihres Entsetzens hervor. Joe sah zu, wie die Anhänger mit der massigen Bewegung großer Frachter auf See hinten hin und her schwankten. Noch ein Augenblick, und die roten Rücklichter waren in der Kurve hinter den Pappeln verschwunden.

Um drei Uhr an diesem Nachmittag gingen die Rinder für einundsiebzigeinhalb Dollar per Zentner durch die Auktion, und das Geld wurde auf Lureens Konto in Deadrock überwiesen. Und natürlich gehörte Joe die Ranch. Hauptsächlich füllte sie die leeren Stellen im Bild von den weißen Bergen aus. Ein Hausbesitzer, ein Grundstückseigentümer. Er saß im Wohnzimmer, die Besitzurkunde auf dem Schoß. Er zeigte sie Astrid. Er fächelte sich Luft zu damit. Er versuchte, einen Witz draus zu machen, aber sie lachte nicht und er auch nicht. Er fragte sich, was Smitty mit dem Geld machen würde.

Kurz nach Mitternacht wurde Joe dadurch geweckt, daß jemand an der Tür klopfte. Als er auf die Uhr schaute und sah, wie spät es war, spürte er eine plötzliche Panik. Er stand auf, ohne Licht anzumachen, und tastete sich vorsichtig in die Küche. Im Türfenster konnte er sehen, daß jemand draußen stand. Er dachte zuerst daran, nicht aufzumachen, aber dann fragte er sich, ob es nicht ein Reisender sein könnte, der ein Problem mit dem Auto hatte, oder ein kranker Nachbar. Und so ging er in die Küche und machte das Licht an. Sofort hatte sein Blick die Gestalt vor der Türe verloren. Er öffnete die Tür in die Dunkelheit und fragte: „Was gibt es?"

Es kam keine Antwort. Joe hatte den Umriß der Gestalt genau gesehen. Sie sah aus wie sein Vater. Der Scheinwerfer im Hof, vor so kurzer Zeit noch von Insekten umwölkt, zeichnete sich scharf in der kalten Nacht ab. Joe wollte sagen: „Alles ist bereinigt." Sicher war das ein Traum. Es mußte ein Reisender gewesen sein.

Joe schloß die Tür so leise, wie er konnte, doch ließ er sie unverschlossen. Es gab nirgends ein Geräusch. Er ging ins Bett zurück und lag wach. Er fühlte die Kälte vom schwarzen Fenster über dem Bett. Er hatte nachgerade den Verdacht, daß er mit seiner Rückkehr hierher seinen Namen wieder angenommen hatte. Er erinnerte sich an das Gefühl der Lähmung, das ihn ursprünglich beschlichen hatte, als ihm klar wurde, daß er einen bestimmten Namen hatte. Er hatte sich so gerne in der Welt der Namen anderer bewegt. Er hatte sogar andere Namen ausprobiert und ein Entzücken verspürt wie auf unbekannten Flughäfen und Bahnhöfen, an Orten, wo er sich in einer von diskreten äußeren Instanzen kontrollierten Menge verlieren konnte. Schließlich hatte das eine solche Wachsamkeit erfordert, daß es ermüdend war. Er wollte seinen eigenen Namen. Und doch, die Fahrt nach Hause, durch Frühlingsgewitter, durch unvertraute Gegenden, hatte etwas, das unabhängig davon war, wo er herkam oder hinwollte. Es überlief ihn kurz, als er dachte, daß es im ganzen Leben nur um zwei Dinge ging: Beweg dich weiter oder nimm den vollen Gebrauch deines alten

Namens wieder auf. Aber diese Idee entglitt ihm, als er versuchte, sie zu erfassen.

Es war noch dunkel, als er in den Lastwagen stieg und ihn dann am Benzintank neben der Scheune auftankte. Dann fuhr er. Er fuhr nach White Sulphur Springs, Checkerboard, Two Dot, Judith Gap, Moccasin, Grassrange, Roundup und wieder heim, vierhundert Meilen ohne anzuhalten.

Als Joe wieder vor dem Haus vorfuhr, war er erschöpft. Die Lichter schienen friedlich-häuslich ins Dunkel und beleuchteten Teile von Bäumen und die weißen Steine der Auffahrt. Es schien, als müßte sich drinnen ein ruhiges, sonnenwarmes Leben abspielen.

Joe öffnete die Tür, und Ivan Slater erhob sich unbeholfen von der niedrigen, zerknüllten Couch, während Astrid, die in einer gewissen Entfernung vor einer leeren Wand stand, mit einem strahlenden und gleichzeitig realistischen Lächeln versuchte, der Situation gerecht zu werden.

„Was machst du denn hier?" wollte Joe wissen. „Wo kommst du her?" Die Sache war ihm nicht geheuer. Ivan war schon öfter als Astrids Chefunterhändler eingeflogen worden.

„Joe." Sie hatte vielleicht zuvor schon etwas gesagt, aber das hatte Joe dann nicht gehört. Dann sagte sie: „Ich muß mit dir sprechen."

„Ich weiß", sagte Joe. Er sah, daß in der herrschenden Stimmung Ivan sein professionelles Gehabe zeitweilig ausgesetzt hatte, so daß er noch bewegungslos auf demselben Fleck stand und Platz wegnahm. Es war genau der Moment, in dem man normalerweise sagen würde: „Halt du dich da raus."

„Joe, nur kurz zur Erläuterung", sagte Ivan. „Astrid ist für das hier irgendwie nicht geeignet. Sie hat mich gebeten, ihr beim Umorganisieren zu helfen. Ich bin Astrids Freund, und für so was sind Freunde da. PS: Wir ficken nicht miteinander."

„Das ist ja toll, ich hasse sie", sagte Joe versuchsweise.

„Also, Joe", sagte Ivan, „du hast eine lange Fahrt hinter dir."

„Du wußtest doch, daß ich nicht bleibe", sagte Astrid. „Was soll das jetzt hier überhaupt? Ich weiß es nicht. Aber ich weiß, daß ich hier verschwinde. Und es ist ein Witz, wenn du behauptest, du haßt mich."

„Die Scheißkubanerschlampe", schlug Joe vor.

„Gib ihm eins auf die Nase, Ivan!" sagte Astrid.

„Das reicht jetzt", sagte Ivan ohne besondere Betonung zu Joe.

„Nimm den Hund mit", sagte Joe zu Astrid. „Das ist der entsetzlichste Hund, den ich je gesehen habe. Wird ideal für dein neues Heim."

„Gut, aber red nicht so allgemein von mir. Und wie war das mit einem neuen Heim?"

„Früher hab ich Hunde gerngehabt", erklärte Joe ungeschickt.

„Ich hatte viel zu bieten. Hab ich immer noch. Dir aber nicht offenbar. Aber wer kann das schon? Jedenfalls nicht ich, mehr brauch ich nicht zu wissen. Und ich hab dich geliebt. Also alles Gute. Viel Glück mit der Ranch. Viel Glück mit den Kühen. Viel Spaß mit dem Land. Mach's gut im Sattel, Joe."

„*Früher hab ich Frauen gerngehabt!*"

„Ich bin nicht wie dieser Hund, Joe", sagte Astrid.

„Zieh keine voreiligen Schlüsse. Ich will euch beide sofort hier draußen haben. Ich brauche meine Ruhe zum Schlafen."

„Joe, es ist spät", sagte Ivan. „Du bist nicht ganz bei dir. Als ob du's je gewesen wärst, abgesehen davon."

„Diese Beraterrolle, Ivan, die du da kultivierst, ist augenblicklich nicht erwünscht. Ich laß mir nicht gerne die Zeit stehlen."

„Besonders beschäftigt bist du nicht!" sagte Ivan mit erhobener Stimme. Joe seufzte und schaute zu Boden. Er wollte seine Gedanken ordnen und befürchtete, es könnte sich ein falscher Zungenschlag in die Auseinandersetzung einschleichen. Er wollte die Sache in loderndem Zorn abbrechen und ein leeres Haus haben. Es war nicht unbedingt deutlich, daß er den gewünschten Effekt erzielt hatte: Ivan kratzte sich den Rücken am Türrahmen, Astrid lächelte einen Punkt mitten im Raum an. Eine wunderbare Frau. Sie hatten ja immer befürchtet, daß sie bei einer wirklichen Probe versagen würden. Es war auf jeden Fall sehr schön gewesen. Es war ein vorläufiges Leben.

Während die beiden packten, sah Joe fern. Wie es sich traf, kam gerade eine Sendung über Farm- und Ranchbankrotte, mit Musik von Willie Nelson und John „Cougar" Mellencamp. Es fiel ihm ein, daß er die Urkunde im Laster hatte liegenlassen. Vielleicht war das Wagenfenster offen. Ratten könnten eindringen und die Urkunde auffressen. Der Wind konnte sie verwehen.

Sie kamen mit den Koffern ins Wohnzimmer.

„Das ist ganz interessant hier, über Farm- und Ranchbankrotte", sagte Joe. „Könnt ihr nicht bis zur nächsten Werbung warten?"

„Nein", sagte Astrid, „wir gehen jetzt. War das dein Ernst mit dem Hund?"

„Jetzt geht's wohl los", sagte Joe, ohne den Blick vom Fernseher abzuwenden.

„Kann ich dich einen Moment sprechen, Joe?" Astrid stand unter der Tür zu ihrem gemeinsamen Schlafzimmer. Ivan betrachtete an der geöffneten Haustür seine Fingernägel und polierte sie hin und wieder an seinem linken Mantelärmel. Joe ging zu Astrid ins Schlafzimmer, und sie warf die Tür zu. Sie sah ihn lange an und holte tief Atem.

„Ich möchte dir nur sagen, mein Lieber", fing sie an, „daß du mich mit diesem geschmacklosen Auftritt soeben nicht hinters Licht führst."

„Nein?"

„Nein. Tust du nicht."

„Was für ein Auftritt wäre dir weniger geschmacklos vorgekommen?"

„Ein, zwei aufrichtige Sätze über deine Probleme. Ein Wort der Hoffnung, daß du bald mal zu leben anfängst. Dein Leben."

„Man könnte keine Silbe davon glauben."

„Ich verzieh mich jetzt einfach in den Hintergrund und laß dir die Wahl."

Sie ging zur Tür hinaus. Joe folgte ihr. Ivan stand noch immer an der gleichen Stelle. Als Joe herkam, streckte Ivan seine Hand aus, sozusagen als Angebot, das Joe wahrnehmen konnte oder nicht. Joe schüttelte sie.

Ivan und Astrid gingen in die Nacht hinaus. Er hörte sie nach dem Hund rufen, und als er die Scheinwerfer abdrehen sah und verschwinden, als er wußte, daß der Hund fort war, wurde ihm endlich klar, wie beiläufig er sich alles wegnehmen ließ. Er ging zu Bett und beherrschte sich, so gut er konnte, doch das Kissen wurde feucht um sein Gesicht.

Im Schlaf verspürte er den Wunsch nach Schlaf, nach Ruhe, nach tiefer Erholung von dieser Schlafesmaskerade, in welcher all die giftigen Torheiten Gelegenheit zu festlichem Aufzug hatten. Er hielt Astrid in den Armen, und seine Unfähigkeit, zwischen Liebe und Haß zu unterscheiden, tat nichts mehr zur Sache, weil Astrid bei Tageslicht nicht mehr da war.

33 Die Kälte hörte auf, es wurde wieder heiß. Joe würde sich die weißen Berge einmal gründlich anschauen. Er würde mit dem Anfang beginnen. Er stieg in den Laster und fuhr in die verdorrten Weiten östlich der Stadt hinaus, wo die Straße wie ein langes welliges Band aus grauem Toffee aussah; in weitester Ferne, klein wie Fliegen, hier und dort, waren die ganz wenigen Fahrzeuge zu sehen, die heute unterwegs waren. Staub folgte einem Traktor, der eine erfolglose Ernte unterpflügte. Joe konnte sich vorstellen, wie hier die Kavallerie vorbeiritt, den Indianern und ihren Geisterhunden hinterher. Schafe wurden in die Ecke großer Weiden getrieben, wo sie auf die Abendkühle warteten, um zu fressen. Scheckige Kühe umkreisten die Traktorenreifen, in denen das Salz lag. Alte Herdenteiche sahen aus wie Meteorkrater, und das Unkraut, das mit dem Splitt vom Highway in die Wiese gesät wurde, war aufgeblüht und verschlang die Weiden. Es war nicht Sommer, nicht Herbst. Der Himmel war blau, und die Berge lagen am Horizont wie eine schwarze Säge. Eine weiße Wolke stand an ihrem einen Ende. In einer kleinen Wiese scharrte ein einzelner Stier Staub empor, unter dem gekrümmten Arm einer beschädigten Sprinkleranlage. Der dünne Grüngürtel zwischen den Bewässerungsgräben stand in unmittelbarem Kontrast zu der Kaktuswüste, die wenige Zoll darüber begann. Das Radio spielte „Black Roses, White Rhythm and Blues“. Astrid sagte immer: „Ich dachte, Montana brächte dir kein Glück. Ich begreife nicht, weshalb du zurückwillst.“ Und er hatte mit, wie es schien, weiser Voraussicht und gesundem Menschenverstand gesagt: „Ja, aber ich bin nicht abergläubisch!“ Und sie hatte gesagt: „Moment mal. Du hast dich da ziemlich deutlich ausgedrückt. Du hast gesagt, es bringt dir Unglück und allen anderen auch.“

Joe sagte: „Das ist meine Heimat!“

Er parkte den Lastwagen am Fuß eines langen, offenen Tals und schritt dann beinahe eine Stunde aus. Am Ende dieses Weges hatte er das düstere, zerfallene, enorme Haus erreicht, wo er vor langer Zeit mit seinem Vater gewesen war, den Landsitz des

Silberkönigs, ein Stück dahingegangenen Besitzes, mit dem sich nicht einmal mehr die Erinnerung an einen Namen verband. Es war ein Steinhaufen in einer Wiese, und wenn man nie drinnen gewesen war wie Joe und in der Anlage der Räume die Wut und den Stolz des Silberkönigs selbst gespürt hatte, schien einem das Haus nicht einmal gut genug, Schlachtvieh bis zum Verkaufstag unterzustellen. Stärlinge hüpften und schwärmten im Windschatten der verfärbten Mauern, und die Palisade aus Pappeln, die von den Trümmern des Tores heraufschwankte, sah aus wie das Werk eines Komikers.

Joe ging um das Haus herum und setzte sich nahe an die Mauer, wo der Wind nicht hindrang. Die Felsenschwalben hatten sich feste Nester unter das Dach gebaut, und wilde Rosen wucherten und hingen überall, wo der Verfall der Maueroberfläche ihnen Halt gewährt hatte. Konzentrische Kreise im Gips umgaben schwarze Punkte, wo wahllos abgefeuerte Schüsse das Gebäude getroffen hatten, was zu dem Eindruck einer Festung beitrug. Joe dachte darüber nach, wie die Bank seines Vaters damals die Hypothek kassiert hatte. Sein Vater war nicht mehr da – nicht einmal die Bank war noch da! Er würde jetzt hineingehen.

Ein Stück alte Blattfeder von einem Auto, das im Hof lag, gab ein gutes Brecheisen ab, und Joe stemmte damit das Sperrholz von einem der Fenster, daß in der Wand ein schwarzes, gewaltsam aufgerissenes Loch entstand. Er sprang zum Fenstersims hoch, hing ein paar Augenblicke schmerzhaft schwankend auf dem Bauch, kippte sich dann ins Innere. Er hob den Blick zu dem Bild mit den weißen Bergen.

Joe ging über die klingenden Steinplatten, um das Bild zu besehen. Er konnte spüren, welch langen Schritt der Raum einem abverlangte, und ahnte die Anforderungen an den Mut, die der Silberkönig überall gestellt hatte. Solche Menschen, dachte er, attackierten mit wildem Ungestüm den Tod, weil sie unbedingt Bequemlichkeit und gesellschaftlichen Einfluß suchten. Es war absolut faszinierend, daß es nicht funktionierte.

Aber das Gemälde war immer noch geheimnisvoll, es hatte

sich nicht verändert. „Das einzige Bild, das ich je verstanden habe“, sagte Joes Vater, nachdem er es seinem Sohn gezeigt hatte. „Wie schade, daß es verblaßt.“ Die zarten Farbabstufungen in den einander überschneidenden weißen Bergen, durch den billigen Kiefernholzrahmen vor reiner Unbestimmtheit bewahrt, schienen der Grobheit entrückt, mit welcher Joes Vater sonst bewußt auf alles reagierte.

Es ging nun darum, ein altes Sofa durch den Raum zu zerren und es gegen eine Ecke des Kamins festzukeilen. Er stieg auf eine Armlehne, dann auf die Rücklehne und von dort auf den Kaminsims. Er drehte sich sehr langsam um und blickte nun zur Wand, links neben dem Bild. Indem er in Zeitlupe den Kaminsims entlangschlurfte, konnte er sich schließlich in die Mitte begeben.

Es gab kein Bild. Es hing ein Rahmen dort, und dieser umriß den verfärbten Gips dahinter. Es hätte alles Mögliche sein können. Es war tatsächlich nichts. Von nahem betrachtet sah es nicht einmal aus wie weiße Berge. Dies erklärte natürlich, warum es nie gestohlen worden war. Joe kam zu dem Schluß, daß kein noch so großer Reichtum an Erfahrung ihn je klug machen würde.

Sein Vater mußte immer gewußt haben, daß da nichts war. Die Wut, die Joe empfand, verebbte rasch. In seiner eingebildeten Vaterschaft war ihm klargeworden, weshalb man den Glauben von Kindern ermutigt. Es war die ewig spielerische Haltung dem Kinde gegenüber; und es erklärte, weshalb kein Bild da war. Es war kein leerer Rahmen: Es war ein Ort, wo ihm sein Vater sagte, daß irgendwo in dem Abgrund etwas aufblitzte.

34

Er fuhr für diesen Feldweg ein wenig zu schnell; Werkzeuge hüpften auf dem Beifahrersitz des Lasters hin und her, und auf der Ladefläche schlug die Schaufel einen Trommelwirbel. Er wollte Ellen abpassen und fegte auf den Schwingen eines euphorischen Zephyrs auf sie zu. Er wußte, wie spannungsgeladen er aussehen mußte, und fing an, ein paar Übungen mit seiner Gesichtsmuskulatur zu veranstalten, um sich dann ein gleichgültiges Aussehen geben zu können. Der Lastwagen hoppelte über die Schlaglöcher. Antilopen sahen von ferne zu. „Hallo, Süße", sagte er, „wollte doch mal sehen, wie's dir so geht." Er räusperte sich und runzelte die Stirn. „Guten Tag, Ellen. Herrliches Wetter. Ich hoffe, ich komme nicht ungelegen." Er beugte sich seitwärts, so daß er sich im Rückspiegel sehen konnte. „Ellen! Hallo, Baby! Weißt du auch, daß ich die Scheißranch DIESE WOCHE noch verliere? Jaaaaaahh!" Eine plötzliche tiefe Schwermut überfiel ihn, und er hockte in sich zusammengesunken auf seinem Sitz und fuhr langsamer. Als er zum Schulhof kam, waren die Kinder weg, und Ellen lief gerade im Mantel zu ihrer alten Limousine.

Sie sah Joe und kam zu ihm herüber. Sie sagte: „Wen haben wir denn da!"

„Ich wollte dich sehen", sagte Joe.

„Da bin ich."

„Hast du mal nachgedacht?"

„Worüber? Meine Telephonrechnung? Meine Cholesterinwerte?"

„Deine Telephonrechnung."

„Ich denke jedesmal darüber nach, wenn ich mein Princess Touchtone ans Ohr halte. Übrigens, mein Mann und ich möchten, daß du weißt, wie glücklich wir darüber sind, daß wir alles wieder in Ordnung gebracht haben. Ich wiederhole mich irgendwie, das ist mir klar. Aber anscheinend müssen wir das bei dir. Joe, ich möchte eigentlich nicht so sein zu dir."

„Können wir ein kurzes Stück fahren?" fragte Joe.

„Wie kurz?"

„Fünf Minuten."

„Das müßte sich machen lassen“, sagte Ellen und stieg ein. Joe fiel auf, wie genau sie der ländlichen Regel folgte, daß man von amourösem Interesse zum Ausdruck des Ekels übergeht: Auf dem Lande beendet niemand eine Affäre freundschaftlich. Ellen schaute in den schönen Herbsttag hinaus und richtete eine Art Allzweckverachtung auf die fallenden Espenblätter. So eine Nummer jedenfalls hatte Astrid ihm nie zugemutet.

Joe fuhr zurück Richtung Stadt und näherte sich rasch der einzigen Ampel; er wollte in das offene Land hinein, um ihr die weißen Berge zu zeigen, sowohl das Bild wie die dahinter, und um ihr genug von seinem Leben zu erklären, daß er, wenn nötig, auch dieses Kapitel abschließen konnte.

„Wo fahren wir hin?“ fragte Ellen erschrocken. „Halt hier an der Ampel und laß mich raus.“ Die Ampel schaltete auf Rot. Ellen versuchte, die Tür aufzumachen. Joe fuhr bei Rot über die Ampel. Ein paar Fußgänger waren stehengeblieben, um zuzusehen. Ellen stieß die Tür auf und rief: *„Hilfe!“*, und Joe trat aufs Gas. Die herumstehenden Leute liefen nun aufgescheucht hin und her. Er sah im Rückspiegel, wie sie begannen, Maßnahmen zu ergreifen.

„Wir fahren einfach ein Stück Richtung Crazies raus und wieder zurück, und ich laß dich an der Schule raus. Warum hast du um Gotteswillen eben so geschrien?“

„Ich wollte, daß du mich rausläßt. Joe, du mußt lernen, auf solche kleinen Hinweise mehr zu achten.“

„Ich werde dir etwas zeigen, und wir werden miteinander reden.“

„Worüber? Mein Mann und ich sind wieder beisammen. Wir haben unsere Schwierigkeiten geregelt. Wir sind wieder glücklich. Wir sind ein Paar, verdammt noch mal! Begreifst du?“

„Warum hast du mich mit Clara angelogen?“

Sie schaute ihn einen Augenblick lang entsetzt an. Dann sah er, daß sie nichts bestreiten würde.

„Billy und ich waren an einem recht schwierigen Punkt angelangt.“

„Ich komm immer noch nicht ganz mit.“

„Es war eigentlich Daddys Idee. Er hat es auf dem Kalender ausgerechnet. Ich muß zugeben, es war gar nicht so weit hergeholt. Aber ihm fehlt dieses große Stück in seiner Ranch, und er hat irgendwie zwei und zwei zusammengezählt."

„Du solltest dich schämen."

„Schon möglich." Sie drehte sich plötzlich zu ihm um. Sie ballte die Hände zu kleinen Fäusten und verdrehte die Augen. „Du brauchst mich nicht zu verstehen! Billy weiß alles, was es über *mich* zu wissen gibt, und er liebt *mich*."

Joe wünschte, daß er Zeit hätte, darüber nachzudenken. Sie hatte nicht unrecht. Es ging darum, daß ein Leben und ein anderes sich speziell aufeinander bezogen. Nicht um Allgemeines. Es ging nicht um „Liebe". „Liebe" war wie „Heimat". Ein Standardgeräusch.

Joe fuhr langsam dahin, als würde eine rasche Geschwindigkeit den Anschein einer Entführung nur verstärken. Da ihm der Schweiß herablief, wollte er jetzt nur noch ein paar freundliche Sätze hinzufügen und Ellen zum Schulhof zurückbringen. Dies alles war doch etwas anders gelaufen, als er sich's gedacht hatte. In genau diesem Moment erkannte er, wie stark sein Wunsch war, Astrid könnte ihm jetzt einen Rat geben. Sie würde etwas ganz Konkretes sagen wie „Bremsen" oder „Mach keinen Blödsinn. Dann passiert niemand was."

„Da kommen sie", sagte Ellen.

„Da kommt wer?"

„Schau in den Spiegel."

Eine kleine Autokolonne hatte sich eine Meile oder so hinter ihnen gebildet; eine Staubwolke stieg auf und trieb über die Beifußprärie. Joe fuhr schneller, doch schien es ihm nicht zu gelingen, den Abstand zu vergrößern. Schweißtröpfchen traten ihm auf die Oberlippe. „Stellst du klar, wie die Sache war, wenn dieser Mob uns einholt?"

„Das werde ich dir dann rechtzeitig sagen", antwortete Ellen mit einem ganz leichten Lächeln. Ellen war so seltsam geworden. Es war nicht nur Gleichgültigkeit – es war etwas Bizarres, wie ein Nebel zwischen ihnen. Er stellte sich vor, daß sie dachte, wie gerne sie doch jetzt diesen Idioten los wäre und wieder daheim bei ihrem Mann und ihrer Tochter säße, die sie liebte. Joe schrumpfte zu Sardinengröße zusammen. Er fühlte sich so winzig und unbedeutend, daß er das Gefühl hatte, das Steuer nicht mehr halten zu können.

Er drückte das Gaspedal bis zum Boden durch. Der Lastwagen schien mit unglaublicher Geschwindigkeit in die Berge hinaufzuschwimmen. Ein Karnickel sprang vor ihnen auf die Straße, lief fünfzig Meter mit dem Laster um die Wette und schlug sich wieder in den Beifuß. Nichts, was Joe anstellte, schien die Entfernung zwischen ihm und den Fahrzeugen hinten zu vergrößern.

„Bist du mal angeln gegangen?" fragte Ellen.

„Ich hab wirklich keine Zeit gehabt."

Der Laster schlitterte leicht zur Seite.

„Jemand hat erzählt, es wohnt eine Mexikanerin bei dir." Das war es also. Ein Vogel flatterte gegen die Windschutzscheibe und prallte, ein Federball, wieder ab.

„Eine alte Freundin", sagte Joe offen. „Eine sehr traurige Angelegenheit. Sie hat es einfach nicht ausgehalten. Sie hatte genug, obwohl sie auf ihre Art sehr geduldig war. Wenn sie mich mehr angelogen hätte, wäre ich heute noch mit ihr zusammen."

Ellen schaute nachdenklich in die vorbeifegende Landschaft.

„Ich hab eine Lehrertagung in Helena", sagte sie müde. „Am Dienstag. Das ist eine ganz andere Welt."

„Wer wird dich vertreten?"

„Eine alte Dame, die die Kinder nie zum Arbeiten zwingt. Ich steh dann als die Blöde da." Irgendwie lenkte Joe den Lastwagen in einer wilden Schlitterpartie eine steil abfallende Straße in ein Tal hinunter. Der Lastwagen drehte sich mit etwa sechzig Stundenmeilen nach hinten. „Das macht mich wirklich ganz krank", sagte Ellen. Sie krachten in ein Wacholdergebüsch und brachen auf der anderen Seite in einem Hagel von Holzstücken und Zweigen wieder hervor. Ein Teil des Geästs hing vor der Windschutzscheibe, und es dauerte eine kleine Weile, bis Joe wieder sehen konnte, wo er hinfuhr. Die Volksjustiz donnerte immer noch in einer Staubwolke hinter ihnen her; ein Wagen fiel zurück, ein Dampfstrahl stieg aus dem Kühler.

Es war hoffnungslos. Er konnte sie in diesem üblen, schwächlichen Farmlaster nicht abhängen. Und er wollte doch nichts als eine bewußtlose Verfolgungsjagd, die Wochen dauern könnte. Er hielt an, wendete und fuhr zurück. In der blauen Ferne sah man Deadrock. Die Wagen fuhren auf ihn zu. „Du hast echt irgendwie eine Meise", sagte Ellen.

„Sei bloß ruhig, du blöde Möse, du gemeines Stück."

„Ich *verstehe*", sagte Ellen. „Du meinst, ich bin an all dem hier schuld?"

Joe sagte nichts.

„Nach der großen Liebeswerbung bin ich jetzt eine ‚blöde Möse'. Das ist vielleicht die erste ernsthafte Unterhaltung, seit wir uns getroffen haben. Willst du mir sagen, daß ich dir möglicherweise mehr bedeuten könnte als ein rascher Fick oder eine Golflektion? Spuck's aus, Joe. Ich habe es tatsächlich bei dir bis zur ‚blöden Möse' geschafft! Ach, es ist so romantisch. Ich hab wirklich die Tiefe deiner Gefühle für mich unterschätzt. Und ich bin zu meinem Mann zurück, wo ich diese leidenschaftlichen Bezichtigungen hätte genießen können."

Als sich die zusammengedrängten Autos und Lastwagen näherten, hielt Joe einfach an. Zwanzig Fahrzeuge umringten sie und kamen mit quietschenden Reifen zum Stehen; heraus sprang eine kleine Menschenmenge bewaffneter Zivilisten, der Mann von der Landwirtschaftskammer, ein Automechaniker im Overall, ein Apotheker in einer Art weißem Kittel, ein paar Kellnerinnen. Immer mehr quollen heraus, ein paar Gewehre waren geschwenkt worden, als Ellen ihre Tür aufstieß und rief: „Das ist alles ein schreckliches Mißverständnis! Das sollte nur ein Scherz sein!" Sie stieg aus dem Lastwagen aus. Einer der Mechaniker, in einem Overall und mit grauem Bürstenschnitt, der oben eine leichte Glatze sehen ließ, kam zum Laster und hielt Joe eine Pistole an die Schläfe. Joe sah hinüber: Billy Kelton stieg aus einem Plymouth Valiant, den er eigentlich hätte erkennen müssen. „Jetzt wird's kompliziert", sagte Joe. „Da kommt Billy."

„Junge", sagte der Mann mit dem Bürstenschnitt mit erstaunlich milder Stimme, „jetzt klärt sich alles gleich ganz einfach." Joe hatte ein plötzliches Gefühl der Einsamkeit, als Ellen zu ihrem Mann hinüberging und in einer gewissen Entfernung von der Menge der Leute und Fahrzeuge bei ihm ankam. Billy schob sie von sich fort und ging auf Joes Laster zu. Joe fragte sich, was das Wegschieben bedeuten mochte — ein Widerspruch, den man ausnutzen konnte, ein Stück Sicherheit?

„Da kommt Billy", sagte Joes Bewacher. „Gleich spielt er verrückt."

„Was wird der denn tun?"

„Tun? Der geht wieder nach Vietnam!"

Der Mechaniker lächelte wie ein Footballfan vor dem großen Spiel. Das Blut pochte in Joes Gesicht. Joe dachte, daß nun der Zeitpunkt da wäre, dem Mann die Pistole zu entreißen, aber er dachte nur sehnsüchtig daran, er wußte, er hätte keine Ahnung, was er damit anstellen sollte.

Billy kam herüber mit einem Bäckereifahrer an seiner Seite, einem blonden Mann mit langen Koteletten und einem Ausdruck ständiger Überraschung. „Was, wo man den Enkeln von erzählen kann, wie?" sagte Billy zu dem Mechaniker. „Hol ihn mal da raus."

Der Mechaniker machte die Tür auf und zerrte Joe heraus. Er und der Mann von der Bäckerei hielten seine Arme fest und drängten ihn gegen den Wagen. Billy kam so dicht an ihn heran, daß Joe seinen Blick auf jeweils eins seiner Augen richten konnte. Aber es genügte, um Joe erkennen zu lassen, daß Billy hier nicht mit dem Herzen dabei war. Zweimal hatte er Joe vor Jahren zusammengeschlagen, anscheinend war das genug. „Die Zeit vergeht rasch, Joe. Du mußt jetzt mal aufhören damit." Billy drehte sich um und sagte zu den anderen: „Ihr könnt gehn, Leute." Sie zögerten enttäuscht. „Auf geht's", sagte er mit Nachdruck. Sie brachen auf. „Die Show ist vorbei", sagte er; er machte, dachte Joe, ein außerordentliches Zugeständnis.

„War's das?" sagte der Mechaniker.

„Das war's", sagte Billy, ohne sich umzudrehen. „Ellen, bring meinen Wagen nach Haus zurück."

„Er hat wirklich nichts gemacht, Billy."

„Wahrscheinlich nicht. Jetzt fahr einfach mit Vern und denen zurück."

Ellen ging davon. Ein leichter Luftzug war aufgekommen, und droben bewegten sich die Wolken rasch. Die Luft war kalt genug, daß der Auspuffgeruch der Fahrzeuge scharf in die Nase stach. Billy wandte sich wieder zu Joe. „Wir lassen Ellen jetzt mal mit Vern und den anderen in die Stadt zurückfahren. Wenn sie geht, gehen alle mit. Sind alle enttäuscht, weil sie dich nicht lynchen durften. Du und deine Familie, ihr seid hier echt beliebt gewesen. All die Jungs waren bei der Bank von deinem Dad."

„Welcher ist Vern?" fragte Joe ohne Interesse.

„Der mit der Glatze."

„Oh." Joes Blick wanderte zu Vern hinüber, der widerwillig zu einem Wagen schritt, der für ihn viel zu klein war. Joe hielt es fast für unmöglich, daß er überhaupt einsteigen konnte. Er beschloß aber, seine Eindrücke nicht mitzuteilen.

„Laß mich fahren", sagte Billy und öffnete die Tür, um einzusteigen. Joe rutschte rüber.

„Der Schlüssel steckt", sagte Joe mit gequältem Lächeln.

Billy trug alte Levis und Cowboystiefel, die oben von den Sporenriemen beinahe durchgewetzt waren. Er lächelte Joe zu und ließ den Wagen an. Joe konnte sehen, daß die Autos und Lastwagen, die ihnen gefolgt waren, nun fast außer Sicht waren. Als die verschiedenen Mitbürger, die hilfsbereit hierhergekommen waren, wieder in die Stadt zurückzogen, erlosch eine Spannung in der Luft. Joe sagte: „Ich hab in den Nachrichten gehört, daß in Malibu die Kartoffelernte vernichtet ist."

„Mein Sinn für Humor ist heute nicht so voll da, Joe."

Sie fuhren weiter, und Billy war ein vorsichtiger Fahrer. Sie nahmen die Straße, die nach Süden ging; sie würde schließlich zur Ranch führen. „Bin ich das größte Problem, was du hast,

Joe?“ Sie folgten beide mit den Blicken einer großen Herde Antilopen, die der Lastwagen aufgescheucht hatte, alles schnelle Rehe bis auf einen großen Gabelhornbock, der in ihrer Staubwolke hinterherhüpfte.

„Eigentlich nicht.“

Billy seufzte. Joe sah aus dem Fenster, ohne etwas wahrzunehmen. Joe erinnerte sich daran, wie er und Astrid einmal zur Musik des Radios getanzt hatten, und sie hatte ihn „Sweetheart“ genannt. Das hatte sie nie vorher zu ihm gesagt, und sie tat es nie wieder. Alles findet innerhalb der Zeit statt, dachte Joe und fragte sich, warum dies immer eine so herzzerreißende Entdekkung schien.

Plötzlich wollte Joe sich unterhalten. „Mein alter Herr hat immer gesagt: ‚Wenn du nicht das Leitpferd bist, siehst du immer dasselbe.‘ Jetzt sieht es aus, als ob ich die Ranch verliere. Ich muß nach vorn zu dem Leitpferd! Ich komm mir vor, als hätt ich auf einem Friedhof gelebt.“

Billy schaute ihn an. Joe sah zu, wie Billy gründlich nachdachte, ob dieses Fraternisieren angebracht war oder nicht. Es war klar, daß nicht genügend Bosheit in der Luft lag, um die Fahrt anders zu rechtfertigen. Was für ein Tag, dachte Joe.

Nach einem resignierten Aufseufzen fing Billy zu reden an. „Wie ich nach Haus gekommen bin, war da mehr oder weniger gar nichts. Außer daß wir schon ein Kind hatten. Und dann haben wir geheiratet. Der alte Overstreet hat's mich nie vergessen lassen, daß ich mit leeren Händen eingestiegen bin, hatte nur mein kleines Haus. Er stellt mich immer vor: ‚Das ist mein Schwiegersohn Billy. Hat ein paar Hühner an der Mission Creek Road, so zweieinhalb Meilen nach dem Flughafen.‘ Hat's mich *nie* vergessen lassen. Und ich sollte dich jetzt abbürsten, aber ich kann's eigentlich nicht. Früher war alles so einfach.“

Es war ein langer Umweg. Es schien, als blieben die Berge Richtung Wyoming immer gleich groß vor ihnen, scharfe Umrisse, die auf den Stillwater hin liefen. Man fuhr unter dahinsegelnden Wolken, und drüben, den Bergen zu, schienen die Wolken bewegungslos. Und die Berge sahen aus wie ein Ort, den man nie erreichen würde. Übrigens schien auch niemand eigentlich besonders interessiert daran. Billy mußte gespürt haben, daß Joe herübersah, denn er machte das Radio an, nur um das febrile Akkordeon von Buckwheat Zydeco reinzubekommen, der von den hellen Nächten in New Orleans brüllte. Er machte es wieder aus und sagte: „Ich möchte wieder arbeiten."

Es schien Joe die strahlendste aller Ideen. Sie paßte zum Tag und zu ihrer Lage.

„Irgendwie ist es so, daß ich nicht begreife, was es heißt, wenn man etwas hat", sagte Joe. „Es gibt mir nicht das, was es sollte. Ich habe das Gefühl, das Land gehört immer noch meinem Dad."

„Es sollte dem gehören, der drauf gearbeitet hat."

„Das bist du, nehme ich an."

„War es, als Overstreet die Pacht hatte. Als du's zurückgenommen hast, mußte ich zu Hause bleiben. Da hat es angefangen, daß Ellen und mir alles danebengegangen ist. Wir sind noch nicht drüber weg. Vielleicht nie. Sie ist so erzogen worden, daß sie denkt, ich sollte was haben, und ich hab nichts." Joe erinnerte sich an die Zeit vor all den Jahren, als Billy ihn am Bahnhof verprügelt hatte, und er dachte, er hätte eigentlich schon damals begreifen können, daß die Enteigneten rasch zuschlagen. Jetzt schien Billy auch diese Fähigkeit verloren zu haben. Joe dachte, wie in dem engen Städtchen, wo Billy lebte, der Gebrauch seiner Hände grausam auf Dienste beschränkt geblieben war, die er sich nicht ausgesucht hatte. Daß er kein eigenes Land hatte, überantwortete ihn Leuten, die kleiner waren als er selbst.

„Auf meinem Land da", sagte Joe, „hängen ziemliche Schulden drauf, aber einer, der dableiben und die Sache durchziehen will, sollte eigentlich durchkommen." Er starrte auf die wundervolle Prärie und fragte sich, ob die wohl je jemandem gehört hatte. „Ich will nicht dableiben und die Sache durchziehen. Paßt einfach nicht zu mir."

Billy fuhr langsamer. „Hast du bei meinem Schwiegervater die Karte gesehen?"

„Die mit dem fehlenden Stück Land?“

„Hast du irgendeine Vorstellung, was es heißen würde, wenn ich dieses kleine Stück von dem Puzzle besitzen würde? Und wenn's nur für fünf Minuten wäre?“

„Wohl nicht“, sagte Joe. „Aber wir sind alle so verschieden.“

35 Joe war zum Abendessen bei Lureen. Sie hatte keine Lust gehabt, zu kochen, also hatte Joe unterwegs Hähnchen, Krautsalat und Limonade mitgenommen. Sie begrüßte ihn unter der Tür, um dann gleich wieder hineinzugehen und mit den Händen im Schoß unter dem Küchenfenster zu sitzen. Als er sie anschaute, dachte sich Joe, ob es nicht vielleicht das Größte wäre, was er für sie tun könnte, wenn er ihr Haus niederbrannte.

Joe lief herum und machte Schränke auf, suchte nach Geschirr und Besteck und Gläsern, dann deckte er den Küchentisch für sie beide. Er brachte Lureen dazu, aufzustehen, und sie setzten sich zum Essen. Sie schien nicht viel zu wollen. Joe biß in einen Schlegel und sah sie über das Hühnerbein hinweg an, während er kaute. Er versuchte den Krautsalat. Der war süß und sahnig wie ein Dessert.

„Gut, das Hähnchen", sagte er.

„Vorzüglich."

„Du hast es noch nicht versucht."

„Gleich. Vielen Dank, daß du das mitgebracht hast."

„Sagen wir so", sagte Joe, „es ist kein Rindfleisch! Haha!" Sie nahm den Scherz lustlos zur Kenntnis. Ein Vogel schlug gegen die Fensterscheibe und beide schauten auf.

„Nichts passiert", sagte Joe. „War nicht so stark, der Aufprall."

Dann sah er Lureens Tränen in den Krautsalat fallen.

„Du hast das doch kommen sehen müssen", sagte er.

„Nein, Joe, nie."

Er kaute an seinem Schlegel und wartete auf eine Eingebung.

„Aber ist dir nicht einiges klar geworden, nachdem es passiert ist?"

„Nein."

„Es war ja nun für alle Beteiligten ein nicht ganz einwandfreies Vorhaben", betonte Joe, dem dieses Ladenhähnchen tatsächlich gut schmeckte.

„Ich *weiß*!" weinte Lureen laut und warf sich in ihren Stuhl zurück.

„Vor langer Zeit hat mir mein Vater, dein Bruder, dein

anderer Bruder, gesagt, ich soll Smitty nie aus den Augen lassen."

„Es wird schwierig sein, ihn in Hawaii zu beaufsichtigen", schniefte Lureen mit einem solchen Weh, verzweifelt, zerknittert, wie Joe es nicht nur bei ihr noch nie erlebt hatte, sondern noch bei gar niemandem in ihrem Alter.

Das Telephon klingelte, und Joe ging hin. Die schöne, kultivierte Stimme einer jungen Frau erklärte ihm, daß er, als Haushaltsvorstand, in die Endrunde einer Multimillionenlotterie gelangt war. Joe unterbrach sie. „Ich stehe keinem Haushalt vor", sagte er und ging zu Lureen zurück.

„Falsch verbunden", sagte er.

„Waren das diese Lotterieleute?"

„Ja."

„Die sind es gewohnt, daß Smitty abnimmt", sagte sie und begann wieder zu weinen. Joe blutete das Herz beim Anblick seiner armen kleinen Tante in diesem Zustand, auch wenn sie ihn selbst herbeigeführt hatte. Er konnte einen tulpenfarbenen Schein von der sinkenden Sonne hoch oben in den Küchenfenstern sehen. Und dann kam die Eingebung.

„Lureen, ich werde dir jetzt etwas sagen, und ich möchte, daß du mir genau zuhörst." Sie starrte ihn an wie ein Kind. „Du kennst doch unseren Smitty", sagte er, und sie nickte fahrig. „Er wird all das Geld ausgeben. Du weißt es, ich weiß es." Er ließ sie kurz darüber nachdenken. „Und das wird nicht lange dauern." Das Nicken hörte auf. Sie lauschte ihm verzückt. Und Joe hatte das Allheilmittel bereit: *„Und dann kommt er zurück."*

Lureen war völlig regungslos. Sie schaute Joe mit außerordentlicher Konzentration ins Gesicht.

„Sagst du mir da die Wahrheit?"

„Ja!"

„Und es wird nicht so lange dauern?"

„Überhaupt nicht lange."

„Ich frage mich, ob er in Honolulu wirklich sicher ist. Man hört von Zeit zu Zeit von Rassenproblemen dort. Die Hawaiianer schlagen gerne rasch zu und sind von absolut enormer Größe."

Und es wäre unrealistisch, ein weiteres Bombardement durch die Japaner zu erwarten, dachte Joe. Lureen nahm einen Flügel und schien ihn zu bewundern. „Du hast hundertprozentig recht, was seine Unfähigkeit angeht, seine Finanzen zu regeln", bemerkte Lureen mit vergleichsweise fester Stimme. „Am besten finde ich mich gleich damit ab, daß irgendwann sein kleines Gesicht an der Tür auftauchen wird."

„Kein Augenblick zu verlieren", sagte Joe tonlos. „Fang noch heute an, dich damit abzufinden." Er schwenkte bestätigend seinen nackten Schlegelknochen, mit einer Geste, die an die Firmenchefs erinnerte, welche Ivan so bewunderte, jene, die ihre eigenen Produkte im Fernsehen anpriesen. Dann schaute er auf den Streifen Himmel im Fenster. Den hatte er gesehen, als sein Großvater gestorben war und er seine Großmutter fragte, ob er ihm irgendwelches Gold hinterlassen hatte.

Als Hauptgläubiger übernahm Darryl es, den Vertragsabschluß auszuarbeiten, den rituellen Austausch einer Dollarnote, die so zerknüllt war, daß man sie mit *zwei* Büroklammern an die Dokumente anheften mußte. Joe fand sich damit ab: Es war wohl ebenso wichtig, an die Stelle einer so unsteten Figur wie Joe selbst einen für die Scholle geborenen Typen wie Billy Kelton zu setzen, wie die Ranch den Klauen eines intriganten Opportunisten wie Overstreet vorzuenthalten. Das Bild, wie dieser hart arbeitende Cowboy mit seinem ausgezeichneten Militärdienst endlich Overstreet die Pistole auf die Brust setzte, würde im ganzen Bezirk breite Zustimmung finden, und man hätte dann endlich ein anderes Gesprächsthema als das Schild EINBAHNSTRASSE, das die Gemeinde am Weg zum Friedhof aufgestellt hatte. Overstreet stattete Joe einen Besuch ab, schwenkte sein Scheckheft und stieß ein, zwei stereotype Drohungen aus, die pompöser klangen als seine sonst knappen Sätze. Es war schon Jahre her, daß Joe den Ausdruck „diesen Tag noch bitter bereuen“ gehört hatte, und er sann darüber nach, bis sich die Worte zu reinem Nonsens auflösten.

Wegen der Rechte an den Bodenschätzen stockte die Sache noch kurz. Joe konnte es zuerst nicht glauben, daß sein Vater sie schon längst in die Treuhänderschaft eines Collegefonds für Golfjungen in Minnesota übergeben hatte. Als ihm dies aber wirklich klar geworden war, wußte er endlich, daß sein Vater schon lange dem Land Lebewohl gesagt hatte, ehe seine Seele in jenem viertürigen Buick den Körper verließ. Er bat Darryl, kurz telephonieren zu dürfen, während die anderen noch in einer Wolke Zigarettenrauch um die Verträge saßen, und rief Astrid an, um seine jüngste Theorie vorzutragen, daß sie sich einigen könnten. Astrids Antwort war typisch, beinahe klassisch.

Er fuhr auf die Ranch hinaus, die nicht mehr ihm gehörte. Es war schwierig, nicht ständig das unwahrscheinliche Blau des Herbsthimmels anzuschauen. Die hohen Pappeln am Fluß waren jetzt von reinstem Gelb, und da kein Wind aufgekommen war, das tote Laub abzuschütteln, standen die großen Bäume prächtig wie Lüster an den Wasserläufen, die wie Adern die Berge durchzogen. Joe mußte den Laster anhalten, um all diese Helle aufzunehmen.

Die Äste waren schwer von frühem, nassem Schnee. Joe schaute aus dem Küchenfenster und fuhr sich über das unrasierte Gesicht. Das Licht auf der schneeumränderten Welt war blendend, es überwältigte. So fühlte er sich oft, beinahe atemlos. Er setzte rasch eine Kanne Kaffee auf und kehrte zum Fenster zurück, um zu sehen, wie der Schnee sich in der Morgensonne zusammenzog. Auf seinem Holzstoß lag ein weicher Hügel davon, und an den Enden der Scheite konnte er sehen, daß das Schmelzwasser ins Holz gedrungen war. Eine plötzliche Erinnerung stieg über die Jahre hinweg in ihm auf: Sein Vater hatte in der Spüle der Ranchküche Waldhühner gerupft und ausgenommen, ein Haufen Federn auf dunklem Wasser. „Wenn ich doch nur Vegetarier wäre“, hatte er gelacht, „aus einer Tomate muß man nie den Schrot rauspolken!“ Der Himmel war blau und die Luft, die unter dem leicht nach oben geschobenen Fenster hereinwehte, so kühl und rein, daß er zugeben mußte: seine Laune war ekstatisch gut. Er dachte sich, er würde nun langsam sein Zeug zusammensuchen. Er stand noch einen Augenblick lang am Fenster und schaute auf die wunderbaren weißen Berge hinaus.

Was Astrid gesagt hatte, mehr oder weniger, war: daß man das ja dann sehen würde.

Verlagsgemeinschaft Ernst Klett Verlag –
J. G. Cotta'sche Buchhandlung
Die Originalausgabe erschien unter dem Titel
„Keep the change“ bei Houghton Mifflin/
Seymour Lawrence, Boston

Schutzumschlag: Klett-Cotta-Design
Im Bleisatz gesetzt aus der 10 Punkt Janson
von Alwin Maisch, Gerlingen
Auf säurefreiem und holzfreiem Werkdruckpapier
im Buchdruck gedruckt von Verlagsdruck, Gerlingen
Gebunden von Röck, Weinsberg
ISBN 3-608-95713-8

Die Deutsche Bibliothek – CIP-Einheitsaufnahme
MacGuane, Thomas:
Der Mann, der seinen Namen verlor:
Roman / Thomas McGuane.
Aus dem Amerikan. übers. von Joachim Kalka. –
Stuttgart: Klett-Cotta, 1991.
Einheitssacht.: Keep the change ⟨dt.⟩
ISBN 3-608-95713-8